前略、山暮らしを始めました。
4
リエ
桂木さんの妹。トラブルに見舞われ、姉を頼って山にやってきた。

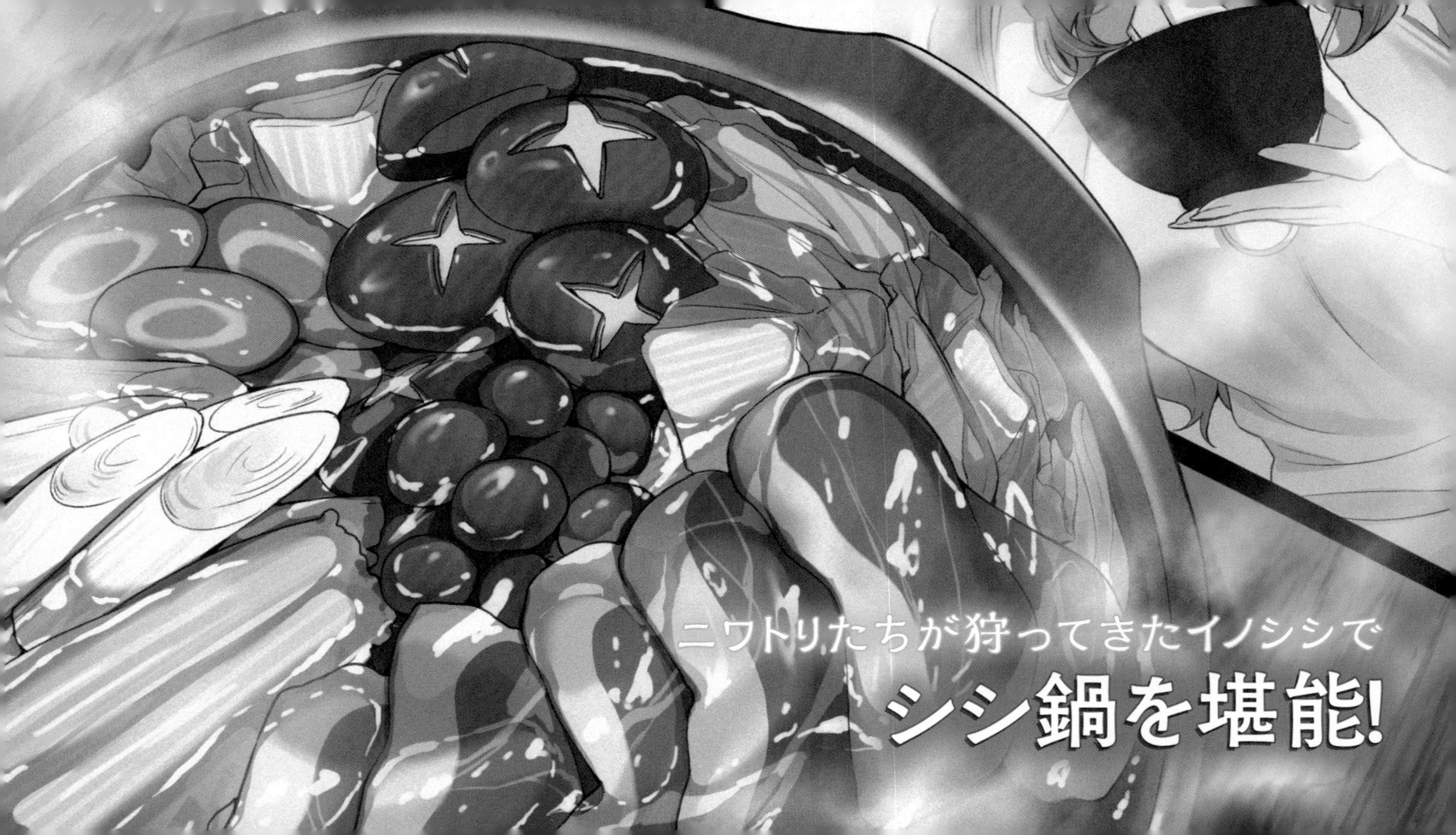
ニワトリたちが狩ってきたイノシシで
シシ鍋を堪能!

前略。山暮らしを始めました。

4

浅葱

illustration しの

口絵・本文イラスト
しの

装丁
coil

CONTENTS

俺は佐野昇平《さのしょうへい》。二十五歳、独身。

故郷から離れた場所にある山を買い、そこで暮らし始めてまもなく七か月が経《た》とうとしているところだ。

とある事情により、山で隠棲《いんせい》しようと思った俺だったが引っ越した時期が悪かった。山はまだ寒さが残る三月下旬、三日で寂しくなって麓《ふもと》へ下りたらそれはちょうど村の春祭りの日だった。

春祭りなんてあるんだなと興味深く神社の境内を巡っていたら、カラーひよこを売っている屋台を見つけた。

ちっちゃくてかわいいのがぴよぴよ鳴いている。珍しいなと思い、三羽買った。これでもう寂しくないだろう。

安心して山へ連れ帰った。

しかし寒さは思ったより厳しくて、どうにかこうにかひよこを育てていったら、何故《なぜ》か一か月もしないうちにひよこたちは立派なニワトリに成長した。

普通ひよこってこんなに早くでっかくなるもん？

しかもこのニワトリたち、尾羽じゃなくて恐竜のような鱗《うろこ》のついた尾はあるし、口の中にはギザギザの歯もあるし、とてもニワトリっぽくない。鳥は恐竜の子孫だっていうし、もしかして先祖返りか？　と思ったけど、このニワトリたち更にしゃべる。

「イノシシー」

「イノシシー」

「カルー?」

「狩らない！　狩らないから！」

更にイノシシも狩ってくるし、縦に横にとまだ成長中である。どんだけでかくなる気なんだろう。

でもうちのニワトリたちはとても個性豊かでかわいい。群れのリーダーという貫禄《かんろく》のあるオンドリのポチ、そんなポチのサポートをするように共にいるメンドリのタマ、そしていつも俺と一緒にいてくれるメンドリのユマに日々癒されている。

住んでいる山を買う時、親戚《しんせき》と共に仲介してくれた麓の村に住んでいる湯本《ゆもと》のおっちゃんとおばさんはおおらかで、そんな規格外のニワトリも受け入れてくれている。おっちゃんはスズメバチに刺されても怯《ひる》まないアグレッシブな人で、一緒にいる俺の方が冷や冷やするぐらいだ。

さて、うちの東側の山には若い女性——桂木実弥子《かつらぎみやこ》さんが住んでいる。茶髪であか抜けたかわいい女子だ。彼女は約二年半前から東の山で暮らし始め、コモドドラゴンのようなでっかいワニみたいなトカゲを一頭飼っている。俺は心の中でドラゴンさんと呼んでいるが、名前はタツキという。

うちのニワトリたちがイノシシを狩り、それを湯本のおっちゃん宅で近所の人たちに振舞ってもらった時参加していて知己になった。

西側の山には相川克己《あいかわかつみ》さんという亀◯和也《かめかずや》似のイケメンが住んでいる。彼は三十代で、約三年半前から暮らし始め、大蛇を二頭飼っている。その大蛇のメスの方は上半身がキレイな女性のようで——ってラミアかよ。普通の大蛇の方はテン、ラミアのような大蛇はリンという。つか、普通の大蛇ってなんだ。

　こちらはたまたま夜にリンさんと相川さんがうちの山との境界に現れたことで知り合った。あの晩あそこで何をしていたのかは未《いま》だに聞いていない。

　しっかしこの辺りの生き物やべーっつーか、それをおおらかに受け入れてくれる村の人たちなんなのって思うけど、それぐらい緩い方が暮らしやすいと今は思っている。

　桂木さんも相川さんもワケアリで山を買い、その問題は知り合ってからどうにか解決した。それに少なからず俺が関わっていることで、彼らはすごく俺に感謝しているらしくとてもよくしてくれる。そんなにいろいろしてもらうほどのことはしていないと思うんだけど、彼らからすると俺は危なっかしく見えるらしい。

　確かに、九月はちょっと油断して指を切ってしまい、相川さんに村の診療所へ連れて行かれてその後一週間も面倒を看《み》てもらったりした。あまりにも甲斐甲斐《かいがい》しくて、相川さんは俺の中でイケメンオカンに就任した。あれはもう反省しきりである。

　山暮らしは思ったよりもハードで、桂木さんの土地の平地の部分にスズメバチの巣があるというからみんなで確認しに行ったら、ハチの大群を見つけることになった。桂木さんちのドラゴンさん、相川さんちのテンさん、そしてうちのニワトリたち、極めつけは付いてきたおっちゃんが嬉々《きき》としてスズメバチを狩っていた。あれはまるでパニック映画のようだった。

　秋は収穫の季節でもある。おっちゃんちの土地で柿を採ったり、何故かポチがおっちゃんちの山でイノシシを狩ってきたりした。

　新米欲しさに村の南側のお宅で稲刈りを手伝ったりもした。

秋といえば台風もきたりして、うちの山では木が折れて道を塞《ふさ》いでいたり、桂木さんのところではでっかい金網が壊れたりと散々だった。

山暮らし、ハンパないなと実感した。

相川さんの山で自然薯《じねんじょ》を掘ったり、リンさんテンさんにうちの川でザリガニ駆除をしてもらったりといろいろ楽しみながら、今日もニワトリたちと暮らしていくのである。

1　うちの山を更に上まで登ってみたら

秋である。

今日は山でのんびり過ごすことにした。のんびり、と言っても山を下りないだけで山でできることをする。

それってのんびりとは言わないと言われるかもしれないが、俺の気持ちの上ではのんびりなのだ。家の周りの草むしりとか、畑の確認と草むしりとか、空き家の周りの点検とか。（中にはまだ怖くて入れない）

今朝もポチとタマは餌を食べてから、ツッタカターと遊びに行った。元気なことである。

ユマと山の上の墓参りをして、そういえばこの山の頂ってどこなのだろうと少し気になった。うちの家があるのが山の中腹である。墓は更に上にあり、道はそこで終わっているのだがここは頂上ではない。その件について元庄屋《しょうや》さんに聞いてみようと思っていたのだがすっかり忘れていた。

「北側の……こっちだよな、登るとしたら……」

墓の後ろ側にある斜面を見ながら呟《つぶや》いた。

「なー、ユマー。この上って登ったことあるか？」

木々が植わっている北側を指さして聞いたら、「ノボッター」と返事があった。

「お？　一番上まで行ったのか？」

「イッター」

「なんかあったか？」

ユマがコキャッと首を傾《かし》げた。質問の意味がわからなかったのかもしれない。まぁいいかと思った。

「この上に行きたいんだけど、登りやすい道とかある？」

ユマが止まる。少し考えているようだった。

「……アルー」

「じゃあ連れてってくれないか？」

「ワカッター」

コミュニケーションがとれるのって大事だ。

で、登ることにしたんだけど……。

俺はうちのニワトリをなめていた。

雑草をかき分けていくのは想定内だったが、掴《つか》む場所がないところは無理だ。というわけで大幅に迂回《うかい》してもらってどうにか山頂まで連れて行ってもらった。道なき道を踏破したかんじだったのでえらく時間がかかった。

「こ、これ以上は登らない、よな?」

うん、どこからどう見ても上がる場所はない。もっと上まで行こうと思ったら木を登るしかない。

夏ならば鬱蒼《うっそう》と茂っているだろう木々の葉は、ところどころ色づいていて思っていたよりも明るかった。陽《ひ》はそんなに射しているようには見えないが、やはり色というのは重要らしい。秋も深まってきて葉が落ちてきているというのもあるのだろう。

「落ち葉の絨毯《じゅうたん》だなぁ……」

なんだかわくわくしてきた。ここが山頂だとわかっても景色はそんなに変わらない。木々に埋もれて全く外の景色は見られない。思ったより頂上の部分が広く感じた。

「あれ? なんかある……」

大きな木の側《そば》に、なにか小さな木ぎれの塊が……。

「これって……」

近づいてみると、明らかに人為的に作られた何かがあった。木ぎればかりでよくわからないが、陶器などもあったことからもしかしたらこれは祠《ほこら》なのではないかと思った。

「神様がいらっしゃるのかな……」

山だから山の神だろうか。元庄屋さんは教えてくれなかったから知らなかったが、頂上では神様を祀《まつ》っていたのかもしれない。ただ木は変色しているし、陶器もあちこち欠けたりしている。まじまじと見なければ何であったのかわからないぐらい損壊していた。詳細は元庄屋さんに尋ねるとして、俺は急いでペットボトルを出した。欠けた陶器を慎重にペットボトルの水で洗う。それから木ぎれを重ね、その上に軽く洗った陶器を置き、そこに水を入れた。

「ご挨拶《あいさつ》が遅れてたいへん申し訳ありません。お名前は存じませんがいつも山を守ってくださりありがとうございます。いずれささやかながらも祠を作らせてください。よろしくお願いします」

二回礼をして手を二回たたき、また一回礼をした。これで不義理を許してくれればいいのだが。

ふわり、と風が吹いた気がした。その風の動いた方向にユマがツイと頭を向ける。

もしかして神様だろうか。

さすがにここまで来るとスマホの電波が届かない。

「ユマ、一度戻るぞ」

「ハーイ」

小さいながらも鳥居も作ってみようかな。

でも祠って何を入れればいいんだろうな？　山の神様のご神体ってなんなんだろう。山全体が神様だからいらないのかな。

そんなことを考えながら慎重に下りた。やっとの思いで墓のところまで来て川で手を洗う。うちの山は川が多いから便利だ。

「……疲れた……」

山を更に登ったということもそうだが神様の前である。意外と神経を使ったみたいだ。

また墓の周りを見て、これ以上汚れなどがないことを確認してから家に戻った。

「やっぱ神様っていたんだな……」

以前相川さんが西の山の元所有者に墓などがないかどうか聞き、実際にご先祖様の墓があって、その近くに山の神を祀る祠があったらしいと言っていたような気がする。ということはうちの山も多分祀られていたのは山の神様かもしれない。

「庄屋さんに確認して……相川さんにも連絡して……」

やることがいっぱいある。でも、神様がいたんだなと思ったらなんだか嬉《うれ》しくなった。神様は基本見守ってくれているだけなのだろうけど、その存在があるとないではえらい違いだと思うから。

宗教、というほどではないけどちょっとした心のよりどころって大事だと思う。

「ユマ、連れてってくれてありがとなー」

「アリガトー」

こういう時の返しはまだよくわかっていないみたいだ。「ドウイタシマシテー」とか返されても困るけど。

とりあえずは昼飯だ。思ったより時間が経《た》っていて、太陽が少し傾いているように見える。ごはんを食べたら元庄屋さんに連絡しよう。

ユマとタマの卵サイコー！　な昼飯を終え、元庄屋さんである山倉《やまくら》さんに電話をかけた。

RRR　　RRR　　RRR

「珍しいな……」

いつまで経っても誰も電話に出ない。昼過ぎである。大体この時間は家にいるはずだ。奥さんも一緒に暮らしているはずなのにおかしいなと思った。買物に行っているのかもしれないが……。

なんだか嫌な予感がした。

急いでおっちゃんに電話をかける。

「もしもし？　昇平か、どうした？」

「すみません。今山倉さんに電話したんですけど誰も出なくて……ちょっとこれから見に行こうかと思ってるんですが……」

「ああ……確かにこの時間電話に出ないのはおかしいな。俺も行くわ」

おっちゃんも何かを感じ取ったみたいだ。

「わかりました。これから直接山倉さんのお宅に向かいます」

「ああ、後でな」

というわけで麓《ふもと》にある山倉さんのお宅に向かうことになった。

「……なんともなければいいんだ。祠のことを聞いてくればいいだけだ」

ユマにこの山の元の持ち主のところに行くと言ったら、一緒に行ってくれるという。ユマが一緒ならなお心強い。そんなわけでユマを連れて山倉さんのお宅へ向かった。山倉さんのお宅はおっちゃんちより東側、長細い村の真ん中ぐらいにある。現在息子さん家族は離れた町で暮らしているらしい。夏の頃までは山倉さん夫妻と同居していたような話は聞いていたがやはり不便だったのだろう。山を手放したことで町への移住がしやすくなったのではないかと勝手に想像した。（なんとなく聞いただけなので詳細は不明だ）

山倉さんの家に着いた時、おっちゃんが誰かと話をしていた。

「こんにちは」

「おお、昇平。ちょっと家の鍵《かぎ》開けるから待ってろ」

「え？　なんかあったんですか？」

おっちゃんともう一方《ひとかた》の顔が険しい。

「おーい、山倉さーん！　生きてるかー？」

え、そんな話なの？

ガラガラとすりガラスの玄関の戸を開けておっちゃんが中に入っていく。

「山倉さーん！　大丈夫かー？　って大丈夫なわけねえよ！　どうしたどうした⁉」

中から焦ったような声がして、俺は慌ててもう一方と一緒に家の中に入った。

「どうしましたかー⁉」

「……ああ、ありが、とう……」

山倉さんが、畳の部屋の電話に近いところで倒れていた。声がかすれている。腰を片手で押さえていた。

「ぎっくり腰ぃっ⁉」

どうやら昼ごはんを食べて片付けた後座り、また起き上がろうとしたら腰がビキッ、と……というのが真相らしい。

「おいおい、大丈夫かよー……」

おっちゃんが頭を掻《か》いた。

「いやー、足も悪いもんだからトイレに行くのもままならなくて……電話も取れなくてなぁ……」

「あの、奥さんはどうされたんですか？」

「先日から娘んとこに行ってるよ。孫の面倒を看《み》にな。一度明日にでも帰ってくるんじゃないかな。

ってああ、迎えができないな……」

「えええ？　その間たいへんじゃないですか！」

「トイレの近くにいればどうにかなるだろ」

「いやいやいやいや……」

そういう問題じゃない。

「整骨院みたいなところってないんですか？　寝てるよりはきちんと治療した方が……」

「そうだなぁ。北野《きたの》さん、どうしようか？」

一緒に山倉さんの家に入ってきてくれたおじさんは北野さんというらしい。山倉さんの奥さんから何かあった時の為《ため》にと合鍵を預かっているのだそうだ。

「ちょっと奥さんに電話してみるよ」

北野さんはそう言ってスマホを取り出した。その間に俺とおっちゃんは肩を貸して山倉さんをトイレに連れて行った。我慢していたのだそうだ。

「いや～助かったよ。あやうく漏らすところだった！」

ハハハと山倉さんがすっきりした顔で言う。でもかなり痛そうである。布団は二階にあるそうだが二階に行ってしまうと下りられないということで、急きょ居間に布団を敷き、そこに山倉さんを寝かせた。

「急になったんですか？」

「いや……実は以前から腰の調子が悪くてね。でも四人目の孫が生まれたから黙ってたんだよ」

「おめでとうございます！　ってことは今娘さんは入院中なんですか？」

「そうなんだよ」

詳しく話を聞いてみた。

一昨日《おととい》娘さんが二人目の子を出産した。娘さんが退院したら奥さんは娘さんの家に泊まり込んでお世話をするらしい。だいたい一か月ぐらい娘さんのところで暮らすことになるそうだ。今回山倉さんは奥さんを送って行きがてらお孫さんを見てきた。で、昨日帰ってきてしばらく一人暮らしかと思っていたところで今日の出来事だったそうだ。（元々明日は一度奥さんが帰ってきて、当座の料理などをまとめて作ってからまた娘さんの家に向かう予定だったらしい）

「それじゃあ、たいへんじゃないですか」

「そりゃあ困ったなぁ……」

おっちゃんが頭を掻き、北野さんも難しい顔をした。

「息子さんに来てもらうわけにもいきませんよね……」

離れた町に引っ越したってことは勤務先はそちらなのだろうし、息子さんの奥さんも困るだろう。

「奥さんに連絡は取れた。息子さんたちと相談してまた連絡してくれるらしい」

電話を終えた北野さんが言う。

「子どもに迷惑はかけたくないんだがなぁ……困ったなぁ。ところで……なんで佐野君がいるんだい？」

やっと山倉さんは俺がいることを不思議に思ったようだった。

「あ、いえ、そのう……実は、今日山頂まで登ってみたんです」

「へえ、そうなのか」

「それで、多分、なんですけど……祠《ほこら》の跡みたいなものを見つけまして……」

「ああっ‼」

山倉さんは何かに気づいたというように声を上げた。

「そうだ！　山の上で神様を祀《まつ》ってたんだよ！　あいたっ！　で……どうなってたんだい？」

慌てて山倉さんの腰を擦《さす》る。これで合っているのかどうかはわからない。

おっちゃんと北野さんは目を見開いた。

「ええと、木ぎれみたいなものが固まってて……それで欠けた陶器のようなものがありまして……」

「そうか、そうか……それで、どうしたんだい？」

「一応そのことで山倉さんに話を聞こうと思ってたんです。木ぎれを集めて重ねて、陶器の茶碗《ちゃわん》には水を入れて供えてきました。あそこにいらっしゃるのはなんの神様なんですか？」

「ああそうか、ありがとうありがとう。あそこで祀ってたのは山の神様だよ……」

山倉さんが拝むように手を合わせた。

「やっぱり山の神様だったんですね。名前はあるんですか？」

「いや、特にないはずだ。山の神様に感謝せにゃならんと言われて育った……なんで、忘れていたんだろうな……」

山倉さんは悲しそうな顔をした。

「それはしょうがないですよ。俺がこれから改めて祠を作りますんで、気を落とさないでください」

住んでいる人たちが山を離れて、一家族だけ残ってがんばって暮らしていたのだろう。それは俺が想像するよりもはるかにたいへんだったはずだ。

「罰が……当たったんじゃなぁ……」

山倉さんが寂しそうに言う。それは違うと思った。

「山倉さん！　それは違うだろ！」

おっちゃんが間髪を容れず言った。

「アンタずっと腰の調子が悪かったんだろ？　ここにきて無理がたたったんだ。昇平は今日初めて山頂に上がったんだ。そこで祠の跡を見つけた。だからアンタに電話して、アンタが出ないことをおかしいと思って俺に連絡してきたんだ。罰が当たったんじゃない！　山の神様はアンタを心配して昇平に知らせたんだ。神様はアンタたちを守ってたんだよ！」

「……そうか……そうだったのか……神様、神様、ありがとうございます……」

俺は山倉さんにティッシュを渡して、背中を向けた。嗚咽《おえつ》が聞こえたが、聞こえないフリをする。そう、山の神様はずっと山倉さんたちを見守っているのだと俺も思った。

誰かのスマホが鳴った。北野さんのだった。

「もしもし、はい……はい……いえ、大丈夫です。佐野君が、サワ山の佐野君が来たんですよ。わかりました」

北野さんの声は明るかった。

電話を切って、北野さんは俺を見た。

「息子さんが迎えにくるそうだ。それまでいてもらっていいかい？　ちょっと畑を見てこないといけなくてな」

「大丈夫です。北野さん、ありがとうございました」

息子さんの連絡先は俺のスマホに入っている。北野さんが山倉さんの家を辞して、少ししてから息子さんから電話があった。

「佐野君？　そこにいるんだって？　ありがとう。できるだけ早く行くから親父《おやじ》を頼むよ」

「はい、大丈夫ですよ。あ、でも大体何時ぐらいに来られそうか教えてもらっても？」

「そうだな……今三時……四時半ぐらいになるかな」

「わかりました。待ってます。急がなくていいですよ」

というわけで山倉さんのお宅で息子さんを待つことになった。一度家を出て庭で虫をつついていたユマに声をかける。

「夕方までここにいることになった。山倉さんの具合が悪いから、息子さんが来るまでいるよ……って、あ」

四時半だとさすがにもう暗くなっている。ポチとタマ、どうしよう。新たな問題発生に俺は頭を抱えた。

「俺が知らせてきてやろうか？」

俺の様子を見るに見かねてか、おっちゃんが申し出てくれたが断った。ポチとタマは山の中を駆けずり回っているからいつ家に戻ってくるかわからない。だいたい暗くなるちょっと前に帰ってくるはずだが、それが何時かはまちまちである。ユマを置いてくることも考えたが現実的じゃない。

家の鍵は開いている。時間がかかることを想定して白菜も洗って置いてある。後で食べやすい大きさに切るつもりだったからでかいままだけど、確かボウルに入れてきた。うん、きっと大丈夫だ。明日タマにつつかれればいい。かなり痛いけど。

「おっちゃん、悪いけど今夜泊まってってもいい？」

「おお、いいぞいいぞ。ちょっと電話するな」

そう言っておっちゃんは家に電話した。ちゃんと連絡を入れるところを見ると、おばさんもかなり苦労したんだろうなということが窺《うかが》えた。うちの父さんを思い出す。全然なんの連絡もなしに部下を連れて帰ってきて、翌日母さんにこんこんと説教されていたっけ。それでも懲りずに何度かやってた気がする。あれを見て小まめに連絡を入れるようになったんだよな。反面教師ってやつか。

「しっかしぎっくり腰か……動けないんだよな？」

「うん、すまないねぇ」

「ちょっと冷やすか。冷蔵庫開けるぞ。昇平、ちょっと手伝え」

「はーい」

おっちゃんと山倉さんのやりとりで腰を冷やすという話になった。

「ああ、あったあった保冷剤。昇平、洗面所からタオル持ってこい」

「はーい」

冷凍庫の中の保冷剤をタオルでくるんで山倉さんの腰に当てる。

「冷やしすぎてもいけないんだよな。十五分ぐらいか」

「ああ……気持ちいいなぁ……」

少しでも楽になるならそれでいいと思う。息子さんが町の家に連れて帰るようなことを言っていたので、わかる範囲で必要なものを出したりしていた。人んちだからわからないけど、毎日飲んでいる薬などはまとめておいてくれたから助かった。着替えなんかは最悪買えばいいが薬はそうはいかない。高血圧の薬などは毎日飲まないと危険だと思う。薬の飲み方のメモなどもあり、奥さんがすごく気をつけていることが窺えた。

そんなことをしているうちに日が陰ってきた。

「ちょっと外出てきますね」

断って庭に出る。虫をつついていただろうユマが顔を上げた。ナーニ？　って言いたそうな目で見つめられる。かわいいなって思った。

「ユマ、今日は帰りが遅くなるからおっちゃんちに泊まるよ。それから、車が入ってきたら教えてくれ」

ユマは頷《うなず》くように首を前に動かした。

「頼むな」

本当にうちのニワトリはかしこくてありがたい。

とりあえずお茶を飲みながら山倉さんの息子さんが来るのを待つ。

「あ。ごみとか、まとめておいた方がいいですよね」

息子さんが山倉さんを町に連れて帰るならこの家は無人になる。生ごみなど放置していったら困るだろう。

「生ごみは畑の穴に捨ててくれりゃあええ。右側にある」

「わかりました」

「昇平よく気づいたな」

「うちは一人暮らしですから」

山倉さんに生ごみ処理の場所は聞いたので、それは後でやればいいだろう。他のごみはおっちゃんが持って帰るという。

「奥さんはこのまま娘さんとこに行きっぱなしになるだろうしな」

「そうですね」

そんなことを話していると車の音がした。ピンポーンと呼び鈴が鳴る。

「はーい」

と出て行ったらユマが呼び鈴を押してくれたらしい。山倉さんの息子さんが車から降りるところだった。ユマ、えらすぎだろ。

「佐野君ありがとう。ニワトリ……また大きくなってない？　頭いいんだね」

「多分大きくなってると思います。お父さん、看てあげてください」

「本当に助かったよ。親父！　大丈夫か？」

居間にいると伝えて上がってもらった。

「おお、圭司《けいじ》か。すまないなぁ」

「湯本さんと佐野君にお礼言ったのか？　北野さんは？」

「畑を見るっつって戻っていったよ。また少ししたら来るだろ」

おっちゃんが言うとちょうど呼び鈴が鳴った。案の定北野さんだった。

「見に来たぞー。おー、圭司君きたか。連れて帰ることにしたのか」

「はい。いつもありがとうございます。治るまではうちで面倒を看ようかと」

「四日ぐらいしたら動くようにしないと筋肉が固まっちまうから、ある程度治療したらこっちに戻した方がいいよ。朝晩ぐらいならうちで看れるし」

「ありがとうございます。それも相談してみます」

みんなでざっと片付けをしながらいろいろ話した。山の神様のことを話したら息子さんは頭を掻《か》いた。

「ああ、そうだ。神様がいたんだよな。佐野君、ありがとう」

「いえいえ。たまたま気になっただけです」

「神様に心配かけるなんてどうかしてるよ」

息子さんがぼやく。

「改めてお礼します。近いうちに神様にもお礼に行くから……って祠がないんだっけ。必要な資材があれば言ってくれれば用意するから」

「多分基本は山で揃《そろ》うんで大丈夫ですよー」

そうして息子さんは山倉さんを車に乗せて帰っていった。一人暮らしだとこういうことが起きるんだよなってしみじみ思う。山倉さんの家の周りを見回ってからおっちゃんちに移動した。

もう空には星が出始めていた。


「そう、山の神様がねえ……」

おばさんが感心したように呟《つぶや》いた。

「うちの山にもいらっしゃるのかしら。桑野《くわの》さんならご存じかしらね？」

「いやあ、どうだろうな。前に山頂まで登ったけどそれっぽいものはなかったな」

おっちゃんの山の頂の方の部分は隣の隣（二軒隣）である桑野さんが所有者なのだという。ただ夫婦共に高齢で、もう山の手入れが全然できないのでこちらが手入れをすることは黙認されている。かといっておっちゃんもこれ以上山を所有する気はないだろう。せめて自分の土地にかかる部分は……と手入れをしているわけである。

「確認はされてもいいんじゃないですか？　もしなければ祀ってても祀らなくてもいいでしょうし……」

「それもそうだな。確認だけしてみるか」

おっちゃんはすぐに電話をかけた。桑野さんはすぐに捕まったようだった。

「……覚えてねえけど、多分そんなものはないってよ」

「……そういえばお墓とかはどうしてるんですか？　うちの山には山倉さんたちの先祖の墓とか残ってるんですけど」

「墓は村の神社の裏だ。桑野さんもそうじゃないか？」

「じゃあ祀ってないのかもしれませんね」

うちの山とか相川さんの山にはかつて集落があった。百年単位で人が住んでいて、墓も山の上にあった。だから神様を祀っていたのかもしれないと思った。

「どうするにしても、まずは昇平んとこの神様だな。祠とか建てんだろ？」

「ええ、簡単なものにはなってしまうと思いますけど……」

ネットで検索したら祠の作り方とか出てくるだろうか。なんというかインターネットは万能なので調べればなんでも出てくるような気がする。万能故に扱いもたいへんだが。

事前におっちゃんが連絡してくれたので、今夜はおばさんがごちそうを作って待っていてくれた。ありがたいことである。

「なんでこんなに天ぷらがおいしいんだろう……。コツってあります？」

「やだよこの子は！　おだててもこれぐらいしかあげないよ！」

鶏《とり》の天ぷらを皿に盛られてしまった。うまい。大葉と梅が一緒になっていた。たまらん。

「昇平、飲め飲め！」

「一缶だけですよ〜」

明日はできるだけ早く帰らなければいけないのだ。タマの不機嫌そうな顔が浮かんだ。タマさん、超怖いっす。

翌朝、朝食をいただいてから帰った。おばさんにはいずれお礼をしなければいけないと思う。お礼をしなければいけないところが多くてたいへんだけど、ちゃんと覚えておかなくては。

「昇《しょう》ちゃん、お礼なんか考えなくていいからね！　昇ちゃんたちが元気で過ごしてくれることが一番のお礼なんだから！」

おばさんにはなんでもお見通しのようである。だからって俺が聞くとは限らないんだけど。さーて、おばさんには何がいいかなー。また相川さんに相談しよう。というかほぼ丸投げだって？　ほっとけ。

んで家に帰ったら、当然のことながらタマにつっつかれました。

「遅くなってごめん！　いてっ！　痛いってタマッ！　これにはワケがっ！　これにはたいへんな

ワケがあるんだよおっ！」

さすがに逃げまくった。情けなくてすみません。でも作業着に穴を空ける勢いでつっつかなくてもいいと思うんだ。タマさん厳しすぎる。

というわけででっかいタライに水とお湯を混ぜつつ、ポチとタマを洗いながら話を聞いてもらった。

昨日山の上まで行ってみた。山の神様を祀《まつ》っていた跡があったから、それについて聞こうと思って元庄屋《しょうや》さんの山倉さんに電話をしたら出なかった。なんか嫌な予感がしたからおっちゃんと見に行ったら山倉さんが倒れてたなどなど。

「で、息子さんの圭司さんが山倉さんを迎えにくることになったんだけど、来た時間が遅かったから帰ってこられなかったんだよ。ポチ、タマ、本当にごめんな」

ポチとタマは俺の側で派手にぶるぶるして俺をびしょ濡《ぬ》れにしてくれた。うん、まぁそれぐらいはしょうがないな。バスタオルで水気を拭《ふ》き、遊びに行きたそうだったので行かせた。まだ午前中だしな。二羽が帰ってきたらまた洗えばいいだけだ。俺はたそがれながら今びしょびしょにされた作業着も含めて洗濯機を回すことにした。

ユマは相変わらずマイペースに家の側で地面だの草だのをつついている。一晩おっちゃんちで過ごしたけど、今日は帰宅してすぐにオフローって言われなくて助かった。以前と違って暑くないからかもしれなかった。

ＬＩＮＥでは伝えにくかったので相川さんに電話したらすぐにつながった。

「おはようございます。相川さん、今時間いいですか？」

「もしもし……おはようございます、佐野さん。大丈夫ですよ」

イケメンは声までいいのかと電話をするといつも思う。実際に会って話していてもいい声なんだけどな。くそう、勝てる要素が全然ない。（別に勝負はしていない）

昨日からのことを話したらとても驚かれた。

「そんなことがあったんですかっ⁉　それはたいへんでしたね……」

「いいえ、俺はそんなにたいへんではなかったんですけど……でも山倉さんちはたいへんだと思います」

「僕もうちの神様を見てこようと思います。よければ明日お伺いしてもいいですか？　佐野さんちの神様にもご挨拶《あいさつ》したいので」

「ええ、かまいませんよ」

相川さんはけっこう信心深いのだ。八百万《やおよろず》の神様がいるっていうけど、きっと八百万どころではなくてもっといるんだろうなって、なんとなく思った。（ちゃんと沢山だという意味は知ってる）

そういえば今朝タマもユマも卵は産まなかったらしい。きっとメンタルも関係してるんだろうなって思う。すまないことをした。

ちょうど休養日だったのかもしれないけど、それはそれでいいのだ。俺の気持ちの問題だから。

土間がけっこう汚れていたのでごみを掃いて出したり、ニワトリたちのボウルを片付けたりした。

食べづらかったただろうに白菜はけっこうキレイに食べられていた。芯《しん》の方が少し残っていた程度である。こんなもの食べられない、だったのか、それとも食べきれなくて残したのか悩むところだ。

とはいえどうせ外側の部分だったので捨てることにした。一度口をつけたものは雑菌が繁殖しやすいし。

あとは畑と家の周りを確認した。畑には菜っ葉類が植わっている。いわゆる冬菜と呼ばれるものは、植えてからそんなに待たずに収穫できるので嬉《うれ》しい。でもここは山の上だから雪が降ったらだめになってしまうかもしれない。そこらへんがちょっと心配ではあるが、すでに白菜も大根もかぼちゃも大量に保管してあるから大丈夫だ！　と思いたい。

そういえば、最近はあまり農薬を使っていない野菜も出回ってますよね、とおっちゃんに聞いたら、消費者のニーズなのだそうだ。

「だからって虫がついてたらアイツら文句言うんだぞ。農薬使わないで虫もつかないようにしろとかバカ言ってんじゃねえってんだ」

「そうですよね……」

適切に農薬を使う分には全く問題ないと俺は思う。輸入野菜の方がよっぽど怖い気がする。ポストハーベスト問題とか、親がよく言ってたし。これはあくまで俺の考えだ。現在はいろいろ変わっているかもしれない。知識もアップデートしないといけないな。

明日相川さんが来ると言っていたけどリンさんやテンさんはどうするんだろう。また後で聞いてみよう。

「ユマー、川見に行くぞー」

一緒に川を確認しに行った。うちから一番近い川の周りを確認し、川の中を覗《のぞ》き込んでみる。

「あ、ザリガニ……」

まだいるのかよ、と落胆した。明日川も確認してもらってまた改めて来てもらった方がいいだろうなと思った。どんだけ長い間アメリカザリガニの巣になっていたのか。勘弁してもらいたいものである。

「炭っていつ作るんだろうな……」

炭焼きにも参加させてもらいたい。相川さんのところでするそうだ。水のろ過装置として炭は必《ひっ》須《す》である。アメリカザリガニがうじゃうじゃ住んでいた川なのだ。見た目はキレイでもろ過装置がなければとても飲めたものではない。基本飲むのは沸かしてからだし。（取水は湧き水からだけど）

そんなことを考えていたらユマがザリガニを捕まえて食べづらそうに食べていた。

「無理して食べなくてもいいぞー」

「タベルー」

嫌いではないらしい。しかしやはり食べづらそうだ。嘴《くちばし》に咥《くわ》えてもいろいろ刺さっているように見える。やはり選んで食べたいものではなさそうだった。

お昼ご飯を食べてからネットで「祠《ほこら》　作り方」と検索したら祠がまんま販売されていた。いったいどういうことなんだ。中に仏様がいるタイプはだめだろう。作りますよ～ってサイトもあったし、作り方を載せているサイトもあった。どうにかなりそうだと安心した。

寒くなってきたせいなのかなんなのか最近眠い。おっちゃんちでもしっかり寝たと思ったんだが緊張して眠りが浅かったのかもしれなかった。

「ユマー、ちょっと昼寝するなー。ユマは遊んできていいからなー」

「イッショー」

「うんうん、ありがとうなー……」

そんなことを言っている間に意識が落ちた。家のすりガラスの戸は鍵《かぎ》が開いてるから大丈夫だ。ユマが遊びに出かけても大丈夫……。

もちろんその日の夕方もすっかり汚れて帰ってきたポチとタマを洗った。そろそろ家の中で洗うべきだろうか。日が陰ってくるとかなり寒くなる。そんなことを考えていたら珍しく桂木さんからLINEが入ってきた。

「こんにちはー。お元気ですかー？　山の神様の話、聞きましたよー」

ということはおばさんに電話でもしたのだろうか。

「元気だよ。そっちは？」

「おかげさまで元気ですよー。明日はうちも山の神様がいらっしゃらないか探してこようと思ってます」

けっこう行動派なんだよな。でもドラゴンさんが護衛につくとはいえ心配だ。

「明後日《あさって》でよければ付き合うよ」

と送ったら、

「じゃあ明後日よろしくお願いします！」

食いつかれた。あれ？　俺早まったかな、とちょっとだけ思った。

気を取り直して相川さんにLINEを入れる。

「明日いらっしゃるとのことですが、リンさんとテンさんはどうされますか？」

「今回はご挨拶なので僕だけで伺います」

山頂まで登るということだろう。木ぎれの上に欠けた陶器の茶碗《ちゃわん》を置いて、そこに水を供えただけなんだよな。それを見られるのはなんとなく恥ずかしいが、何を供えればいいのかとか、どんな風に作ればいいのかなど聞きやすくはなるだろうと開き直った。

そして来客があるということはニワトリたちにも伝えておかないといけない。

「ポチー、タマー、ユマー、明日相川さんが山の上の神様を見に来るんだってさ。リンさんとテンさんはこないから」

「ワカッター」

「……ワカッター」

「ワカッター」

うん、やっぱりタマはリンさんとテンさんが苦手なんだな。何度も確認しなくてもいいのだが、ついつい確認してしまう。うちの大事なニワトリたちだしさ。

2　西の山のイケメンと山頂まで登ってみた

昨夜《ゆうべ》もユマと風呂《ふろ》に入った。おっちゃんちだとユマをお風呂に入れるわけにはいかないからやっぱり不便だと思う。自分の家が一番だ。洗い場でしっかり羽の汚れを落として（外側だけではなく内側もだ。そうしないと湯舟がたいへんなことになる）お風呂に浸《つ》かると、ユマは満足そうに目を細める。そんなところがかわいくてずっと一緒にお風呂に入れたらなと思うのだ。……これ以上でかくならなければだけど。

今日は十時頃相川さんが来てくれた。山の上まで行くと朝言ったらポチとタマも一緒に行くことになった。ユマはいつも一緒なので全員集合である。ご神体をどうすべきなのかとか、何を供えたらいいのかなどを聞きながら、まずは上の墓へ向かった。

「本日も山頂まで行ってきます。どうぞよろしくお願いします」

墓の周りを掃除して、近くの川から水を汲《く》んできて墓を洗い、水を入れ、花と線香を供えて手を合わせた。おいおい祈る相手はこちらじゃないだろうと墓の中から声が聞こえてくるようだった。何をおっしゃる。ずっとご先祖様として、ここに住まわれていた人たちを守ってきたじゃありませんかと心の中で問答をする。俺は赤の他人だけどさ。

花はそこらへんでまだ咲いていたものを供えた。雑草かもしれないがそういうものだ。

「お待たせしました」

「いえいえ。ご挨拶は必要ですよ」

相川さんも墓の周りの草を抜いてくれたりと協力してくれて悪いなと思う。あんまり甘えてはいけないと気持ちを新たにした。……祠に関してはすみませんがお願いします。いつも頼ってばかりでごめんなさい。

「えーと、一昨日《おととい》ユマと一番上まで登ったんだけど、ポチとタマは登ったことあるか？」

「アルー」

「アルー」

「アルー」

ユマも返事してくれた。かわいい。相川さんもにこにこしている。

「一昨日はここからだとうまく道が探せなくてぐるーっと回りながら登ったんですよ。ポチ、タマ、俺たちが登れそうな道ってあるか？」

改めて今度はポチとタマに聞いてみた。もしかしたら別の道を知っているかもしれないし。

「アルー」

「アルー」

今回はユマは答えなかった。代わりにつんっと軽くつつかれた。なんかかわいい。

「ユマも一昨日はありがとうなー」

羽を撫《な》でてみる。ポチとタマに何やってんの？　って顔をされた。大事なスキンシップじゃないか。ちょっと、いやかなり傷つくぞ。でもユマが満足そうだったからよかった。

「……ニワトリもいいですよね」

相川さんが遠い目をして呟《つぶや》いた。所詮叶《しょせんかな》わぬ夢と言いたそうだった。うん、大蛇じゃなかった頃ならともかくさすがに今は以下同文。

ポチとタマについて登っていく。一昨日ほどではなかったがところどころ藪《やぶ》っぽいところや崩れていて登れないところなどもあり、やはり多少は迂回《うかい》をしながら山頂についた。

……木でいっぱいだから山頂という気がしないのは前回と同じ。ここは登山用に整備された山ではないのだ。そのせいか山頂に着いたー！　みたいな達成感もないんだけどな。

「けっこう上は平らなんですね」

「そうなんですよ、思ったより平らな部分が広くて。相川さんのところはどうですか？」

「うちはこんなに広くはありませんね。何度か登ってはみましたけど、こんな景色ですし」

相川さんも自分の山の頂に登っているらしい。

「そうですよね」

整備された山は、きちんと手入れしている人がいるからなんだよなぁと思う。でもここに山の神様がいるのだからある程度は整備しなくてはいけないなと思った。

「こちらですか？」

さっそく相川さんが一昨日仮に用意したものを見つけてくれた。自分で木を重ねて水を供えたのに見失っていたなんて申し訳ないと思う。

「あ、そうですそうです」

「この、木ぎれが散乱していたんですよね……」

「そうなんですよ。多分この茶碗がなければ気づかなかったかもしれません」

「庄屋《しょうや》さんにも確認されたんでしたっけ」

「はい」

「なら確かにそうですね。サワ山の神様なのですね」

茶碗に入れた水は半分ぐらいに減っていた。口いっぱいに入れていった記憶があるから蒸発したのだろう。

「さすがにここまでくると川がないんですよねー」

そう言いながら茶碗から水を捨ててペットボトルの水でざっと洗い、また水を満たして置いた。

そうして二人で挨拶をした。サァー……と涼しい風が吹いてきた。さすがに十一月も目前なので風が冷たい。木で覆われているとはいっても山頂である。少しだけ寒いなと思った。

「祠を建てようとは思っているんですが、ご神体をどうしようかなって。山の神様ですから山自体がご神体ですもんね」

「そうですね。僕もうちの神様は確認していないのですが、おそらく仏様ではないだろうかと聞いています」

「ああ、祠がしっかり残っているんですか。確かにご神体の確認はしづらいですよね」

俺もさすがに形がしっかり残っていたら扉を開けるのはためらうかもしれない。

「うーん、困ったな……」

参考にしたかったのだけど、見たことがないというならしかたない。

「それなら、形のいい石とかどうでしょう。サワ山自体がご神体なんですから」

「……それ、いいかもしれませんね」

確かにこの山自体がご神体なのだから、祀《まつ》るのは山のものならばなんでもいいのだ。でも草や木だと腐ってしまったりするから石を祀るというのはいい考えだと思った。

「ありがとうございます」

やっぱり相川さんに来てもらってよかったと思った。

「じゃあ、この辺りにある形のいい石を探せばいいですね」

「そうですね。それなりの大きさの石がいいでしょう」

岩とかの方がいいんだろうか。その上に祠を建てたらカッコよさそう。……でも建てるのがたいへんだなと思った。

山頂の周りを相川さんとニワトリたちも共に探す。ポチとタマは石を探すというより虫を探しているみたいだった。まぁ石に興味なんてないわな。

ユマは時折石をつついてこれ？　と聞くように首をコキャッと傾《かし》げた。かわいい。

タマは虫を探すついでに石をコツコツとつついてくれたりした。ポチはマイペースである。

ようやくこれぐらいかな？　と思われる比較的大きな石を見つけて、木ぎれの後ろに置いた。それなりに重さがあるのでそう簡単には転がらなさそうである。木が集まっているところに置いたので次にくる時までそこにあるだろうと思った。

「……しめ縄とかつけた方がいいんでしょうか」

「そこらへんは気持ちでいいと思いますよ」

言われてみればそうだ。

周りを改めて確認して軽く雑草などを刈り、墓のあるところまで下りた。雑草の手入れはまたしに来るので応急処置である。山頂までの道（参道？）も作らなければならないし、これは大仕事だぞと内心眩暈《めまい》がしそうだった。山暮らしはなかなかにハードである。

とはいえ急いでやる必要もないのだ。開拓だと思えば……おかしいな、俺はこの山に何しにきたんだっけ？　のんびり隠居生活をしようと思ってきたんじゃなかったっけか？　と首を傾げたがもうよくわからなかった。細かいことは気にしてもしょうがない。

墓のある場所から軽トラで家まで戻る。いろいろやっていたせいか、太陽の位置が少しずれているように見えた。

ポチとタマは家に戻ってすぐにツッタカターと遊びに出かけてしまった。そんなわけで家でごはんを食べるのはユマだけである。ごはんより走るのが大事なニワトリ……。きっと走っていった先でおいしいごはんにありつけるのだろう。って本当にいつも何食ってんだよ。

「うわっ、もうこんな時間だ！　急いでごはんの準備しますねー」

「おかまいなく～」

相川さんはにこにこしている。

みそ汁はいつも多めに作ってある。沸騰させないように火を入れればいいだけだ。それでも大体四回目ぐらいでぐらぐら煮立ててしまい、しまった！　と思うことが多い。落ち着け、俺。

白菜の浅漬けとキャベツの塩こんぶ和《あ》えをお茶と一緒に出して、昨夜作った白菜と豚バラ肉の煮物に火を入れる。ある程度温まったら器によそい、そこにタマとユマの卵を落として黄身に穴をぷすぷす空けて、ラップをしてレンジで二分ぐらい。（普通の鶏卵だと一分ぐらいでいい）白身が固まってなさそうならもう少し温めて出せばいい。あとは新米をよそって召し上がれ。

「白菜の煮物いいですね～。味がしっかり沁《し》みてておいしい。そしてこの卵も絶品です……」

相川さんが顔をほころばせて食べてくれたのでよかったと思った。そう、タマとユマの卵は普通の鶏卵よりもでかいのだ。レンチンは一人分ずつやったのでお互いの皿に大きい卵が一個ずつである。とても贅沢《ぜいたく》だった。俺もにこにこしてしまう。

「この時期の白菜はやっぱり水分が多くていいですよね」

「本当に水がすごく出ますよね。俺全然知らなくて水けっこう入れちゃって、最初は白菜のスープになっちゃいました」

あんなに水分が出るなんて思ってもみなかった。

「それ、僕もやりましたよ～」

相川さんがアハハと笑った。

あんまり料理という料理はしないがコンビニもない山間部。もちろんスーパーもないし、村に三軒ある雑貨屋でお弁当が売ってるなんてこともない。（一応個人でお弁当を売っているところはあるが、毎日ではないし昼の時間のみである）必然的に自炊せざるを得ないというのが現状だ。とはいえ気ままな一人暮らし、いや一人＋三羽暮らしなので時間はある。何時に寝てもいいし何時に起きてもいい。いや、朝はあんまり起きないと胸の上にニワトリが乗る。タマがのしっと。かえって起き上がれなくなるので勘弁してほしい。

「そういえば明日は桂木さんちに行くんですよ」

「そうなんですか……何か？」

「おばさんにたまたま電話して聞いたみたいで、ナル山にも祠《ほこら》かなにかあるんじゃないかと探しに行きたいようなので」

「そうですか。確かにあるかもしれませんね」

「ええ」

「……タツキさんがいらっしゃるとはいえ、桂木さん一人だと心配ですよね。気をつけて行ってきてください」

「はーい」

一緒に行くという選択肢は全くないようだ。そりゃそうだよな、妙齢の女性が苦手なんだし。でもこの村にはいい意味でも悪い意味でも若い女性はあまりいないから、相川さんは暮らしやすいのだろうと思う。ただ、心の傷が癒えた時面倒なことにならなければいいのだけど、と他人事《ひとごと》なのにちょっと考えてしまった。どちらにせよ俺のことではない。

「ごちそうさまでした。また何か決まりましたら教えてください。祠作りも手伝いますし」

「ありがとうございます。その時はまたよろしくお願いします」

相川さんは俺と違って器用だしフットワークも軽い。

「あ、そうだ。俺もまたお邪魔してもいいですか。ニシ山の神様にもご挨拶《あいさつ》がしたいので」

「わかりました。また都合のいい時に連絡ください」

そう言って相川さんは帰っていった。川は今度見てもらうことになった。そろそろやるべきことをメモかなんかに残しておかないと忘れそうである。

ちなみに相川さんと以前話していた置き薬についてだが、すでに家にある。四か月に一度ぐらいのペースで回ってきてくれるというのでその時は事前に連絡をもらっておっちゃんちに薬箱を預けることにした。木でできた救急箱はそれだけでなんとも味わい深い。とはいえ薬箱の中身をあまり使わないで済むように暮らしていきたいものである。

「……あー、またここ切れてる。これは手荒れか？　なんか痒《かゆ》いよなー」

最近無意識で手をぼりぼりと掻《か》いては流血し、絆創膏《ばんそうこう》のお世話になっている。今までそんなこと一度もなかったのにと思った後で、もしかしてこれは加齢による乾燥か？　と愕然《がくぜん》とした。ってまだ二十代なのに！　そりゃあ四捨五入したら三十だけどまだ早いだろ。

翌日絆創膏だらけの俺の手を見た桂木さんに超怒られることになるのだが、この時の俺はそこまでたいへんなことだなんて思ってもいなかった。

3　今度は隣山にお邪魔してみた

「佐野さんこんにちは。来てくださってありがとうございます！」

「こんにちは、元気そうだね」

なんだか知らないが、今日の桂木さんは気合が入っていた。今日はタマとユマが一緒である。まずはドラゴンさんに挨拶をしなければと姿を探した。

「えーと、タツキさんは？」

「こちらです」

家のすぐ横にうずくまっているドラゴンさんのところへ案内してもらった。今日はポチが留守番だ。昨日桂木さんのところへ行かないかと聞いたら、ポチはコキャッと首を傾《かし》げて「イカナーイ」と返事をした。縄張りの見回りは必須《ひっす》のようである。

「タツキさん、こんにちは。うちのニワトリたちが虫や草を食べていってもよろしいでしょうか」

お伺いをたてると、タツキさんは薄っすらと目を開けてゆっくりと頷《うなず》いた。許可が下りたようだった。

「タマ、ユマ、いいってさ」

許可が下りたことを伝えると、軽トラの側《そば》で待っていた二羽が駆けてきた。

タマがまたドラゴンさんに近づいてツンツンとドラゴンさんをつついている。やっぱりワニをつついている小鳥を彷彿《ほうふつ》とさせる。タマもとんでもなくでかいが。ユマを見ればなあに？　と言うようにコキャッと首を傾げた。うん、かわいい。飼主バカと言われても同意する。

和んでいる場合じゃなかった。今日はこちらの山に神様がいらっしゃるかどうか調べに来たのだ。

「桂木さん、神様が祀られていそうなところの目星はついてる？」

「うーん……」

桂木さんは考えるような顔をした。どうやらこの娘、行き当たりばったりで自分の山の中を歩き回ろうとしたようだ。

ちょっと呆《あき》れたが、俺に声をかけただけいいことにする。一人で勝手に探そうとしないでくれてよかった。自分の山で遭難とか目も当てられない。

「裏山も森もあるんだから、目星もつけないで行ったら危険だと思うよ」

「……そうですよね。浅はかでした、ごめんなさい」

ぶっちゃけ桂木さんが怪我《けが》をするのは自業自得だが、ドラゴンさんがうちに突撃してきてしまうかもしれない。ご両親にも山になんか住んでないで帰ってきなさい！　と連れ戻される予感しかしない。あ、でもそうなったらそうなったでいいのか。もうDV男もストーカーもいないんだし。

「誰かナル山について知ってる人とかいないのかな？」

「……山中《やまなか》さんに仲介してもらって買ったので、山中さんにまずは聞いてみることにします」

「うん、それがいいと思うよ」

「……いつもありがとうございます」

「何もしてないよ」

俺はただ思いついたことを言っただけだ。

「佐野さん、せっかく来ていただいたのにすみません……」

「俺は大丈夫だよ」

特に急ぎの用事があるわけでもないし。桂木さんもやらかしたと思ったのか、バツが悪そうな表情をしていた。

「あの……おでんを作ったのでせめて食べていってください！」

「うん、じゃあいただいてく」

おでんか。冬が近いなと思う。

「佐野さん、寒くて申し訳ないんですけど縁側で待っていていただけますか？　座布団出しますね」

「おかまいなく」

ゆっくり桂木さんの家の方へ向かう。桂木さんが急いで家の中に入り、窓から厚手の座布団を三枚出した。

「ユマちゃん、よかったら上がってね」

俺は縁側の端に座布団を移動させ、そこに腰掛けた。ユマが真ん中の座布団にトンッと乗ってお もちのように座る。俺の隣のポジションは絶対に譲らないようだ。

「ユマ、ありがとうなー」

俺は相川さんほど妙齢の女性が苦手というわけではないが、やっぱりまだしばらくはそういうことを考えたくないのだった。

陽射《ひざ》しはまだ強いが、風が吹くとちょっと冷たい。膝掛《ひざか》けでも持ってくればよかったなと思った。

そういえば軽トラの助手席部分（椅子は外してある）には一応毛布が敷いてあるがあれはユマのだから使おうとは思わない。外で使って冷たくなったらユマがかわいそうだし。ちなみに荷台にも毛布は敷いてある。荷台にニワトリが乗る時用である。今日はタマが座っていた。

ユマはじっとしてはいなかった。一度座布団に座ったが、待っている時間がアレなのかまたピョンと下りて草を摘《つ》まんだり小さな虫を食べたりする。その羽を撫《な》でながら、晴れててよかったなと改めて思った。

「お待たせしました」

ほどなくして桂木さんがお茶と漬物を持ってきた。風がそよそよと吹く。

「思ったより寒いですね。ちょっと待ってください」

慌てたように身体《からだ》を引っ込めた桂木さんだったが、次に顔を出した時半纏《はんてん》を持ってきた。

「大きめのがこれしかなかったので、すみませんがこれを着ててください」

こちらの返事を待たずにまた家の中に戻っていく。受け取った赤い半纏を見て気持ちが和んだ。

「家の中に入るわけにはいかないもんなぁ」

あんまりこの家広そうじゃないし。女性一人暮らしの家にお邪魔するのはなんかな。

漬物は白菜の古漬けだった。酸味がちょっときつくて、でもそれがいい。温かいお茶が身体に沁みた。でももうさすがに縁側にずっといるにはきつい季節だなと思った。

「すみません、お待たせしました。おでんなんですけど、嫌いなものとか、特に好きなものとかってありますか？」

桂木さんがすまなさそうに大きな鍋《なべ》を運んできた。

「嫌いなものは特にないと思うよ。好きなのは大根かな」

「はい」

どんぶりにどっさりとおでんをよそって渡された。それからザルに青菜を入れて持ってきてくれた。これはユマとタマ用だろう。ところでタマはまだドラゴンさんをつついているんだろうか。

「ごはんいります？」

「うん、あると嬉《うれ》しいかな」

「よそってきます」

からしをもらってどんぶりの端につけ、ごはんを受け取って二人で食べることにした。大根はおいしいけど少し固い。

「まだ大根固いんですよねー」

桂木さんが眉《まゆ》を寄せて言う。

「確かに」

季節的なものなのか、その大根が固いのかはよくわからない。練り物も好きだしこんにゃくにはしっかり味が染みていたからやはり大根が固いんだろう。

ユマを真ん中にしておでんを食べる。ユマは座布団の上に戻り、しょりしょりと青菜を食べていた。

「十一月を過ぎればもっと柔らかくなるのかな」

「食べ物って旬がありますよね」

じゃがいもも入っていた。うまい。

桂木さんが漬物を摘まんで、ハッとしたような顔をした。

「ごめんなさい、古漬けでした。浅漬け持ってきますね！」

「え？」

なんで謝られるのかわからなくて、俺は目を瞬かせた。

「……おいしかったけど……もしかして桂木さんが楽しみとかにとっといたヤツだった？」

だったら申し訳ない。

「いえ……佐野さんがこれでいいなら、これで……」

どういうことなのか詳しく聞いてみると、人によっては古漬けを嫌がるのだとか。

「以前実家にいた時に、他県出身の友達が遊びに来たんですよ。フツーにこれを出したら、こんなの捨てるものじゃゃんって言われてしまって……」

「へえ。地域によってやっぱり違うんだね。俺はおいしいと思うよ」

「よかったです……」

その友達もどうかと思うが、地域によって味が違うのは確かだと思う。おでんの具材も違うみたいだし。牛すじが入っていた。とてもおいしかったがうちのおでんには入ってなかった。

うちのはゆで卵が入っていたりしたかな。そんなことを考えながらおいしくいただいた。

桂木さんはユマをよく見ていて、「ユマちゃん、もっと食べる？」とか声をかけていた。

「タベルー」

「はい、どうぞ」

ユマを餌付けしてる桂木さんもひっくるめてかわいいなと思った。これはあれだ。愛玩《あいがん》動物に対

するようなアレである。（俺はいったい誰に弁解をしているのか）

「あれ？　佐野さん、その指どうしたんですか？」

少し腹が落ち着いたところで、桂木さんは今気づいたらしく絆創膏《ばんそうこう》が貼ってある俺の指をまじまじと見た。

「もしかして草かなんかで切っちゃったんです？　それにしては多いですね」

今両手で六か所絆創膏を貼っているのだ。さすがに多いということはわかっているが血が出るのだからしかたない。

「いやー、なんか乾燥してるみたいで気が付いたら血が出てるんだよ。しかも痒《かゆ》くて、なんなんだろーな？」

「ちょ、佐野さん……痒みってそれ、主婦湿疹《しっしん》じゃないんですかっ⁉」

「主婦湿疹？」

俺は首を傾げた。別に主婦じゃないけど。

桂木さんに睨《にら》まれた。

「佐野さん、こちらに来てから明らかに水仕事増えてますよね？」

「ああ、そうだな～」

実家にいた時、自分の洗い物ぐらいはしていたが洗濯も基本母任せだった。こんなに毎日ニワトリを洗うなんてことはしていなかったわけで。最初の頃はゴム手袋を使っていたが、暑くなって蒸れるから使ってなかった。やっぱりまたゴム手袋を使った方がいいだろうか。

「佐野さん、ハンドクリームとか使ってます？」

「いや？」

「なんで使わないんですか！　ただでさえ冬は乾燥しているんですから、手が荒れやすいんですよ！　それだけじゃなくて水仕事が多いと冬は湿疹ができるんです。ほっとくとどんどん悪化しますからね！」

ビシッと指を突き付けられて、ちょっとまずいかなと思った。

「ハンドクリーム持ってますか⁉」

「……持ってない」

「わかりました！　ちょっと待っててください！」

桂木さんはそう言って家の中に取って返すと、すぐに小さい容器を持ってきた。

「これは試供品でもらったものなので少ないですけど使ってください。少なくとも寝る前と水仕事の前は絶対に！　わかりましたか？」

「んー、善処するよ……」

だってハンドクリームってべたべたして嫌だから。

「……佐野さん、手のチェックしに行きますよ？　ちゃんとできてなかったら……」

桂木さんの笑顔が怖い。

「で、できてなかったら？」

「襲いますからね！」

それってどうなんだ？　と目をぱちくりさせてしまった。

桂木さんが困ったような顔をする。

「ま、冗談はともかく」

コホン、と桂木さんが咳払《せきばら》いをした。俺がそんなのやだよ！　とか反応するのを期待してたんだろーか。期待通りの反応ができなくて申し訳ない。

その後も桂木さんにこんこんと湿疹ができるとどうなるかを教えられた。出血する、痒みが起きる、ぶつぶつができて更に痒くなる。かけばまた血が噴き出る。

「ずっと痒くなって手ががびがびになって血まみれになってもいいんですかっ⁉　確かに暖かくなってくれば治りますけど、それまでずっと痛痒いし血まみれなんですよっ！」

「……それは困る」

やっぱりゴム手袋を使うべきだろうか。いちいち嵌《は》めるのも面倒なんだけどな。

「あとですね、こんな話もあるんです」

桂木さんが怖い顔をして更に言い募る。

ユマが俺と桂木さんの顔を交互に見た。心配ないと伝える為《ため》にユマを撫でる。桂木さんの眉間《みけん》に皺《しわ》が寄った。

「な、なに？」

「食物アレルギーってご存じですか？」

「うん、まぁそういう人がいることだけは……」

幸い俺は食物アレルギーがないのでなんでも食べられる。好き嫌いってほどではないが、食べたくないものはあるけど。（一応好き嫌いはないと言ってる）

「食物アレルギーは生まれつきと思われる人もいますけど、後天的になる場合もあるんですよ。その原因が乾燥や湿疹、すり傷、かき傷などにあるって話は聞いたことありませんか？」

「えええ……」

なんか怖い話が始まってしまった。

「簡単に言ってしまうと、それらの傷ついた皮膚に食物などがつくことによってアレルギーを発症してしまうことがあるらしいんです。だから冬の保湿は大事なんですよ。聞いたことありません？石鹸《せっけん》で小麦アレルギーになったって話」

「ああ、それは確かに聞いたことがあるかも……」

なんで石鹸で小麦アレルギー？　って不思議に思ったことを覚えていた。確か石鹸に小麦成分が入っていたとかそういう話だったっけ。でもそれって身体に傷のある人が使ったとかそういう話なんだろうか。疑問が顔に出ていたのか、桂木さんが更に補足してくれた。

「あの石鹸は洗顔石鹸だったので、目とか鼻の粘膜に触れたことで体内に侵入した、とかいろいろ理由があるらしいですよ。なんか使われてた小麦も普通のではなかったみたいですけど。そういうこともあるから成分表示も気にしてます。とにかく、ちゃんとハンドクリームを使いましょう！まずは寝る前だけでもいいですから！」

「……わかった」

確かに食物アレルギーとか嫌だ。あれもこれも食べられなくなるなんて切なすぎる。でも続けられるかどうかは不安だ。

「でもそうなると小さい頃から食物アレルギーの子とかどうしてなんだろうな？」

「医学も万能じゃないですからねー。解明されてないことっていっぱいあるじゃないですか」

「そうだよな。癌《がん》も根絶できないし、認知症とかたいへんだしな」

かかったらどうにもならない病気なんて沢山ある。心の病気だってそうだろう。目に見えないかならなおさら。

ハンドクリームはありがたくもらうことにした。

「でももう湿疹が出てるんですもんねー。一度手荒れ用の軟膏《なんこう》とかで治した後の方がいいとは思いますけど……」

桂木さんが難しい顔をした。

「でも佐野さん、私の言うことってあんまり聞いてくれなそうな気がする……」

ぎくぅ。確かに塗り忘れる自信は大いにある。（いばれない）

「うーん……そうだ！」

桂木さんは何か思いついたようだった。なんだかとても嫌な予感しかしない。

「ちょっとＬＩＮＥします！」

「えええ……誰に……」

って、ＬＩＮＥするような相手はそういないだろう。おっちゃんとおばさんだって携帯は使ってるけど基本は電話だし。すごいスピードで文字を打った桂木さんのＬＩＮＥのお相手は……。

「あ」

電話がかかってきたので反射的に出たら。

「佐野さん！」

電話の相手は案の定相川さんだった。そういえばこの二人、連絡先の交換はしていたっけ……。

桂木さんがしてやったりという顔をした。この娘後で覚えてろよ。

「佐野さん、冬の湿疹はほっといてはいけません！　すぐに診療所に行きましょう！」

「は、はい……」

「一人では行きづらいってことでしたら桂木さんに付き添ってもらいますか？　それか僕が付き添いますから！」

「い、いえそこまでしていただくようなことでは……」

「でも佐野さん、一人だったら絶対行きませんよね？」

バレてる。面倒だから行かないつもりだった。背を脂汗がだらだら伝う。もう寒くなる時期なのに。

「佐野さん？　僕が付き添いますから診療所、行きましょう。今すぐに」

「今、すぐに、ですか……」

「はい、僕診療所で待ってますからね？」

行動派である。確かに普段からフットワークは軽い。

「い、いえ……一人で……」

「佐野さん？」

声が怖い。

「……はい。あの、じゃあ三時に診療所で待ち合わせでいいですか……？」

「わかりました。三時に着くように行きます」

どうにか電話を切った。じろりと桂木さんを睨む。

「よかったー。相川さんが付き添ってくれるんですね！　じゃあごはん食べちゃいましょう」

余計なことをと思ったけど、桂木さんは笑顔でこうも言う。

「あんまり手荒れがひどい状態でユマちゃんに触れてたら、ニワトリアレルギーになっちゃうかもしれませんよね？」

愕然《がくぜん》とした。それは困る。

「そ、それは……」

「絶対にないって言いきれますか？」

俺はがっくりと首を垂れた。

まぁ確かに見た目よろしくないし、実際痒いしな。いい機会だと思うことにしよう。俺はこっそりため息をついた。

タマがやっとこちらへ来て、ユマと共に青菜をつつく。桂木さんに「アリガトー」とお礼を言ってほっこりした。桂木さんもにこにこである。

それにしても、なんで桂木さんといい相川さんといい俺に対する信用がないのだろうか。

残りのおでんを食べながら、なんか釈然としない俺だった。


あの後、「またLINE入れます！」と言われて桂木さんに送り出された。

あれ？　そういえば俺桂木さんの山に何しに行ったんだっけ？　タマもちょっと不満そうな顔をしていた。

あ。

「タマごめん、神様探しはまた今度だってさ」

「……ワカッター」

「タマありがとうなー」

しぶしぶではあるがタマが返事をしてくれたのでそっと羽を撫《な》でた。無意識で撫でたけど、今回はつつかれなかった。たまーにこういうこともある。

タマとユマを乗せて診療所に向かうと、果たして相川さんの軽トラが待っていた。本当に来てくれたんだ、とほっとすると同時に申し訳なさを感じた。

「佐野さん、こんにちは。手、見せてください」

「はい……」

しぶしぶ両手を出すと相川さんが掴《つか》んで、まじまじと見た。男二人でおてて繋《つな》いでとかいったいなんの罰ゲームなんだろうか。

決してそこに愛は生まれないと思う。

「けっこうひどくなってますね。入りましょう」

「あの、手……」

「ああ、すみません！」

ナチュラルに俺の手を引いて診療所に入ろうとする相川さん。とんでもない噂《うわさ》が席巻しそうなので勘弁してほしい。タマとユマが俺たちを眺めながら何やってんのコイツらと言いたそうな顔をしていた。うん、本当に何やってるんだろうな。

気を取り直して診療所に足を踏み入れたら。

「こんにちはー」

「あ！」

受付にいた看護師のおばさんが俺を見て目を見開いた。そして後ろの扉を開け、

「せんせー、あの子来ましたよー。ほら、でっかいニワトリの子！」

大声で声をかけた。

俺、でっかいニワトリじゃないです。相川さんを見やると苦笑していた。

「あー、ニワトリの子来たのかー」

だから俺はニワトリじゃありませんって。

診療所の先生がわざわざ出てきた。

「で、ニワトリは？」

「もちろん外ですよ？」

「そっかー。今日はどうしたの？」

先生は頭を掻《か》いた。

「ええと、手の湿疹《しっしん》がひどいのでよく効く軟膏かなんかないかなーって……」

「一人暮らしだっけ？　それじゃしょうがないわよねー」

「そっかそっか。そんな時期だよね。おいでおいで」

診察室に手招かれて診《み》てもらった。で、軟膏を出してもらえることになった。

「寝る前と朝と、後は適宜ね。一日に何回塗ってもかまわないから、使い切る勢いで使っちゃっ

てー。あ、それから」

「はい？　なんですか？」

「ゆもっちゃんに伝言頼める？　もう生きてるスズメバチは持ち込まないでって」

「はい……伝えておきます」

相川さんと共に苦笑した。確かに虫籠《むしかご》の中に入っているとはいえ生きたスズメバチは嫌だよなって思う。確かあれは桂木さんの山というか森の部分で退治した時だったか。

軽トラの中に置いといたら暑さで死ぬかもってことで、診療所に持ち込んだようなことをおっちゃんが言っていたな。いい迷惑である。（軽トラの窓を開けておけばよかったのでは？　と言ったら羽音や匂いで仲間を呼ぶから危険とかなんとか言ってた。それ以前にスズメバチを持って出歩かないでほしい）

「またなんかあったら来てね。あんまりひどいようなら町の皮膚科に行って。知らなければ紹介するから」

「わかりました。ありがとうございます」

俺が来た時は誰もいなかったが、帰る頃に一人二人とやってきた。午後でも意外と人は来るらしい。

隣の小さいプレハブで薬をもらった。

「相川さん、わざわざここまで来ていただいてありがとうございました」

そういえば桂木さんの山から直接ここまで来てしまったから、何も持ってきていないということに今頃気づいた。ここで別れてもいいのだがわざわざ呼び出した手前ちょっともじもじしてしまう。

なんだもじもじって。乙女か。

「いいんですよ。あ、出てきたついでに佐野さんちにお邪魔してもいいですか？　川の様子を見せていただけたらと思いまして」

「あ、ああ。そうですね！」

そういえばもう一回リンさんとテンさんに来てもらいたいという話をしていたのだった。

「それでまだ目視で数がいるようなら、明日か明後日《あさって》にでもリンとテンを連れて行こうかと……」

「そうですね。来ていただけると助かります」

「テンが冬眠の準備に入る前に行きたいので、朝の様子を見て連絡します」

「わかりました」

リンさんテンさんがいなかったことで、タマも今日相川さんを招くことに異論はなかった。

川を見てもらって、お茶をして、帰り際に相川さんがとても真面目な顔をした。

「ちゃんと軟膏塗ってくださいね。毎日ニワトリを洗っているんでしょう？」

「ええ、まぁ……」

「できれば洗う前と後もです。洗濯をする前後もですよ。べたべたするかもしれませんが忘れずに！」

「はーい……」

信用ないなぁって思う。俺も治さないとまずいなとは思っているのでほどほどに塗るだろう。痒《かゆ》いのも嫌だし血が噴き出すのも嫌だ。

桂木さんからもらったハンドクリームを見る。そういえば一応パッチテストっぽいことはしてくれと言われた。肌に合う合わないはあるようなので。

ちなみに、タマは帰宅後すぐにツッタカターと遊びに出かけてしまった。ちょっとだけ悪いことをしたなと思った。

「ユマも俺に遠慮せずに、いつでも遊びに行っていいんだからな？」

ユマにぷいっとそっぽを向かれた。だからなんでだ。

4　十一月になりました

あれからまたリンさんテンさんにザリガニ駆除に来てもらい、タマに思いっきりつつかれまくったりもした。

「タマさん、すみません。もうテンも冬眠しますから」

相川さんがタマに謝るってなんだかなと思ったけど、タマはそれで納得してくれたみたいだ。つーか飼主は俺じゃないのかよ。

「なんでこんなにタマは凶暴なんだろうなぁ」

と呟《つぶや》いたら更につつかれてたいへんだった。全くもって口は禍《わざわい》の門である。相川さんは笑っていた。

そんなこんなでいろいろ冬支度をしていたら、十一月になった。

狩猟解禁である。

「うむ、そろそろわしらの出番だな」

裏山開放しますって話をしに陸奥《むっ》さん宅へお邪魔したら、陸奥さんがもう猟銃の手入れをしていたようだ。今年は超張り切っているらしい。息子さん夫婦が苦笑していた。

今日は相川さんと一緒である。ニワトリたちも今日は全員来ていた。裏の林が気に入ったらしい。

勝手にいろいろ狩りに行くのはやめてほしい。

今日も陸奥さんは畑で作業をしていたらしく、軽トラを停《と》めたら家じゃない方向から現れた。

「こんにちは、陸奥さん」

「おお、こんにちは、佐野君、相川君。ニワトリたちは……またでかくなってないか？」

陸奥さんは目を見開いて、ニワトリたちをまじまじと眺めた。苦笑する。

「そうですね。以前こちらに来た時より縦に伸びている感じはします」

「まあゆっくりしていってくれ。なんだったらまたイノシシでも狩ってくれると嬉《うれ》しいがなぁ」

まずい、と思った。ポチがそれを聞いた途端林の方に向かってたしたしと走る準備を始めた。

「待て！　ポチ、待て！」

慌ててポチの前で仁王立ちする。

「どうかしたのかい？」

陸奥さんは不思議そうな顔をした。

「今日は夕方には帰るから！　ちょっとでも暗くなってきたら帰ってくること！」

ポチとタマが途端に不満そうな空気を出す。いつ覚えたんだそんなこと。今にも「エー」とか言い出しそうだ。

「遊んできてもいいけど、イノシシは見つけたらで！　わかった？」

ポチはしぶしぶクァー！　と鳴いて返事をした。よし。だがタマに睨《にら》まれてしまった。余計なこと言いやがって、というように。いやいや、いくらなんでも予定してないのに泊まるわけにはいかないだろ？　おっちゃんちじゃないんだし。

「ユマも遊んできていいよ？　中に入るから」

ユマは頷《うなず》くように首を動かすと、ポチとタマと共に林の方へ駆けて行った。一安心である。

「……佐野君、なんかあったのかい？」

「あー、ええと、その……」

以前おっちゃんのところの山で起きた出来事をかいつまんで話した。おっちゃんが冗談でポチに「イノシシを狩ってくれねえかなー」みたいなことを言ったことである。あの時はポチが張り切って山を登り、結局一晩かかったしな。

それで陸奥さんも納得してくれたようだった。

「そうか……確かに下手なこと言って真に受けたらたいへんだな。わしも気をつけよう」

「いえ、うちのがすみません……」

「今度来る時は泊まりで来たらいい。イノシシだのシカだのの被害はけっこうたいへんでな～」

「そうですよね」

狩猟の時期なのでみな猟銃の手入れは念入りに行っているようだった。ただ基本は罠《わな》猟らしく、すでに罠も設置しはじめているらしい。銃を使うのは最終手段だ。確かに人がいないところならいいけど、そうじゃなかったら危ないし。

「それで？　ニシ山とサワ山の裏山を開放してくれるんだっけか？」

「はい、お願いします」

「こっちも確認しとくよ。許可してもらえるのは助かるからよ」

許可のない山にはそう簡単に入るわけにはいかない。それは狩猟の時期でも変わらない。ただ裏山に関して言うと分け入る為《ため》の道もないので勝手に人が入るとも思えないのだが。

でも、自分の山だと思ってたのに見知らぬ人が住んでたりしたらやだなぁ。それはいったいなんのホラーだろうか。俺は思わず身震いした。

そして、狩りもそうなのだが今年の冬はうちの山の使っていない家屋（空き家）の解体も頼んでいる。それに関してはそろそろスケジュールを合わせて来てもらうこととなった。相川さんの狩猟仲間ということで、夏に会った面々にお願いする形だ。

「安心しろ。佐野君には一切手伝わせねえから」

頼もしいお言葉をいただいた。

うん、実は家屋の確認とかしたくないんだよな。開けた途端ヘビとか虫が飛び出してきたらやだし。謝礼をしっかり用意すると言ったらおじさんたちが張り切ってしまい、全部やってくれることになったのだ。もちろんごみ処理などの費用も俺が負担する。ちょっと懐は痛むが必要経費だと割り切った。食事の用意なども俺がすることになった。それぐらいは当然させていただきます。

金の話のついでだが、山の上の祠《ほこら》については元庄屋《しょうや》の山倉さん一家が用意してくれることになった。俺が水を供えたことで神様が助けてくれたのだとどうしても聞かない。山倉さんのぎっくり腰はもうよくなって、そろそろこちらに戻ってこられるようだった。その時は息子さんの圭司《けいじ》さんがこちらに寄っていくという。

「申し訳ないんだけど、その時に祠のあった場所に案内してくれないか？」

と言われたので快諾した。今のところ毎日登るということはできていない。登りやすい道が整備できれば、と思うところである。そこらへんのことも圭司さんが来てから相談することになった。まあ、祠以外の金を出してもらう気はないが。

話を戻そう。

今日は陸奥さんの息子さん夫婦に負担をかけないようにと午後にお邪魔した。当然ながら手土産持参である。陸奥さんの奥さんがにこにこしながら一度仏壇に捧《ささ》げ、その後お嫁さんに渡していた。お嫁さんからも礼を言われた。今回の手土産はお孫さん用にお菓子の詰め合わせにしたのだった。そういうお菓子をあまりあげてない家だったら迷惑だったかも、と後で思ったりはした。（家庭によってはというやつである）

午後に行ったからポチとタマはすぐ帰ってくることになって不満だったようだ。戻っては来たが、ポチがじーっと林の方を見ながら足をたしたしとしていた。

「今度泊まりでお邪魔することもあるみたいだから、そん時な～」

とフォローしておいた。言ってからお嫁さん聞いてないよな、とどぎまぎした。

「じゃあすみませんがよろしくお願いします」

「わかった。みんなに言っておくよ」

狩猟よりもまずうちの使っていない家屋の解体に来てくれることになった。四日後ということで、とても楽しみだなと思った。

さて、ごはんは何を用意しようか。

「やっぱり肉の方がいいんですかね？」

「年寄りが多いですから、どうでしょうね。肉も炒《いた》め物とかならいいでしょうが、揚げ物はやめておいた方がいいかもしれません」

「そうですね」

相川さんに相談したらそう答えられた。やっぱり思い込みは危険だ。

「好みを先に聞いておきましょうか。それを作る作らないに限らず参考になるかもしれませんし」

「お願いします」

相川さんはすぐに聞いてくれたらしい。できる男は仕事が早い。

陸奥さんはなんでも食べるけどやっぱり肉がいいそうだ。肉食系じじい。こう書くとなんかエロ同人みたいだ。こんなこと想像したって知られたら殴られそう。

川中《かわなか》さんはカレーが食べたいそうだ。豚肉のカレーでもいいのかな。畑野《はたの》さんと戸山《とやま》さんは特にこだわりはないらしい。

「カレーかぁ、カレー……」

「カレーじゃなくてもいいとは思いますが、大鍋《おおなべ》で作るとおいしいですよね」

相川さんとの電話でそう言われた。やっぱりカレーなのか。おいしいからいいけど。

来られる時は豚肉のカレーと鶏《とり》ひき肉のカレーを用意することにした。余ったら冷凍すればいいし。ちなみに豚肉か鶏ひき肉以外の具材は同じである。凝る人ならスパイスから調合したりするんだろうなと思うが、俺はもちろん市販のルーを用意した。カレールーは最強である。

　解体予定の家屋の周りを改めて片付けたり、雑草を抜いたりする。だいぶ草も枯れてきたけどまだ元気なのもいるんだよな。

　そういえばそろそろニワトリたちの餌を買いに行かなければ。

　養鶏場に連絡することにした。

「用意してあるからいつでもおいで～」

　養鶏場に電話するとこう言われてほっとした。決して忘れていたわけではないのだ。いただいてきたポリバケツの中身が心許《こころもと》なくなってきたのは気づいていたが、なんというかタイミングがつかめなかったのである。

　……すみません、忘れていました。ごめんなさい。急いで買ってきます。

　というわけで翌日は養鶏場に餌を買いに行ってきた。冬の間の分ということで、とりあえず自分で持てそうな量を考えて四十五リットルのポリバケツを三つ用意した。

「けっこう重いが大丈夫かね？」

　養鶏場のおばさんに心配されてしまった。腰で持ち上げなければなんとかなった。ポリバケツに抱きつくような形でまっすぐ縦に足の力だけで立つのだ。難しいけどコツを掴《つか》めばなんとかなる。

　台車を借りて軽トラまで運び、荷台に載せた。それにしてもけっこう重い。餌の重さ舐《な》めてました。やヴぁいです。今日は餌を買ってくるだけだと言ったら、ポチもタマも山のパトロールに行ってしまった。だけどユマは当たり前のようについてきてくれた。ドライブのお供がいるのって幸せだなって思った。

これでしばらく餌には困らないだろう。

そうして、陸奥さんたちが来る日を迎えた。朝からカレーを沢山作る。スパイスの匂いがアレなのか、朝ごはんを食べるとポチとタマはすぐに家から出て行ってしまった。ユマもトトトッと家の外に出たから、あまり好きな匂いではないのかもしれない。

今日は建物などの確認ということで、陸奥さんたちは十時頃にやってきた。もちろん今日陸奥さんたちがいらっしゃるということはニワトリたちに言ってある。報・連・相は大事である。その相手がニワトリであってもだ。不審者と勘違いして攻撃されてはかなわない。

今回はおっちゃんも見にくると言っていたので麓《ふもと》の柵《さく》の鍵《かぎ》は開けてもらうことにした。

「こんにちはー」

「こんにちはー、佐野君」

相川さん、おっちゃんも来たので、陸奥さん、川中さん、畑野さん、戸山さんの総勢六名である。みんな各自軽トラで来たので駐車場として使っている場所がぎゅうぎゅうになった。どうにか全部停められてよかったと思う。

「来ていただいてありがとうございます。今日からよろしくお願いします」

「今日は見るだけだがな。建物によっては足場を組まにゃならんか」

「そうですねー、足場板どうしましょうかー」

「うちに板状のものはけっこうありますから、持ってきますよ」

廃屋を見ながら、みなであーでもないこーでもないと言い合う。足場かーとか思いながら眺めていたら、戸山さんに苦笑された。

「佐野君、何かあったら声かけるからそれまではいつも通りにしててくれ」

「はーい」

本当に彼らだけでどうにかしてくれるらしい。ところでおっちゃんはなんで交ざってるんだろう。まだ話の段階であるが、廃屋の解体をして片付けた後の場所を狩りの拠点にしたいようなことを言われている。どうせ全く使っていなかった土地なので冬の間だけならかまわないと伝えた。問題はここから裏の山に向かう方法だ。だがうちのニワトリたちが裏山に行っているのではないかという話をしたので、ニワトリに案内させることも考えてはいるらしい。そこらへんはポチとタマに直接交渉してもらうよう言ってある。

まだいろいろ始まったばかりだが、今年の冬は賑《にぎ》やかになりそうだなと思った。

おっちゃんは廃屋について陸奥さんたちに交ざって話し合っていたが、すぐに畑の様子を見にきた。

「なんか注意することとかあります？」

「うーん、村とこっちじゃ気温がまず違うからなぁ。真面目に農業やるならビニールハウスを作った方がいいんだが、雪の降り方によっちゃすぐ潰《つぶ》れるしな。今はこれぐらいしか対策はできないんじゃねえか？」

おっちゃんちは兼業農家だった。退職してやっと農業に打ち込める、と思ったらしいがそれはそれでたいへんなようだ。山の畑は門外漢だという。それでもいろいろ助かってはいる。

「そうですよね～」

今のところ畑に直接黒いシートを被《かぶ》せるぐらいしかやりようがない。まぁだめになったらその時だ。何事もやってみなくちゃわからない。豪雪地帯だと雪下野菜なんてものもあるらしいが、山の場合はどうなんだろう。寒いは寒いのだが、やっと雑草が枯れてきたぐらいだから思ったよりは寒くないいんだろうな。それか雑草が強靭《きょうじん》なのか。困ったものである。

「明日辺りぐっと冷えるだろうから、その様子を見てだな」

そういえば天気予報でそんなことを言っていた気がする。そろそろこたつを出そうかなと思った。

みんな廃屋の周りを巡ってああでもないこうでもないとまだ言い合っている。俺は川を見に行くことにした。

昼、カレーが入った二つの鍋に火を入れる。ごはんもいっぱい炊いた。一人暮らしだから五合炊きとかいらないだろうと思っていたけど、意外と使うものだ。今回は人が多いので相川さんも炊飯器を持ってきてくれた。おかげで炊飯器二台からいい匂いが漂ってきている。やがてカレーの匂いがしてきたら、ユマがスッと玄関の外へ出た。やっぱりスパイスの匂いが苦手なのかもしれない。今日は量も多いしな。

「いい匂いがしてきたな～」

ちょうどいい頃になっておじさんたちがどかどかとやってきた。みんなカレーの匂いにつられてきたらしい。

「ほら！　僕が言った通りになったじゃないですか！」

川中さんが嬉《うれ》しそうに言う。

「うるさい」

バンッ！　と畑野さんが川中さんの背中を叩《たた》く。

「ちょっ！　痛いじゃないですか！　すぐ手が出るのは悪いクセですよ。奥さん子どもには手ぇ上げてませんよねっ⁉」

え、ちょっ……って思った。

「女子どもに手を上げる奴《やつ》は最低だ」

畑野さんは手は出るけれどもなんだかんだ言って冷静だ。

「ほらほら、佐野君が困ってるから入った入った」

戸山さんが二人を宥《なだ》め、土間から居間へ上がった。

「ここ、土間が広くていいねぇ。戸もないからこのまま居間へ上がれるし」

戸山さんが感心したように言う。柱はところどころに立っているが、玄関から続く居間のガラス障子は取っ払ってしまったのだ。なんか閉塞感《へいそくかん》が嫌で。おかげでうちは玄関、土間から直接居間の畳に上がれるようになっている。台所も土間から上がったところにあるので今風に言うとＬＤＫになっている。寝室は一応別にあるが、冬の間はここでみんなと寝てもいいかなとは思っている。普段は居間にちゃぶ台を置いているが、ちゃぶ台ではみんなで食べられないので奥の部屋から座卓を運んできた。けっこう大きめの座卓である。そこにみんな集まってから、漬物とお茶を出した。白菜の漬物、たくあん、福神漬けにらっきょう。

「やっぱカレーには福神漬けだよね！」

川中さんが嬉しそうに言う。

「カレーにはらっきょうだろう」

畑野さんがぼそりと言う。あまり気が合わないようだ。

「豚肉のカレーと鶏ひき肉のカレーを作ったんですが、どちらにしますかー？」

「豚だ！」

「鶏ひき～！　おかわりはできるの？」

「残っていればできますよ～」

おじさんたちみんなでわいわい言いながらカレーを食べる。賑やかでいいなと思った。

カレーというのは人の食欲を刺激するものなのか、鍋も炊飯器の中身もほぼ空になった。あんだけ作ったのに嘘《うそ》だろ？　と鍋の中を何度も見返してしまった。

「カレーはいいな。毎日カレーでもいいぞ！」

陸奥さんがご機嫌で言う。陸奥さんはカレー好きと。

「シチューとかどうですか？」

「シチューもいいね！　ビーフシチュー！」

「ホワイトの方がいい」

川中さんと畑野さんの好みはどこまでも被らないらしい。

「鍋の方が楽じゃないですか？」

相川さんが助け舟を出してくれた。確かにその方が楽だ。

「そうですねぇ。おでんとかはどうですか？」

「食った気にならん」

陸奥さんが言う。どこまでも肉食系なじいちゃんである。

「シシ鍋とかいいよねぇ」

戸山さんが言う。

「俺、イノシシは扱ったことないですよ」

苦笑した。みんなの視線がユマの方を向く。ユマは玄関口にいた。ナーニ？　というようにコキャッと首を傾《かし》げた。かわいい。

いや、そうじゃなくて。

「だめですよ」

苦笑した。とんでもない話だ。

「まぁなぁ。やめた方が無難だな」

おっちゃんがしみじみ言う。別にみんなユマを食べたいとかそういう話ではない。みんなうちのニワトリたちに期待しすぎなのだ。昼飯の為にイノシシを狩ってこいとかどうかと思う。

「確かに獲《と》ってくるまで帰ってこなかったら佐野君が困るわな」

陸奥さんが笑う。

「そっか～」

「やっぱだめか～」

とみんながっかりしたような、納得したような様子を見せた。

ただ、うちの山なので「イノシシ狩ってきて」と言えばけっこう簡単に狩ってきそうな気もしないでもない。でもそれを期待されても困るので考えないことにした。うちはニワトリたちの自主性に任せます！

明日から本格的に解体の準備を始めるらしい。三時のおやつにみんなで煎餅《せんべい》をぼりぼり食べながらそんなことを確認した。煎餅は相川さんが持参した。おやつに関しては持ち寄ってくれるらしい。明日は朝から来てくれるというので明日のお昼ご飯はどうしようかなと頭を悩ませる。三日に一度はカレーにしてくれと言われたからその分考えなくていいのは助かるけれど。

鍋にするか。鶏肉になっちゃうけど。

あ、もちろんうちのニワトリたちじゃないよ。(誰に向かって言っているのか)

……寒い。布団から出られない。

でも今日は朝からみんな来るし……つらい、と思いながらピピピピ……と音を鳴らしている目覚まし時計を睨《にら》んでいたら。

トトトッという音が近づいてきた。何事かと思ったら廊下に続く襖《ふすま》がガタガタいい始め、やがてスパーン！　と勢いよく開いた。

「え」

タマだった。タマは呆然《ぼうぜん》とする俺を一瞥《いちべつ》してから俺の上に乗った。のしっと。

「ええええ？」

とりあえず腕を限界まで伸ばして目覚まし時計を止める。

「タマさん、どいてください」

のしっ。

「起きますからどいてくださいっ！」

タマがどいてくれたので身体《からだ》を起こした。寒いは寒いんだけど、あまりの衝撃で起きられたようである。

「タマ～、どうやって襖開けたんだ？」

役目は済んだとばかりに土間へ戻っていこうとする後ろ姿に声をかけると、タマは振り向いて首を前に頷《うなず》くように何度か動かし、足で蹴《け》るような真似《まね》をした。ああ、そういう……。

嘴《くちばし》で襖の引き手を引っ張って隙間を開け、そこに足を突っ込んでスパーン！　か。って、ニワトリの足って横に動くのか？　しかも慣れてる動きだったな。まぁ朝何度か乗られてたことはあるけど。

ニワトリたちに朝ごはんを用意してから、今日のメニューを改めて考えた。鶏鍋《とりなべ》である。もちろんうちのニワトリは無事だ。つか俺が捌《さば》く前に返り討ちに遭うことは必定だ。そんな恐ろしいことはできないし、する気もない。（しつこいかもしれないけど大事なので何度でも言う）

鍋用に野菜をざくざく切ってざるに載せておく。肉を切るのは後ででいいだろう。昨日相川さんが肉団子を持ってくると言っていた。鶏肉の塊と肉団子。十分食べ出がありそうである。今日は午前中にみんなで墓参りをしてから作業に取り掛かってもらうことになっている。

ニワトリたちにごはんを食べさせてからしばらくもしないうちに、続々と軽トラが入ってきた。

今日からよろしくお願いします。

ポチとタマは陸奥さんたちを一瞥すると、とっとと遊びに行った。

「山の上に神様がいるっつってたよな」

陸奥さんがうちの上の墓参りをしてから思い出したように言った。

「ええ。でも頂上ですし、祠《ほこら》もなにもかもこれからなんですよ」

「そうか。だが挨拶《あいさつ》はした方がいいだろ。これから狩猟でもお世話になるんだから」

というわけで急きょ頂上まで登ることとなった。

以前ポチとタマに教えてもらったルートを通って頂上へ向かう。ユマが先導してくれた。みんな作業をするつもりで来ているから山登りは問題なかった。だが頂上まで道ができているわけではないので、途中でちょうどいい枝を見つけて杖代《つえ》わりにして頂上まで登った。

杖があるとかなり登りやすい。TVで富士山に登る人を見たらかなりの確率で木の棒なんかを杖にしていたのを思い出した。やっぱあるとないでは違う。

「おお、ここか」

陸奥さんがおそらく一番年寄りだろうにピンピンしている。戸山さんはさすがにつらそうだった。本当にすみません。川中さんが一番疲れた様子だったのが意外だった。

「僕は普段そんなに動いてるわけじゃないからなぁ……運動不足はだめだよね」

今日は日曜日だ。平日は川中さんと畑野さんは来られない。なので平日は二日にいっぺんぐらいの割合で陸奥さん、相川さん、戸山さんが来ることになっている。そんなに急ぐことはないと伝えたのだが、やれることはやれるうちにどんどんやっていきたいそうだ。ありがたいことである。

(もちろん日当は払う)

ちなみに今日は廃屋を開けて中のごみなどをできる限り運び出すそうだ。で、明日ごみ処理場へ運んでいくのだという。

頂上の祠があった場所に置いた石に挨拶をし、みなで墓のところまで下りた。雨が降っていないからいいが、雨だの雪だのが降ったらもう挨拶には行けないだろう。階段状に丸太などを設置できるといいなと思った。

「プラスチックフェンスと横木を合わせてもいいかもしれませんね。考えましょう」

相川さんに言われて頷いた。階段の設置は必要である。まぁ、来年の今頃にはできていればいいな程度ののんびりとした考えではある。

それにしても今朝は本当に寒かったのだなとしみじみ思った。うちの周りもそうだが、墓の周りの草も一気に黄色くなっている。木々の紅葉も進み、色とりどりだ。徐々に色が変わっていくのかと思っていたが、気温によって一気に変わるのだと知り、また一つ勉強になった。

うちに戻ってきて休んでもらう。その間に鶏のもも肉を適当な大きさに切って鍋の準備をした。カセットコンロがあるので、全体的に火が通ったら座卓に運ぶ。今日も相川さんが炊飯器を持ってきてくれた。

「もう一台買った方がいいですかね?」

「いや、いらないでしょう。持ってきますよ。平日は佐野さんちの炊飯器だけで足りるでしょうし」

相川さんはこともなげに答えた。相川さんが持ってきてくれた鶏肉団子はどうも手作りっぽかった。

「いっぱい作ったのはいいんですけど思ったより食べなかったんです」

「やっぱり手作りだったんですね」

マメだなぁと思った。

午後から本格的に作業をするというので四十五リットルのビニール袋を多めに出しておいた。明日はごみ処理場へ運んでいくので多少の分別は必要だが大まかでも問題はない。俺は手伝いをしなくていいと言われているので午後はユマと山を下りて買い出しに行ったりした。

それにしても陸奥さんは元気だなと思う。解体作業も請け負ってくれると言っていたので大丈夫ですかと聞いたら、孫に小遣いをあげたいのだそうで。いいおじいちゃんなのだなとほっこりした。

意外と廃屋には物が残っていた。箪笥《たんす》などは長年の雨漏りなどで使えなくなっていたので大きいものは全て粗大ごみである。

「明日の運搬は……佐野君もいいか?」

「はい、俺ももちろん行きますよ」

俺に手伝わせるのは本当は嫌らしい。陸奥さん曰《いわ》く、金と飯を出してくれるスポンサーを手伝わせるのはアウトなんだそうだ。それもまたこだわりなのだろうなと思った。

そんなわけで明日はごみ処理場へ運搬である。

こんなに大量にごみを運ぶなんてことは今までなかったから、ちょっとどきどきしてきた。


一番近いごみ処理場はN町の外れにある。N町に入ってから更に西に行った、山と山の間にあるのだ。

ごみというのは本来自区内処理が原則らしいのだが、この辺は土地はあるが人が少ないのでごみ処理場も広域化が進んでいる。麓《ふもと》の村とその北東方面にある奥の村のごみもN町に集めているそうだ。そんなわけでうちの山のごみはN町に持って行くことになっている。

昨日まとめておいたごみをみなで荷台に積んだ。けっこうな量が残っていたようで、全ての軽トラの荷台がそこそこいっぱいになった。どんだけだよ、と思った。

今日は陸奥さん、戸山さん、相川さんと俺である。軽トラとはいえ四台分のごみってなんなんだ。解体すればもっと出るのだからとりあえず処分しなければとさっそく運ぶことになった。

ポチとタマは陸奥さんたちが来たら、また来たのかと一瞥して遊びに行った。そういえばユマって誰かが来る時なんかは最近いつも留守番だよな。そこらへんどうなってるんだろう。

「今日はごみ処理場に行くから、ユマは留守番かな」

と言ったらすごくショックを受けたような顔をされた。

「だってさ、ユマ。ごみ処理場ってけっこう臭うじゃないか。臭いのやだろ?」

どんなにキレイなごみ処理場だって、ごみピットに投入する場所は臭うものだ。さすがに建物の外は臭わないが今日はけっこうごみを降ろす。いつもみたいにパパッと終わるものではない。

ユマはコキャッと首を傾げた。

陸奥さんが笑った。

「佐野君、ユマちゃんは一緒に行きたいんだろ? 連れてってやれよ、健気じゃねえか」

「かわいくていいよねえ」

戸山さんもにこにこしながら言う。俺は苦笑した。

「後で文句言うなよ?」

そう言ってみんなで出かけた。ユマは助手席に乗って嬉《うれ》しそうに身体を揺らした。かわいい。

少し離れたところから白いものを吐き出している煙突が見えた。あれは煙ではなく水蒸気なのだという。寒くなってきているから白く見えるらしい。基本的にあの煙突から有害物質は出ていないそうだ。バグフィルターとかいうので念入りにそういうものは除去しているようで臭いもしないという。ちょっとした豆知識である。

ごみ処理場では受付にある量りに軽トラのまま載り、帰りにまた量ってもらっての重量換算で料金を払う形だ。N町は一キログラム辺り三十五円である。車でごみを降ろす場所に向かい、まずは可燃ごみを台の上に降ろした。この台は扉が閉まるとガコン、と動いて斜めに下がるようになっているらしい。台の向こうはごみピット。可燃ごみを溜《た》めるばかでかい穴である。落ちたらクレーンで引き揚げてもらうようだが、けっこうな深さがあるので怪我《けが》は免れないだろう。もちろんごみの中に落ちるわけだからどろどろになるのは必定だ。

そんなわけで、この台にごみを降ろすのはいつも怖い。

「おー、にーちゃん。おっかなびっくりやってっとかえって危ねーぞ」

おかげでごみ収集車に乗ってる兄ちゃんにいつも言われてしまう。わかってたって怖いものは怖いんです。

収集車はパッカー車だ。バックで乗り付けて、パカッと蓋《ふた》を開けて押し出し式でごみを直接ピットに落としていく。いつ見ても働く車っていいなと思う。ちなみに、パッカー車というのは英語の〝詰め込む〟、のＰＡＣＫからきているらしい。蓋がパカッと開くからパッカー車というわけではないそうだ。実はそうだと思ってたなんて言えない。

可燃ごみを置いたら不燃ごみ置き場に行って不燃ごみを置き、そこに有害ごみなども置く。最後に粗大ごみ置き場で粗大ごみを置いて受付で量りに載り、お金を払ってN町のいつもの駐車場まで移動した。やはりごみピットがある搬入場所は臭かった。ユマがちょっと顔を歪《ゆが》めていたように見えたがしょうがない。ついてきてしまったわけだし。お弁当にと持ってきた白菜の葉をあげたら無心でつついていた。ごみ処理費用、思ったよりかかったけどしょうがない。解体などでこれから更にかかるのである。覚悟するしかなかった。

ちなみに廃屋の解体をすると元庄屋《しょうや》の山倉さんたちに伝えたら、費用を半分ぐらいは負担すると言ってくれたが断った。一応お知らせしただけである。今は俺の山なのだから俺が処理するのが当然だ。それにしたって気候も寒ければ財布の中も寒い。だから空き家の解体とかってなかなかしないんだなと納得した。

N町のいつも使っている駐車場に、みんな各自の軽トラを停めて思い思いに昼飯を買いに行った。食べるのは駐車場で、各自軽トラの中でである。今日はこのまま解散だ。

「ちょっと行ってくる。すぐ戻るからな」

ユマに一言断ってスーパーへ駆けて行くことにした。今日はリンさんがいないからユマ一人で留守番になってしまう。

「佐野さん、買い出しもするでしょう。僕待ってますよ」

「ありがとうございます。急いで戻りますね」

さすがに今日はリンさんを連れてくるわけにはいかないからと、相川さんが残ってくれることになった。誰かが戻り次第買物に行くそうだ。

陸奥さんと戸山さんはスーパーのお弁当コーナーで難しい顔をしていた。

「いろいろあって悩むなぁ」

「そうだねー。目移りしちゃうよねー」

お弁当代は受け取ってもらえなかった。今日は俺を手伝わせる予定はなかったからと言って。みなさんなかなかに律儀である。俺は昼飯に牛丼を買い、その他村では買えない物を買って戻ろうとした。

いつもならそのまままっすぐ駐車場へ向かうのだが、ふと見慣れない物を見た気がしてそちらを見やった。

少し離れたところで、肩より少し長めの茶髪の女性がバス停の時刻表のところを熱心に見ている。髪はキレイにウェーブがかっていた。この寒いのにスカートが短くないかとつい気になってしまう。

まぁ俺には関係ないけど。

視線を外し、駐車場に戻ろうとしたら、

「どっか行くの？」

「行きたいところあるなら連れてってあげるよ～」

男の声がした。またついそちらを見てしまう。女性の周りに三人、チャラいかんじの男たちが集まってきていた。どっから湧いてきたんだろう。

これはちょっとまずいのでは、と思ってしまった。女性は顔を上げて、彼らをまっすぐ見た。こちらに顔が向く。ギャルだなと思ったその顔にはどこか既視感があった。

「えっとー、K村まで行きたいんですけどここのバス停から出るバスってK村まで行きますか？」

「K村？　それなら連れてってあげるよ」

「俺たち車で来てるからさ～」

「いえ、大丈夫です。自分で行きますから」

女性はきっぱりと答えた。

「そう言うなよ」

「親切は受けとくもんだぜー」

男の一人が女性の腕を掴《つか》む。女性は嫌がって逃れようとした。これはまずい、とスマホの緊急通報ボタンをすぐ押せるようにして、

「あ！　パトカーだ！」

と顔を背けて大声を出した。我ながらすんごくわざとらしい。

「げっ」

「くそっ」

でもやましいことをしているという自覚があったのか、男たちはすぐにバタバタと走っていってしまった。女性を見つけるのも早ければ、逃げ足も速いみたいだった。ふう、と胸を撫で下《お》ろす。

とととっと女性が近づいてきた。

「おにーさん、ありがと。戻ってきたらいけないからいこっ」

「え？　あ、うん……」

女性、というか近くで見ると幼い顔をしていた。まだ未成年だろう。そんな少女に腕を引かれて、俺は駐車場まで走った。

「佐野さん？」

「佐野君？」

相川さんたちに声をかけられてハッとした。俺はいったい何をやっているのか。

「佐野君、ナンパか？　隅におけねえな～」

陸奥さんに茶化された。

「そ、そんなんじゃないですよ。さっきなんかこの子が、絡まれてたんで……」

俺もここまで連れてきてどうしようというのか。相川さんが笑顔でススッと離れていくのが見えた。わかりやすいなー。

「助けたのかー。佐野君てば紳士だね～」

戸山さんまでそんなことを言う。

「いや、ええと……」

これはいったいどうすればいいんだろうか。

少女がパッと俺の腕から手を放し、正面から俺を見た。どう見てもギャルだ。メイクがそれっぽい。

彼女はぺこりと頭を下げた。

「おにーさん、佐野さんていうの？　さっきはありがとうございました。えっと、K村に行きたいんですけど、タクシーでいくらぐらいかかるかわかりますか？」

「え……」

ここらへんからタクシーに乗ったりしないからなぁ。俺はみなを見回した。みな首を振った。そうだよな。

「ごめん。タクシー代はわからない」

「そうですよね。ありがとうございます」

少女がシュンとする。その表情というか、どうも赤の他人のような気がしない。

「嬢ちゃん、K村に何しに行きたいんだ？」

陸奥さんが聞いてくれた。

「姉に……姉のところへ行く予定なんですけど、実はスマホを忘れてしまって連絡もできなくて……」

確かにスマホがないのは困るな。

「お姉さんがどこにいるかわかっているのかい？」

「なんかー……山で暮らしてるとか、聞いたんですけど」

山で暮らしてる？　あ、と思った。

相川さんを見る。相川さんも頷《うなず》いた。

「えーと、もしかして……間違ってたら悪いんだけど桂木さんの身内とか？」

少女は俯《うつむ》かせていた顔をバッと上げた。

「えっ？　おにーさん知り合い？」

「あー、ちょっと聞いてみるね」

ビンゴだったみたいだ。桂木さんにＬＩＮＥを入れる。

「今Ｎ町に来てるんだけど、茶髪のギャルって身内にいる？」

どう聞いたらいいのかわからなくてそんな文言になった。返信はすぐだった。

「妹かもしれません。下の名前を聞いていただけますか？　リエだったら妹です」

「ごめん、下の名前を教えてもらえるかな？」

「リエです」

あー、うん。妹らしい。なんか納得した。だからどっかで見た顔だなと思ったんだ。

「わかった。ちょっと待ってね」

桂木さんに再びＬＩＮＥで聞く。

「これからそっちへ連れていけばいいかな？　Ｎ町で偶然会ったんだけど、スマホを忘れたみたいなんだ」

「ありがとうございます。よろしくお願いします」

ってことで桂木さんの妹を連れていくことになった。って、俺の軽トラ助手席部分の椅子、取っ払っちゃってるんだよな。どうしたもんか。

「えっと、すみません。桂木さんの妹さんらしいんでこれから送ってきます。でも……」

「そっか、じゃあまた明日な」

「またねー」

陸奥さんと戸山さんはにこにこして自分の軽トラに戻った。相川さんは困ったような顔をしている。相川さんの軽トラも助手席部分はリンさんが乗るから外してるんだよな。そうでなくても女性を乗せるのは嫌だろう。

そうなると。

「ユマ」

黙って待っていてくれたユマに声をかける。ユマは助手席からナーニ？　というように首をコキヤッと傾げた。かわいい。

じゃなくて。

「ユマ、そこにもう一人乗ってもいいか？　桂木さんの妹さんに会ったからさ、桂木さんのところへ送っていきたいんだ」

ユマは俺と少女を見ると、ココッと鳴いた。お許しが出た。

相川さんはこれから用事があるそうで、そこで別れる。逃げたなと思った。

後で連絡する予定である。

「ちょっと待ってもらっていいかな」

「はい」

先にユマに白菜をあげる。ユマは嬉《うれ》しそうにぱりぱりと食べた。それを少女は興味深そうに見ていた。

「ニワトリさん、おっきいね。かわいい」

「かわいいかな」

「もふもふしててふかふかしてそう。名前、ユマちゃんていうの？」

「ああ、ユマっていうんだ」

「ユマちゃん、よろしくね。お世話になります」

少女はにっこりして、ユマにぴょこんっと頭を下げた。うちのニワトリに挨拶《あいさつ》できるなんていい子じゃないか。（単純だと言いたければ言え。俺はニワトリ優先なんだ）

ユマが食べ終えてから口の周りを拭《ぬぐ》い、ユマを抱っこするような形で乗ってもらうことになった。

狭いけど横に並ぶのは難しいからしょうがない。

「わー、ユマちゃんの羽柔らかいねー。いい匂い～」

少女は嬉しそうにユマを抱っこしていた。ユマもおとなしく抱かれていて、なんだか嬉しそうに見えた。ユマが抱っこされている姿はまんまおもちである。かわいい。

見たかんじ、高校生？　か高校を卒業したぐらいだろうか。

「おにーさん、佐野さんていうんですよね？　桂木リエっていいます。改めてよろしくお願いします！」

「ああよろしく」

彼女はユマにこしょこしょといろいろ話しかけていた。ユマは優しくなでなでされて嬉しそうである。女子とユマが仲良くしている図ってなんか和むな。

軽トラを走らせて、桂木さんの山へ送り届けた。

桂木さんは麓《ふもと》で待っていて、ひどく恐縮していた。

「佐野さん、ありがとうございます。連れてきていただいて、申し訳ありません……」

俺は苦笑した。そこまで気にすることじゃない。

「いいよ。N町に行ったついでだったからさ。それじゃ」

「おにーさん、ありがとうございました！　ユマちゃんもまたねー」

少女は軽トラから降りるとまたぴょこんと頭を下げ、笑顔でユマに両手を振った。ユマが応えるようにココッと鳴く。

「佐野さん、後で連絡します。本当に、ありがとうございました！」

桂木さんの表情が少し暗く見えたのが気になったけど、俺も腹が減ってるから手を振って山に戻った。

ユマを降ろし、いろいろ片付けてからふーっとため息をつく。解体作業はまだ始まったばかりだが、ちょっとだけほっとした。解体したらその木ぎれなどの処理もあるからもっとたいへんだということはわかっているが、ゆっくりでもいろいろ進んでいることが嬉しかった。

ユマに餌をやり買ってきた弁当を食べたら、一旦《いったん》桂木姉妹のことは忘れてしまった。

しかし、実のところ彼女たちの事情はそう簡単なことではなかったのである。

5　いろいろ事情があるらしい

翌日、陸奥さんたちは廃屋の壁をがっこんがっこんと壊していた。かなりでかいハンマーを持って。跳ね返りがたいへんらしいけどなかなかいいストレス発散になりそうだった。

「いやー、疲れるけど楽しいねー」

戸山さんが汗をふきふき言っていた。陸奥さんは慣れたもので、しっかり腰を落としてがっこんがっこんとやっていた。でも本当に腰とか大丈夫なのかなあれ。

「コンクリの部分もあるからショベルで一気にやっちまうか」

「どうでしょうね。もう少し建物の構造を見てからでもいいと思いますよ」

陸奥さんと相川さんがそんなことを言っていた。重機があると違うんだろうなと思った。足場の話は結局どこへ行ったんだろう。平日はそんなかんじで進めていたら、木曜日の夜桂木さんからＬＩＮＥで電話がかかってきた。

「佐野さん、先日は妹を送ってきていただいてありがとうございました」

なんだかかしこまって聞こえる。少し居心地が悪い。

「いや、たまたまだから別に……」

そんなに感謝されることではないはずだ。

「すみません。また……もしかしたら巻き込んでしまうかもしれないんですけど……」

「えっ？」

声が小さくてよく聞き取れなかった。

「その、妹がこっちにきたのにも事情があるんです」

「え」

それを聞いてなんだか嫌な予感がした。もしかして、また男関係だろうか。桂木さんの妹の顔を思い出す。確かに人懐っこそうな、かわいい顔をしていた。すぐにナンパ男に声をかけられたぐらいである。カレシもいるに違いない。

「もしかして……」

そのカレシ問題か？

「そうなんです……」

「マジか」

桂木姉妹はいったいどうなってるんだと遠い目になった。

事情はわからないがなんらかのトラブルがあったことは間違いなさそうだ。

「それでですね、その……事情を話しにうちの両親がこちらへ来ることになりました。山中さんはすでに知っているんですけど、その……湯本さんと佐野さんたちにも私の件で両親がお礼を言いたいと言っていまして……」

「ええっ？　い、いや、別にお礼を言われるようなことはしてないって」

「ご迷惑かとは思うんですけど、お願いします」

礼を言う側がそこまで恐縮する必要はないと思うんだが、桂木さんの妹の件もあるのだろう。桂木さんのところへ来たということは、おそらく妹は逃げてきたのだろうと思う。つまりまだ妹の件は解決していないのだ。

もしかしたら、桂木さんの時のようにその誰かが妹を追って村に来ることも考えられる。それなら俺たちも事情は知っておいた方がいいだろう。

「えーと、妹さんの件だけど俺も事情とか聞いちゃっていいの？」

「はい。できれば皆さんに聞いていただけると助かります」

「皆さんってどの辺まで？」

線引きを聞いておかないと難しい。男連中はそこまで口は軽くないだろうが、どこまで話していいのか確認もする必要はある。

「そう、ですね。できれば今のところは相川さんまででしょうか。あ、でも今って佐野さんのところに狩猟関係の方々もいらっしゃってるんでしたっけ」

「うん、平日は相川さんと陸奥さん、戸山さんの三人だけど」

「うーん、相談してみます。土曜日はできれば予定を空けていただきたいんですけど、どうですか？」

「ちょっと聞いてみるよ」

ってことで電話を切った。

「……参ったなぁ」

桂木妹もワケアリかとため息をついた。ユマが近くまできて、コキャッと首を傾《かし》げる。どうしたの？　と聞いてくれているようで和んだ。

「ユマはかわいいなー」

近づいて羽を撫《な》でさせてもらった。

そういえば桂木妹はでっかいユマを見ても怖がったりしなかったな。喜んでユマを撫でていた。ユマもあれから桂木妹のことを少し気にしていた。

「リエー？　アレ、リエー？」

とか帰ってから首をコキャコキャ傾げて言っていたのだ。軽トラの側《そば》に寄ってコキャッと首を傾げていたりもした。珍しいなと思ったからそれは覚えていた。

ユマを大事にしてくれる子は守らなければならないだろう。

まずは事情を聞く必要がありそうだった。

金曜日の朝、桂木さんから連絡があった。明日の土曜日に両親が来ること。その際におっちゃんちで挨拶したいという話だった。できれば相川さんも連れてきてほしいらしい。

「相談して連絡するよ」と返した。

陸奥さんたちが来てから、明日の昼は先日こちらへ来た桂木妹の件でおっちゃんちに行くことになったと伝えた。

「あの嬢ちゃんか。じゃあ明日の作業は休んだ方がいいか？」

「そうですね。相川さんにも一緒に来てもらいたいので」

「えっ？　僕もですか？」

相川さんはひどく狼狽《ろうばい》した。女性が苦手なのはわかるけど付いてきてもらわないと困る。

「はい。桂木さんのご両親がいらっしゃるそうなんで、一緒に行きましょう」

逃がさないぞと笑みを浮かべて伝えた。

「……わかりました」

相川さんは観念した。

「すみませんが、日曜日にまたお願いします」

「いいってことよ」

「明日は家にいるね～」

陸奥さんと戸山さんは気持ちよく了承してくれた。

夜になって、そういえば桂木さんのご両親と会うんだよな？　ということを考えてみた。手土産って必要だろうか。気になってしまったので、相川さんにＬＩＮＥで聞いてみた。

「こういう場合ってなんか用意した方がいいんですかね？」

「下手に用意しない方がいいと思いますよ。桂木さんの彼氏……にはなってませんよね？」

「彼氏じゃないです」

確かにカレカノの関係でもないのに桂木両親に俺が何か用意するのはおかしい。どうやら緊張が高じて頭が少し変になっていたようだった。

「俺、何テンパってんだろーなー……」

呟《つぶや》いたらタマにまた何言ってんだ？　って目で見られた。つらい、つらいっす、タマさん。ツンの部分が多すぎて泣きそうです。コキャッて首傾げてるユマかわいい。

ポチは我関せずで家の中で飛んでいる虫を跳んで捕まえては食べていた。まだ気が付くと入ってくるもんだよな。


翌日は予定通りおっちゃんちへ向かった。桂木妹について気になったらしく、ポチとタマも一緒に来ることになった。ニワトリ全員で桂木妹に挨拶《あいさつ》するみたいだ。

見た目より重さはないからいいけど、体重は小まめに量った方がいいかもしれない。ゆっくりとだけど確実に縦に伸びていってるし。横……に関しては比例しているように見えるがよくわからないんだよな。寒くなってきたせいか羽がもふもふしてるし。三羽ともまあるくなっててかわいいけど。

「こんにちは～」

呼び鈴を一応押してから玄関のガラス戸を開ける。

「おー、来たか。昇平。なんか荷物届いてるぞー」

「ありがとうございます。先に片付けてきますねー」

玄関の下駄箱に置かれた箱を回収して一旦軽トラまで持って行く。ニワトリたちがそれを見てナニソレ？　と言うように集まってきた。

「おっちゃんち用の手土産だよ」

なーんだ、と言うようにニワトリたちは庭の方へ散っていった。現金なものである。箱を開けて紅茶のセットを出し、紙袋に入れ替えてもう一度おっちゃんちに戻る。ちなみに桂木さんたちの軽トラはもうあった。おっちゃんちの陰にドラゴンさんを見つけたので軽く会釈をしておいた。相川さんももう少ししたら来るだろう。

「おっちゃん、ニワトリたち畑に行かせとけばいいかなー？」

「おう！　好きにさせといていいぞ。ビニールハウスの中だけ入らないように言ってくれればいいから。あと、山も登らないように言っといてくれよー」

「はーい」

ドラゴンさんに改めて挨拶をして、ニワトリたちにおっちゃんに言われたことを言いつけて、俺はやっとおっちゃんちに入ったのだった。

「おばさん、これ」

「あら？　もうやだよこの子は気を遣って！　ありがとうね！」

紅茶のセットをおばさんに渡すと嬉《うれ》しそうな顔をされた。煎餅《せんべい》とか肉の塊でも喜んではくれるけど、こういうものの方がより喜んでくれる。価格的に言うと肉の塊よりちょっと高い程度なんだけどな、これ。価格の問題じゃないいんだろう。

「佐野さん、こんにちは」

「おにーさん、こんにちはー！」

台所から桂木姉妹が顔を出した。

「あ、そうだ。佐野さん手を見せてください！」

久しぶりだが言われて思い出した。軟膏《なんこう》も塗るようにしたから大分手はキレイになったと思う。しぶしぶ手を出すと桂木さんにまじまじと見られた。さすがに手を掴《つか》むようなことはされなかった。

「んー？　おねーちゃんどーしたの？」

「いろいろあるのよ」

なんか以前にも似たようなことがあったような……。あれは相川さんだったか。うん、忘れよう。ちょっと現実逃避している間に手荒れのチェックは終わったらしい。

「まぁまぁいいですね。ハンドクリーム、続けてくださいね！」

「……わかった」

「あら？　どうかしたの？」

不審に思ったおばさんに聞かれ、桂木さんが「さっき話した手荒れの件で～」と話し始めた。俺はすごすごと居間に移動した。女子の会話にはついていけない。

「こんにちは～」

ガラガラとガラス戸を少し開ける音がした。相川さんだった。

「おー、相川君も来たか。上がって上がって」

「お邪魔します。玄関、鍵《かぎ》閉めておきますね」

「ありがとなー」

今日はみんな来る予定だからと玄関に鍵をかけておかなかったようだ。なんとも物騒な話だが、知り合いが主なこの村では珍しいことではない。むしろ俺たちが厳重なぐらいである。でもやっぱ俺としては知らない人に勝手に自分の土地に入ってきてほしくはないしな。

「先にごはんにしましょ。みやちゃんのご両親からは山中さんちに着く前に連絡いただけるそうだから」

おばさんに言われて、おっちゃんも「そうだな」と頷《うなず》いた。

桂木さんは山中さんを通して山を買ったし、山の手入れをする人の紹介などもしてもらっている。ただ山中のおじさんはドラゴンさんを苦手としているらしいので、顔を出すことはあってもドラゴンさんと一緒に泊まることはできないと言っていた。

だから例の、ニワトリたちがイノシシ狩りをした件で知り合う以前の桂木さんは村にはほとんど関わってはいなかった。今でもそれほど関わっているとはいえないが、それはしょうがないだろう。女性一人で暮らしているのだ。警戒してしすぎるということはない。

「アタシも料理手伝ったんですよー」

へへへーと笑って桂木妹も天ぷらの皿を運んできた。

「リエはほとんど何もやってないでしょー」

刺身がどどんと載った皿と、唐揚げがいっぱい載った皿を持って桂木さんが笑う。妹の事情はいただけないだろうが、人が増えたことで桂木さんが寂しくなければいいと思った。

おばさんの作った筑前煮《ちくぜんに》がうまい。秋冬の根菜がたっぷり入った煮物が最高である。ほくほくと食べていると、

「これも作ってみたから食べてみて～」

と、タケノコとシイタケの炒《いた》めみたいなものが出てきた。味付けは醤油《しょうゆ》ベースで中華っぽい。

「あ、おいしい。おばさん、この料理何？」

「中華料理でね～焼二冬《シャオアールドン》っていうんだって。どんこと冬タケノコの醤油炒めよ～」

「へー。冬タケノコ？　そんなのあるんですか」

「中国は冬でもタケノコが採れるんですかね。暖かい地方なのかな」

相川さんが呟く。

「ああ、そういうことか」

中国広いもんな。どんな食材でもありそうだ。ちなみに日本でも冬タケノコが採れる地域もあるらしい。(四方竹《しほうちく》、中国原産で高知県が有名)

相川さんとわちゃわちゃ言い合いながらごはんが進む。今日は泊まらないからビールはなしだ。食うしかない。

「おばさん、煮物おいしーい！」

「あらよかったわ。いっぱい食べてね～」

共に料理をしたりしたおかげなのか、桂木妹はすっかりおばさんと打ち解けている。

桂木妹は嬉しそうにもりもり食べていた。桂木さんは妹に比べると食べ方がちまちましていて女

の子だなって思う。（あくまで俺から見た女の子のイメージだ。豪快に食べる子も好きだ。って誰に言い訳をしているのか）

「おばさんこういう料理ってどこで知るワケ？」

「ＴＶとか～……たまに町に行った時料理の本を買ったりするわね～。昇ちゃんたちはどうしてるの？」

「俺は主にネットですね」

「今時ねぇ」

今はスマホで大概のことは調べられるし。もちろん紙で見たいなってものは本を買ったりもしている。音楽も配信……と言いたいところだがＰＣがあるのでＣＤは買っている。

「あ、あと一時間ぐらいで山中さんちに着くって」

「まだ食べる時間あるよね！」

桂木姉妹のご両親があと一時間ほどで村に着くようだ。二人は慌てて料理をもぐもぐと食べた。よく食べるっていいことだと思う。

「ちゃんと噛《か》んで食べろよ～」

おっちゃんがそれを見ながらガハハと笑う。確かにサツマイモの天ぷらは肉厚ででかいから、急いで食べたら喉《のど》に詰まりそうだ。ちょっとだけハラハラしてしまった。

これは、というのはこっそり自分の皿に移して俺たちはゆっくり食べる。

「レンコン、もうひとかけら～！」

「リエ、そろそろ行かないと」

「レンコンを食べる余裕ぐらいあるはず！」

筑前煮に入っていたレンコンをもぎゅもぎゅと食べて、桂木姉妹は一度ぺこりと頭を下げ、出かけて行った。

「気をつけて行ってこいよ～」

「はーい」

二人がいなくなった後は途端にシーンとなった。まるで台風のようだったなと思った。

「また後で来るんだろうけど、急がないで食べてね～」

「はい」

野菜のかき揚げはうまいし、鶏《とり》の唐揚げもうまいし、また俺は食べすぎてしまった。筑前煮に入ってたレンコンって、この村でも採れるのかな。

「ふー……」

「あら、昇ちゃん、もういいの？」

「食べすぎです」

「そーお？」

「そうなんです」

なんでもてなしをする方は食べきれない量を用意しようとするのだろうか。足りないよりは多い方がいいって考え方なんだろうな。俺も誰かを招く時はそれなりに気にするし。相川さんも思ったより食べ過ぎたようだった。

「大勢で食べるのっていいですよね。いろいろ食べられて」

「そうですね～」

食休みを少ししてからは、桂木姉妹が戻ってくる前にと空になった食器を台所へ運んだ。

「もー、お皿とかいいのに～」

「運ぶだけですから」

おばさんは男子に台所仕事を任せるのは嫌なようだ。自分の城（台所）だからかもしれない。食器の片付けをした後はぼーっとしていた。もしかしたら食べ疲れかもしれない。なんとも贅沢《ぜいたく》で幸せなことである。

「賑《にぎ》やかなのはいいいな」

「そうね」

おっちゃんとおばさんがぽつりと言う。桂木妹のことだろうか。事情があるということはおっちゃんたちも聞いているみたいだが、人が増えるのは素直に歓迎したい。

そうしているうちに外から車の音がした。とうとう桂木姉妹のご両親と対面である。ま、俺ができることは何もないんだけど。

あれ？　でもなんか言ってなかったか？　確か九月頃、桂木さんの両親がお礼に来るかもしれないと言っていた時に……。

ピンポーンと呼び鈴が鳴った。

「はーい！　どちらさま～？」

おばさんが返事をして玄関に出て行く。この家で呼び鈴が鳴るってあんまり聞かないなとかどうでもいいことを考えた。

あ。

以前とんでもない話をしていたことを今更ながら思い出した。

「何度もすみません。桂木です、お邪魔します」

「初めまして、桂木実弥子とリエの父です。いつも娘がとてもお世話になっていると伺っています」

「いえいえ、そんなことはないんですよ。いつも実弥子さんには手伝ってもらっているんです。どうぞ上がってください」

冷汗がだらだら流れる。

あれ？　あの時って結局どんな話になったんだっけ？　俺の実家に行く前にカモフラージュの為《ため》に桂木さんの写真をもらったよな？　うちでは彼女ってことで話したけど、桂木さん、俺と付き合ってるとかご両親に言ってないよな？

「佐野さん？」

相川さんが挙動不審になっている俺の様子に気づいた。

「いえ、なんでも……」

なんでもある、ような気がする。どうしよう。

すりガラスの障子が開けられ、桂木姉妹のご両親が居間の前で立ち止まる。

「こんにちは、桂木と申します。お邪魔します」

「どうぞどうぞ、座ってください」

桂木父が挨拶《あいさつ》をする。おっちゃんが手を差し出して桂木両親を促した。俺たちも座ったままだったがぺこりと頭を下げた。桂木母が手土産をおばさんに渡してるのが見えた。

「アタシおにーさんの隣ねー！」

「こら、リエッ！　迷惑でしょ」

「いーじゃん、まだ付き合ってないんでしょー？」

まだってなんだ、まだって。桂木さんは俺との関係をこの妹にどこまで話したんだ？　俺は事前に桂木さんと話しておかなかったことを後悔していた。桂木父の視線が痛い。俺、絶体絶命である。

どうして今まで忘れていたんだろう。胃が痛くなってきた。

「初めまして、桂木実弥子とリエの父です。これは妻です。いつもお世話になっていると聞きまして、ご迷惑と思いましたが挨拶に参りました。本当にみなさんには感謝しております」

正座して奥さんと共に深々と頭を下げられて、おっちゃんは面食らったようだった。

「いえ、その、頭を上げてください。うちも桂木さんにはお世話になってて……」

おっちゃんが困ったように頭を掻《か》く。

「そうですよ。実弥子さんには料理を手伝ってもらったりもしてて、娘ができたみたいで喜んでいるんです。こちらこそありがとうございます」

おばさんがそうにこやかに言いながらお茶を出した。

「それならいいのですが……湯本さんだけでなく、佐野さんと相川さんにもご迷惑をおかけしていると聞きまして……失礼ですが……」

桂木父がこちらを向く。目が笑ってない。怖い。

「初めまして。私が相川です。こちらが佐野です」

相川さんがにっこりと笑んで如才なく対応してくれた。

「初めまして……佐野と申します」

どうにか俺も挨拶をする。俺、めちゃくちゃ情けない。

「ああ、君が佐野君か。娘を守ってくれたと聞いたよ、本当にありがとう……」

「あ、いえ、その……俺は、何も……」

初対面の方なのに〝俺〟って言っちゃった。せめて〝僕〟にしないと。

「実弥子、素敵な方じゃない。……どうなの？」

「……そんなのじゃないって。失礼でしょ」

なんか桂木父の背後で桂木母が桂木さんに何やら言っている。いや、俺は何も聞いていないぞ。

桂木父が居住まいを正した。

「いや、過ぎたことではあるが例の男には本当に手を焼かされましてね。こちらの村にいることは情報が漏れないようにしていたつもりだったのですが、どこでどう聞きつけたのか……。こちらできっちりと対応させていただいたので、もう二度とこちらに来ることはないと思います。みなさん、本当にありがとうございます」

桂木父が言っているのはナギさんのことなのだろう。友人がDV男だということを信じず、桂木さんに復縁するように言っていたとか。そしてこちらに来た時は桂木さんに惚《ほ》れたから追いかけてきたとか、もうなんていうか勝手すぎる。あんなのいくら顔がよくたってお断りだろう。

「いえ、最終的に撃退したのは桂木さんですから。僕たちはただ見守っていただけで、特に何も……」

「そんなことはない。君が娘をサポートしてくれているという話はよく聞いているよ。それだけじゃなくて、リエまで連れてきてくれたそうじゃないか」

「うん。ニワトリさんを抱っこしてきたんだー」

俺の隣から桂木妹の声がした。これだけ聞くとなんだかわからないだろう。

「ニワトリ？」

「あ、えーとですね、僕の車は軽トラでして助手席にニワトリを乗せていたんです」

「そうなのか。そのニワトリを抱っこ……」

桂木父は微妙な顔をした。

「うん、でっかいニワトリさんでとってもかわいいのー」

「そうか、よかったな……」

桂木父は疲れた顔をしていた。微妙に会話が通じていないのかもしれない。

「……ところで」

なんかきた、と思う。ああもうこんなことなら桂木さんともう少し真面目に話しておけばよかった。

「失礼だが……佐野君はうちの娘とは……」

なんともないです。赤の他人です。

「お父さん！　佐野さんは、その……ええと、お兄ちゃんみたいな存在で……」

桂木父が桂木さんの方を見、そしてまたこちらに顔を向けた。頼むからこっち見んな。

「お兄ちゃん、なのか」

「……そうですね。失礼かもしれませんが妹のような存在だと思っています」

「そうなのか。ではもし関係性が変わることがあれば連絡してもらえるかな。それで、リエのことなのだけど……」

「まだ事情は聞いていません」

「わかった。ありがとう。また改めて挨拶に来るとしよう。実弥子、リエ、佐野さんたちに詳しい事情を話しておきなさい」

「いえ……」

正直言わせてもらうともう来ないでほしいです。非常に心臓に悪い。だって桂木父の目が全く笑ってないんだもん。お宅の娘さんたち、顔はとてもかわいいと思うけど手を出す勇気はないです。しばらく恋愛とかいらないいし。

その後、桂木両親はおっちゃん夫婦といろいろ話をし、桂木妹はしばらくこちらの村、というか桂木さんの山で過ごすことが決まった。俺と相川さんは菓子折りをいただいた。気を遣ってくれなくてもよかったのにと苦笑した。

全員で表に出る。畑の方にいたユマがこちらを見たのか、ツッタカターと駆けてきた。なになにー？　と聞いているようにコキャッと首を傾げている。かわいい。

「あー、ユマちゃんだ！　この間はありがとうね！」

桂木妹が喜んで両手を広げた。桂木両親が驚いたような顔をしている。ああそうか、普通は驚くよな。でかいもんな。

「ニ、ニワトリ……？」

桂木父が呟《つぶや》く。

「はい、でかいですけどニワトリです」

それ以外言いようがない。桂木妹はユマに近づいて、「触ってもいーい？」と許可をとってユマの羽を撫《な》でた。ちゃんとお伺いを立てるとは、いい子である。ユマはおとなしく桂木妹に撫でられ、気持ちよさそうにしていた。彼女が手を放すとまた畑の方へ駆けて行く。

「確か、実弥子もでかいトカゲを飼っているのだったな……その、この辺りに少し変わった施設かなにか……」

桂木父が周りをきょろきょろと見回す。

「……あなた？」

桂木母の声が低い。

「いや、この辺りは山深いしどんな施設があってもだな……」

「まー、たまにはこういうでっかいのが生まれることもあるんじゃねーかな！」

おっちゃんがガハハと笑う。うちは三羽共でかいけどね。たまにってレベルじゃないとは思うけど、たまたまだしね。

桂木父は釈然としない顔をしていたが、一通り別れの挨拶が済んだところでもう一度深く頭を下げた。

「また改めてお礼に伺います。いつも娘を気にかけてくださり、ありがとうございます」

桂木両親は車に乗って帰っていった。

「リエのこと、すみませんが聞いてもらってもいいですか？」

桂木さんがすまなさそうに言う。

「いいよ」

「できれば相川さんも……おじさん、おばさんもお願いします」

「いいわよ、お茶を淹《い》れるわね」

おっちゃんちにみんなで戻り、居間に腰掛けた。おばさんがお茶と漬物、それからお茶菓子を出してくれた。

桂木妹が先に口を開いた。

「すみません。親の口から話してほしくなかったので……」

そういうことはあるだろう。うんうんと頷《うなず》いた。

きっと桂木さんの件並にデリケートな話のようだ。

「なので、私から話しますね」

桂木さんが引き取った。

事情としてはこうだ。

桂木妹は高校卒業後、フリーターとしてある喫茶チェーン店でバイトしていた。そこで知り合った大学生に付き合ってほしいと強く押されて付き合ってみたら、どうやらそのカレシがストーカー気質？　だったらしい。

「付き合い始めて一か月したら、ＬＩＮＥが一日に三十件とか入ってくるようになったんです。それも会話してるとかじゃなくて、今何してるの？　とかどこにいるの？　とかいうのでいっぱいになって、最初は返してたんですけど返しきれなくなって……」

うわあ、と思った。

「そうしたら、俺のこと好きじゃないの？　とか俺以外と一緒にいないでとかもうすごくて、怖くなって別れ話をしたら逆上しちゃって……」

なんかもうどっかで聞いた話である。そんな話聞きたくない。

「別れるなら死んでやるとか殺してやるとかもうめちゃくちゃで後悔したんですけど、どうしたらいいかわからなくて親に話したんです」

「そう、それはたいへんだったわね。親御さんに話したのは正解だと思うわ」

おばさんがため息をついて桂木妹を慰めた。

「そりゃあ災難だったな。なんかあったらすぐに声をかけてくれ。駆けつけるからよ」

おっちゃんもうんうんと頷いてそう言った。頼もしいことである。

一応弁護士に相談して、スマホはそのまま実家に預け新しくスマホを契約したらしい。そのスマホも今回親に届けてもらったから、もし桂木さんと別行動するような時も連絡が取れると言っていた。

それにしても、本当にこの姉妹は災難に遭いすぎとしか言いようがない。片やモラハラと同棲《どうせい》し、片やストーカーと付き合い、でもそんなこと付き合う前はわからなかったのだからしょうがない。

わかっていたら最初から付き合っていないのだ。

「佐野さん、相川さんにもご迷惑おかけするかもしれませんが、よろしくお願いします」

桂木姉妹に頭を下げられてしまった。

「まぁ、手伝えることは手伝うしさ。そこまでかしこまることじゃないよ」

相川さんと共に苦笑した。

空気が弛緩《しかん》したところで思い出した。

「そういえば、イノシシの被害はどうですか？」

「……また流れてきたっぽいな。ゴミなんかは片付けるようにしてるんだが、土が柔らかいところを掘り返すからどうしようもねえ」

「困りますね」

「この時期は特にな」

本当に農家はたいへんだと思う。夜は電気柵《さく》を利用しているようだが、それでも柵の下を掘って入ってきたりするのでどうしようもないらしい。やっぱりうちのニワトリを貸した方がいいんだろうかと思ったりもするが、毎晩ではないから泊り込むのも現実的じゃない。もう狩猟シーズンだから、猟師さんに山を開放した方がいいかもしれない。

「猟友会には声かけてあるから、それで減りゃあいいけどな」

「そうですね」

冬の間に数が減らせるかどうかが問題だ。桂木さんも難しい顔をする。

「うちの方はイノシシはそれほど見ませんけど、どうしてもシカが多いですね」

「タツキさんに頼んで獲《と》ってもらえればこっちで解体は頼めるぞ」

「ですよねー。内臓だけ食べるって食べ方やめてほしいなぁ」

桂木さんがぼやく。ドラゴンさんの狩りはなかなかワイルドのようだった。ワイルドじゃない狩りってどんなんだろう。

そんなこんなでぐだぐだ話をし、桂木妹に改めてニワトリたち（ポチとタマ）を紹介してから各自帰宅した。

その夜桂木さんからＬＩＮＥで電話がきた。

「今佐野さんのところって村の方々がみえてるんですよね」

「うん」

「顔合わせってさせていただけませんか？」

「ああ……それもそうだね。聞いてみるよ」

確かに例のストーカー君がここまで追いかけてこないとは限らない。顔と名前を知っていれば気にしておいてはもらえるだろう。そういうことに考えが及ばないあたり俺ってだめだなと思った。

「明日も皆さんいらっしゃるなら、差し入れを持っていくので顔を出しちゃだめですか？」

一応話はしておくと言っておいた。別に差し入れとか気にしなくてもいいと思うんだけどな。


んで日曜日である。

「え!?　今日あの子来るの!?」

一番反応したのは川中さんだった。そういえば夏のごみ拾いウォークで桂木さんを気にしていたなということを思い出した。ざけんなおっさん、アンタ知命（五十歳）だろ。

畑野さんが川中さんの頭をがしっと掴《つか》んだ。それはアイアンクローでは……。

「お前は今すぐ帰れ」

「え？　なんで？　かわいい子が来るんだよ？」

「夏に会ったんだろう？　もう顔を見る必要はないよな？」

「そんな～」

しっかり手綱を握っていてほしいものである。

「まぁ顔を見るぐらいはいいんじゃねえか？　触ろうとしたらわしらでシメるからよ」

陸奥さんが笑って物騒なことを言った。シメるって具体的に何するんだろう。軽トラで市中引き回しかな。妙齢の女性にはおさわり厳禁だ。そうでなくても彼女たちは自分たちのことでたいへんなのである。（今は主に桂木妹のことで）

それにしても独身の川中さんはともかく、他の既婚者に関していうとこの時期は日中ずっと家にいないわけで。そこらへんは大丈夫なんですか？　と畑野さんに尋ねたら、

「臨時収入が入るだろう？　家でごろごろしてるよりは働いてる方がいいんだ」

と答えてくれた。そういうことならいいのかなと思った。なにかあれば連絡してもらうよう、奥さんたちにも遠慮なく伝えてほしいとは言っているので、不満があれば言ってくれるだろう。あくまで希望的観測ではあるけれど。

「足場を組むより、もうこれまんま壊した方がよくないですか？」

「そうなると重機か」

「重機ですね」

川中さんと陸奥さんが話していた時、桂木さんの軽トラが入ってきた。

「わぁ……いっぱいですね。こんにちは～」

俺はちょうど外で枯れた草を抜いていたところだったので、軽トラが入ってきたことにはすぐに

気づけた。もちろん先に気づいたのはすぐ側で虫をつついていたユマだったけど。

「やぁ……停《と》められそう？」

「なんとか、大丈夫だと思います」

「おにーさん！　こんにちはー！」

明るいよい子の声が聞こえてきた。桂木妹だった。

絶好調のようである。俺は軽く手を上げた。

軽トラを降りて、桂木さんが妹と共にペコリと頭を下げる。妹は桂木さんから借りたのか、同じ作業着姿だった。

「すみません、お邪魔します」

「差し入れ持ってきましたよー。おにぎりと漬物ぐらいですけどー！」

桂木妹が風呂敷包《ふろしきづつ》みを二つ持ってきたので受け取った。ずっしりと重い。

「ありがとう。桂木さんたちも食べていくんだろ？」

「いいんですか？」

「狭いから居場所がなぁ……。ちゃぶ台も出すか」

ちなみに本日は俺がみそ汁とごはんを炊いた他は持ち寄りである。食費だけでもたいへんだろうという陸奥さんの配慮だった。ありがたいことである。相川さんが張り切ってしまい、大量の鶏《とり》の唐揚げを持ってきてくれた。とりあえずレンジでチンして出した。

「個人的な事情で申し訳ないのですが……」

昼食時、桂木さんがみなに挨拶《あいさつ》をしてから妹を紹介した。厄介な男がもしかしたら追いかけてくるかもしれないから姉の元に逃げてきたという話をすると、みな難しい顔をした。

「ソイツは難しい問題だな。だが別れた女をしつこく追い回すような奴《やつ》はだめだ。村の者以外の若い男を見かけるようなことがあれば気にしておこう」

「ありがとうございます」

陸奥さんが代表して応えてくれた。桂木姉妹がそれに頭を下げた。これで一応顔合わせは完了である。

あとは思い思いに昼食を食べた。

「おにぎりおいしいねぇ……」

川中さんがしみじみ呟く。何故《なぜ》か畑野さんのアイアンクローが火を噴いていたが、俺は見なかったことにした。実際おにぎりはおいしかった。海老天《えびてん》が入っていた天むすは当たりだったと思う。

桂木妹は少しこちらに慣れたらN町で教習所に通うことにしたらしい。こちらの生活を楽しめるといいなと思った。

6 レンコンがほしかっただけだったんです

さて、うちの山の建物の解体には結局重機を出すことにしたらしい。陸奥さんが持っているのは簡易なクレーン車とショベルカーだ。両方とも免許を持っている人がいるので働く車大集合みたいなかんじになった。軽トラも働く車だしね。

「おおおお～」

一気に工事現場にきた気分である。なんかアガる。

次の週末に派手に壊して、祝日も明けて火曜日に来てもらえるように産廃業者を呼んで運んでもらうことにした。

陸奥さんたちが来てくれているのは二日に一度ぐらいなので（もちろん続けて来る日もある）、来ない日は自由だ。気になっていたことをおっちゃんに電話して聞いてみた。

「レンコン農家？　ああ、ところどころにあるな。レンコンほしいのか」

「ええ、どっかで買わせてもらうことってできませんかね？」

N町のスーパーとかに買いに行ってもいいんだけど、村の農家さんでもし余りが出るようなら買わせてほしい。形がおかしくてもなんでもいいし。

「だったらかけちゃんに聞いてみたらどうだ？」

「え？」

かけちゃんと言うと掛川《かけがわ》さんだろうか。村の南側だよな。あの辺りにレンコン用の池なんてあったかな？　と首を傾《かし》げる。ちょうどそんな俺を見ていたユマが、コキャッと首を傾げた。めっちゃかわいい。

じゃなくて。

「掛川さんのところってレンコン池みたいなのありましたっけ？」

「端の日当たりがいいところでレンコン育ててる人がいるはずだ。ただもう十一月だからなぁ。収穫は終わってるかもしれねえぞ」

「えっ、そうなんですか？」

レンコンの収穫とかってこの時期からじゃなかったっけ？　慌ててしまう。

「十月から収穫を始めるところは始めるんだよ。寒いからな」

「あ、ですよね。ありがとうございます。聞いてみます」

そっか。収穫が終わってるかもしれないってのは盲点だった。ホント俺ってばやることが遅い。

ユマがナーニ？　と言うようにトトトッと近づいてきてくれたのでそっと抱きしめさせてもらった。もふもふサイコー。特に冬毛はふかふかしてて幸せを感じる。顔を埋《うず》めさせてもらった。

「ユマ、いつもありがとな〜」

羽を撫《な》でた。顔を上げると、ポチは我関せずだが、タマにふーっというようにため息をつかれた。え、なんで？　ニワトリってため息つくもん？　ホント、うちのニワトリたちは人間くさい。ため息をつかれたことはちょっとショックだった。

気を取り直して掛川さんに連絡した。

「やあ、佐野君か。調子はどうだい？」

「まあまあです。掛川さん、ちょっとお聞きしたいことがあるんですか今いいですか？」

ってことで、レンコン農家さんが近所にないかどうか聞いてみた。おっちゃんが言っていた通り、レンコンを栽培しているお宅はあるという。

そのお宅で買わせてもらうことはできないかと言うと、できれば直接来てもらえないかと言われた。

「佐野君の都合のいい時に来てもらえると話は早いぞ」

「わかりました。えーと、明日でも大丈夫ですか？」

「おう、待ってるよ。できれば午前中に来てくれ」

そんなわけで掛川さんのところへ行くことになった。

「明日掛川さんのところへ行くけど、行く人ー？　ニワトリがいるところなんだけど」

「イクー」

「イクー」

「サノー」

「わかった。全員参加だな」

近くにいてくれたユマの羽を撫でる。「サノー」とかなんてあざとかわいいのか。ユマってば小悪魔だよなーなんてあほなことを考えてにまにましてしまった。ふと視線を感じてそちらを見れば、タマがじーっと俺を見ていた。

「タ、タマ？　なんだよ？」

フンッとタマは息を吐き出すような音をさせた。あ、これ鼻で笑われたのかも。

「……ちょっと態度悪すぎじゃないかー？」

タマがそっぽを向く。ひどいと思った。タマの塩対応に泣けます。いいかげん挫《くじ》けそう。

それにしてもため息はつくは鼻で笑うわ、うちのニワトリはいったいどうなってるんだ？　フツーにすることなんだろうか。

そんなことを思いながらユマと風呂に入り、釈然としないまま寝た。

そして翌朝。

「ぐええっ⁉」

胸にのしっとタマが乗っていた。だから、重いから胸に乗るのはやめてほしい。

「タマー、どいてくれー……」

「オキター？」

乗ったまま聞くなー。俺はうんうんと頷《うなず》いた。

「降りろー！」

タマはぴょんと俺の上からどくと、トトトトッと駆けて逃げていった。

「戸ー、閉めてけー！」

風が入ってきて寒いんだって。つっても、開けることはできるけど閉めるってやっぱ難しそうだ。

胸の上に乗るのは本気で止《や》めてほしい。そろそろ目覚めなくなりそう。いいかげんタマとは真面目に話をした方がいいな。

目覚ましが鳴る三十分前だった。

「そんなに早く起こすなよ……ん？」

視線を感じて廊下の方を見たら、珍しくポチが半身を伸ばすようにしてこちらを覗《のぞ》いていた。土間から上がってくるなんて最近はほとんどないから目を丸くしてしまう。

「ポチ？」

「サノー、オキター？」

「ああ、起きたよ」

ポチは首を頷くように前に動かすと、トトトッと戻っていった。なんなんだろう、いったい。

もしかして、掛川さんのところへ行くのが楽しみなんだろうか。つってもポチって、掛川さんのところのオンドリを尾でバッシンバッシンしてるぐらいじゃ？　あれはあれで楽しいのか？

さっぱりわからなかった。

気を取り直して起き、ニワトリたちに餌をやり朝飯を食べたりしてから、掛川さんに連絡して出かけることにした。

その際にできれば着替えを用意してくれと言われた。着替え？　と首を傾げたが、農作業の手伝いをする際に汚れるしなと思い言われた通りに用意する。なんか嫌な予感がして、バスタオルも何枚か持って行くことにした。使わなければ使わないでいいのだ。

「何するんだろーな？」

いくらなんでもレンコン掘りを手伝わされたりとかしないよな？　レンコン掘りって確か、畑の中は水でいっぱい……。

「まさかな」

そんな偶然あるわけないと笑う。ちょうど収穫の日に当たるなんて。

ユマはいつも通り助手席に。ポチとタマは当たり前のようにバサバサと跳んで荷台にまふっと座った。でっかいおもちが二つ乗っている。荷物の入ったバッグとかが風避《よ》けになるといいんだが。

「じゃ、行くか」

いろいろ指さし確認して軽トラを走らせた。南側に向かうには少し時間がかかる。

掛川さんのお宅の前、砂利が敷いてあるところに軽トラを停《と》めた。

「こんにちはー！」

家のガラス戸が開いていたので声をかけたら、何故《なぜ》か家の裏手からドッドッドッドッと掛川さんちのオンドリのブッチャーが駆けてきた。

「えええ？」

なんでだ？　と助手席からユマを降ろそうとした手が止まってしまった。

クケエエエエエッッ‼

なんなのその雄叫《おたけ》び。

ポチが荷台からバサバサと跳び下りる。そこへ突進していくブッチャー。ポチは身体《からだ》を少し動かすようにすると、バシーン！　とその尾をブッチャーに叩《たた》きつけた。

「ああああ……」

「おー、今日も派手だなー」

掛川さんがにこにこしながら出てきた。プッチャーは諦《あきら》めない。バシーン！　と尾で叩かれても起き上がり、クァーーーッ！　と雄叫びを上げてまた突進していく。

なんでなの？　どうしてなの、ねえ？

「あれ……」

「佐野君、よく来てくれたな。案内するよ、こっちだ」

俺が二羽を指さしても、もう掛川さんは反応もしない。それぐらいじゃないとやっていけないんだろうか。オンドリってあんなに凶暴なもん？　しかもなんで諦めないんだよー。

「アッ、ハイ」

「ニワトリは好きに過ごさせていいから」

「はい。ポチー、タマー、田んぼと畑の周りは好きに過ごしていいってさー」

ココッ、コココッと返事があった。ユマは俺のちょっと後ろから付いてきてくれている。

「ユマちゃんだっけか？　佐野君のぼでぃーがーどかな？　佐野君がよっぽど好きなんだなぁ」

「そうだといいんですけど……」

ちょっと照れてしまった。

「佐野君のところは家畜じゃなくて家族だな」

「はい、家族なんです」

にこにこしてしまう。掛川さんもにこにこしていた。掛川さんのお宅からあぜ道を通って更に南へ。ここは日当たりがいいなと思ったところがレンコン畑だったらしい。周りは田んぼと畑である。

「ここらは全部田んぼだったんだけどよ。やっぱ歳《とし》で辞める家もあるんだわ。で、その田んぼでレンコン栽培をやりてえって奴《やつ》がいたから、田んぼを掘り返して水を入れてレンコン畑にしたんだよ」

「そうなんですね」

確かに稲作ってたいへんだよなと思う。周りと助け合ってやってても年を取るときついだろう。掛川さんの話を聞いて頷いた。

「おーい」

「お、来たか」

レンコンを栽培している人が来てくれたようだ。遠目に、若いなと思った。四十代ぐらいかもしれない。

「佐野です。お世話になります！」

「ニワトリの佐野君かー。先にこっちへ来てくれー！」

「はーい」

俺はニワトリじゃないですけどね。呼ばれて素直にその人の家へ向かった。

「じゃあ、こっちの小屋でこれに着替えてねー」

「はい？」

何故か黒い胴付長靴を渡されて、着ることになってしまった。更に渡されたゴム手袋も長い。ホースみたいなのも用意されている。なんかごっつい機械もある。冷汗がだらだら流れた。

「え？　もしかしてこれから収穫とかしちゃうかんじですか……？」

「うん。まだ何本か土中に埋まってるから、自分で掘るならそのまま持って帰っていいよ～。あ、僕は森本《もりもと》って言うんだ。よろしくねー」

「じ、自分で収穫……」

「もちろん手伝うし、収穫の仕方も教えるから是非やってみよう！」

森本さんは満面に笑みを浮かべている。これはどうもお断りすることはできなさそうだった。

「……わかりました。ちょっと待ってください……」

とりあえずユマには話した方がいいだろう。理解してくれるかどうかはわからないけど。

池になっているレンコン畑を示す。

「ユマ、俺これからそこの池に入ってレンコン掘りするから、ユマはこの辺で待っててくれ。池には入っちゃだめだからな？」

ユマはコキャッと首を傾げたが、ココッと返事をした。池には入っちゃだめってことはわかったんだろうな。

「ユマちゃんはかしこいな。佐野君のこと、一緒に待っててような」

ココッとユマが掛川さんに返事をする。ユマは誰とでも仲良くなるなぁ。掛川さんは抱えてきたビニールシートをあぜ道に敷き、マイボトルと青菜を出した。ユマが掛川さんの隣にもふっと腰掛ける。そして青菜をもらっていた。

ポチとブッチャーが相変わらずやり合っているのが見えた。遮るものがないから遠くてもけっこう見えるものである。タマは途中のあぜ道をつついている。平和な光景だった。

俺がこれからレンコンの収穫をするのでなければ……。

森本さんに手伝ってもらい、胴付長靴を着た。さすがに一人では着られない。ホースや収穫したレンコンを載せるトロ船などを用意し、レンコン畑へ。森本さんは奥さんも出てきて手伝っていただくことになってしまった。

「すみません、お世話になります」

「いえいえ、まだあの辺なら残っていると思うので、収穫してっちゃってくださいね～」

「ありがとうございます」

とは言ったものの、広い池である。掛川さんとユマは機嫌良さそうに俺を見ていた。

よし、なんでこんなことになったのかわからないけどがんばろう。

池だけ見るとどこにあるのかさっぱりだけど、森本さん夫妻は自分たちで収穫している為《ため》、大体この辺りはまだ収穫してないとかわかるみたいだ。

とりあえず池に入る。

……思ったより深い。

水の位置は膝《ひざ》ぐらいまである。下は泥だから歩きづらい。森本さんと手を繋《つな》いで、まだこの辺ならあるというところまで連れていってもらった。森本さんはホースも担いで、である。俺はトロ船を紐《ひも》でどうにか引っ張って行った。

「け、けっこうたいへんです、ね……」

「ああ、慣れないとね。でも佐野君は若いからすぐ慣れると思うよ」

「いえ……今日だけで十分です……」

「まあまあそう言わないで」

あははと笑われたけど、すでに後悔していた。こんなことならスーパーで買ってくればよかったと。この状態でそんなこととても言えないけどな。

「じゃあ、やり方見せるから見ててくれよ」

森本さんは奥さんにホースへ水を送るよう言った。専用の機械？　に繋がっているらしく、けっこうな水圧である。レンコンは水の中へ肘《ひじ》を伸ばしたところぐらいにあるらしい。だいたい三十センチメートルぐらいかな。

膝立ちで、右の脇にホースを抱えて左手でレンコンを探すようだ。まさに手探りである。

「確かこの辺はまだあるはず……」

そんなことを言いながら森本さんは水の中を探り、「あった」とホースを見えないレンコンに当ててすぐに収穫してしまった。

「うわっ、こんなに繋がってるんですね！」

「うん。一本につき、多いと五節ぐらい付いてるね。水は根に当てるようにして、節には当てないように。節に当てると折れちゃうから。じゃあ、やってみようか」

「はい……」

ホースを渡されていきなり後ろに倒れそうになった。水圧やっぱ。

「うわっ！」

「気を付けて～。はい、身体戻して～」

「は、はい！」

背を支えてもらい、どうにか体勢を戻した。あっぶな。

奥さんと掛川さんが笑っている。いいですよ、笑ってください。

森本さんは危なげなくやっていたが、もちろん素人で初めての俺にうまくできるわけもなかった。

まずホースを固定するのもきつい。左手で水の中、泥の中を探って、探って……。

もしかして、これかな？

えーと、根ってここかな……。

ホースがうまく操作できない。

「あああああ……」

収穫しようとして、ぽきっと途中で折れてしまった。これでは泥が穴に入ってしまうので売り物にならないらしい。俺がよーく洗って食べる用だな。

「慣れないうちはこんなもんだよ～。がんばってー」

「佐野さん、がんばれー！」

「佐野君、がんばれー！」

コココッとユマも応援してくれるらしい。ううう、俺がんばるよ。

とにかく水というか、足元は泥だから動きづらいし、しかも水は冷たいし、ホースは重いしでたいへんではある。膝まで水に浸《つ》かるとこんなに動けなくなるんだな。

「これ、かな？」

また手探りで足元を探り、ホースを動かしていく。俺は本当に不器用みたいで、二本も途中で折ってしまった。ようやく三本目でどうにか丸々一本収穫できて胸《むね》を撫《な》で下《お》ろした。寒い季節のはずなのに汗だくだし、着替えを持ってきてよかったと思った。

「おー、けっこうあったね」

折ったのも含めて都合五本も収穫させていただいてしまった。レンコン料理、おいしいよな。

「じゃあ、そろそろ上がろうか。佐野君、お疲れ様」

「は、はい……ありがとうございました……」

すでに疲労困憊《こんぱい》である。水の中の作業ってやっぱすっごく疲れるみたいだ。

これで済んだと思ったのだけど、何故かそうはならなかった。ポチとブッチャーは周りの田んぼや畑に入ることはなかったけどまだやり合っていて、なんと俺たちが作業していたレンコン畑までやってきていたのだ。

ココッ、クァアー――ッッ！

「え？　なんで？」

なんでまだアイツらじゃれてんの？　と思ったら近くにタマもいたようだ。

クァアアアアアア――――ッッ!!

タマもさすがにポチとブッチャーのやりとりに辟易《へきえき》していたらしく、二羽に向かって鳴いた。そうしてポチがタマの側《そば》に寄ろうとした途端、タマがポチの方へ駆けだして……。

「あ」

ゲシッ！　とタマはポチに飛《と》び蹴《げ》りを食らわせた。

「うわー……」

「おー……」

森本夫妻と掛川さんが声を上げる。ポチはバランスを崩した拍子に尾でブッチャーを巻き込み、そのままレンコン畑にダイブした。

「うわ――――っっ!?　ポチ、ブッチャー、大丈夫か――――っっ!?」

深さはそれほどないだろうが人様の畑である。俺は慌ててあぜに手を付きながらどうにかポチとブッチャーが落ちたところまで移動し、ばっしゃんばっしゃんと暴れている二羽をどうにかあぜ道に上げた。タマは我関せずというようにユマのところへ移動している。

「ああ、よかった……。ポチ、ブッチャー、そのまま動くなよー！」

森本さん夫妻がホースを持ってきてくれて、水圧をかなり緩めて二羽を洗うのを手伝ってくれた。すみません、本当にすみません。

二羽は余程びっくりしたのか、キレイになるまで動かないでじっとしていてくれた。とはいえ十一月も半ばだ。バスタオルを持ってきてもらって、ブルブルと水を飛ばした二羽を急いで拭《ふ》いてと

とても忙しかった。俺もすっかり泥だらけである。

まぁこればっかりはタマが悪いとは言えないだろう。張り切って遊んでいたポチとブッチャーがいけないのだ。

「佐野君、森《もり》ちゃん、すまねえな……」

掛川さんに謝られてしまった。ポチもいちいち相手をするのが悪いんです。

「いえ、うちのも悪いんで……」

「いやー、あれはしょうがないよ。面白い物見せてもらったし、ニワトリの世話をしたのは佐野君だしね。佐野君、お疲れ様～」

森本夫妻は楽しんだらしかった。とはいえ人様の畑に迷惑をかけるなど言語道断なので、後日菓子折りを持ってくることにした。ホント、とんでもない話である。

ポチとブッチャーはレンコン畑に落ちたことで憑《つ》き物《もの》が落ちたようにおとなしくなった。二羽で連れ立って掛川さんちの方へ悠然と歩いて行く。まるでつっかかったことなんて一度もなかったみたいに。

頼むから最初からそうやって仲良くしてほしい。

「はー、疲れた……」

泥まみれ、びしょ濡《ぬ》れになった俺は申し訳ないとは思ったが、森本さんちでシャワーを借りることになった。着替えを持ってきておいてよかった。

「佐野君、ごはん食べて行くだろう？」

「ええー、いいんですか？」

シャワーから上がったら、お昼ご飯を用意してもらってしまった。

「俺もいただくから、佐野君も座れ座れ」

掛川さんに手招きされて、居間の座布団の上に座った。

「あ、青菜もいただいて、ありがとうございます」

森本さんちの庭で、タマとユマがいただいたのだろう青菜をバリバリと食べていた。小松菜とか、他にもありそうである。ポチとブッチャーはどうしたんだろうな。掛川さんちの方で草でもつついてるんだろうか。

「面白いですね。バリバリ音が鳴って」

森本さんの奥さんがコロコロと笑った。

「ははは……」

ニワトリには歯がないはずなのに、なんでそんな音が鳴るのかと思ったのだろう。

「佐野君ちのニワトリには立派な歯があるからなぁ」

掛川さんがバラしてしまった。いや、ダメってことはないけど。

「へー。先祖返りとかですかね」

そう言いながら、森本さんがレンコン料理を運んできてくれた。ホント、この村の人たちって鷹《おう》揚《よう》だよな。

レンコンのきんぴら、レンコン、ニンジン、ゴボウ、こんにゃくと肉が入った煮物、レンコンのはさみ揚げ、レンコンの南蛮漬けなどとても豪華である。

「うわー、すっごくおいしそうです。いただきます！」

レンコンチップスまで出てきた。レンコンサイコー。

「そんなに喜んでもらえると嬉《うれ》しいわ～」

森本さん夫妻がにこにこしている。

「いやー、こんなに喜んでもらえるなら来年も掘りにいらっしゃい」

「あ、はい」

うん、次来るとしたら来年だなと思った。つーか、できれば掘ったのを売ってほしいんだけど……。

「来年はきっと、もっとスムーズに収穫できると思うよ～」

「いやー、それはないんじゃないですかね……」

一年に一回しか収穫しないのにスムーズになんてできるわけがない。でもまぁ経験としてやってみてよかったとは思った。水って膝ぐらいの位置でもあんなに足が重くなるんだなとか、泥に足を取られるとまるで動けなくなるんだなとか、いろいろ勉強になった。こういうのって経験してみないとわからない。

森本さんに直接聞くのはアレだから、掛川さんに森本さんが好きな物とか後で聞いておくことにした。

「また来てね～」

「待ってるよ～」

レンコンだけではなく、他にもいろいろ野菜をいただいてしまった。

「あのう、お金を払いたいんですけど……」

「あまりもんだからいらないよー」

「ニワトリが面白かったからいいですよー」

「いやいやいやいや……」

レンコン畑にニワトリが落ちたのは悪いことだ。掛川さんも苦笑していた。とりあえずお金は掛川さんに後で渡してもらうよう託すことにした。ただなんて絶対ダメなんである。

タマとユマはいっぱい野菜をいただいてご機嫌だ。よかったよかった。

掛川さんちのところまで戻ると、ポチとブッチャーが仲良く餌をつついていた。

「えー……」

仲良し継続中らしい。

「あ、佐野君」

掛川のおばさんがちょうど玄関から出てきた。

「この子たち、なんかあったのかい?」

「ああ、実は……」

掛川さんと共に説明した。あんまりうるさいからタマに飛び蹴りをされ、その拍子に二羽共レンコン畑に落ちてしまったのだと。で、二羽を引き上げて洗ってきたのだと伝えたら恐縮されてしまった。

「いえ、うちのが悪いので……」

「ブッチャーがいちいちつっかかるのが悪いんだよ。まぁ、今日は仲いいけど……」

おばさんの言葉に苦笑した。確かに次連れてきたらまたファイトが始まりそうではある。でもなんとなくだけど、ポチはここに来るのを楽しみにしていたみたいだ。ブッチャーに突っかかられるのは面倒くさそうな素振りをしているけど、実は楽しいのかもしれない。好敵手？　って程ではないのかもしれないけど、ポチもブッチャーを認めているんだろうな。

おばさんにお茶でも、と言われたけどさすがに断った。

「掛川さん、うちのポチがすみません」

「いいってことよ。佐野君がニワトリたちを洗ったんだから一番たいへんだったのは佐野君だろ？　俺は楽しませてもらったからいいよ」

「そんな……」

森本さんにお金を渡していただくよう頼んで、やっと帰ることにした。なんか普段使わない筋肉を使った気がするから、もしかしたらまた筋肉痛かもしれない。タマには気づかれないようにしないとな。

と思ったけど、夜には筋肉痛になり、またタマにつんつんつつかれてしまった。

ひどいと思う。

翌日来た陸奥さんたちにも笑われてしまった。

「レンコン掘りですか、いいですね」

「いやーたいへんでしたよ。まさか自分で掘ることになるとは……」

「それもきっといい経験ですよ」

相川さんはそう言いながら、泥が入ってしまったレンコンを一緒に洗ってくれた。穴の大きい部分は小さい歯ブラシでとか、イケメンオカンは変わらないらしい。

約半月というところで全ての廃屋の解体が終わった。人海戦術もすごいけどやっぱり重機すごい。重機サイコーと万歳してたら、たまたまその時パトロールから戻ってきていたタマになにやってんだ？　って目で見られた。いいかげん泣くぞ、コラ。

ちなみに頼んだ産廃業者は以前桂木さんのところの壊れた金網（台風による影響）を運んでくれた河野《こうの》さんである。

「おー……解体したとは聞いたけどまた派手に壊したねー……」

一応材質ごとにざっと分けてまとめてはおいた。

「うちでも解体やってるから、またなんかあったら声かけてねー」

「はい」

そういえばそんなことを言っていたなとは思ったが、陸奥さんたちに頼んだのは夏の頃だ。やはり河野さんに頼むタイミングはなかったと思う。

「不法投棄も言ってくれれば対処するからね」

「片付けってことですよね」

「看板の設置とかもするよ。もちろんお金はもらうけど」

「不法投棄って見かけたりしますか？」

「うーん……この通りは……奥の方では見たかなー。佐野君の山ではなかったね」

「そうですか」

奥というとどこだろうか。桂木さんの山の先かな。桂木さんの山だったら困るな、なんて思った。というわけでどうにか廃屋の解体は終わった。整地は……任せてくれって言ってたな。気になっていた物がなくなったことでさっぱりしたが、財布の中がまた寒くなった。これから雪も降るっていうのに凍えてしまうかもしれない。

水曜日にまた陸奥さんたちが来て、細かいごみを片付けてくれた。それから盛り土をして土地をならす。今年の冬は陸奥さんたちがテントを張って狩猟の為の拠点にするようなことを言っていた。冬の間に使い道を考えよう。畑をもっと広げてもいいかもしれないが、なにか作ってもいいかもしれない。でっかい桶《おけ》を用意してニワトリたちの水遊び場とか……少し考えてみた。以前おっちゃんとこで出してもらったビニールプールはニワトリの鉤爪《かぎづめ》が引っかかって見事に穴が空いたんだよな。ビニールシートを買ってくればいいのか？　確かビニールシートは大丈夫だった。いろいろ楽しみは尽きないようである。

「先にゆもっちゃんちに頼まれたからイノシシ狩りに行ってくるけど、それが終わったらこっちに籠《こも》ろうかな。誰も足を踏み入れてない山ってわくわくするよね」

戸山さんがにこにこしながら言う。

「そうだな。相川君ちの山もいいが、今年は佐野君ちの裏山を回ってみたい」

「僕のところは気にしないでください。来られる時に来てくれればいいですよ」

相川さんがにこにこして応える。

「他にも猟師さんってこの辺りにいるんですか？」

「自分の山を縄張りにしてる猟師はそれなりにいるぞ。むしろこの辺りだと山持ちじゃない猟師の方が少ないだろう」

「そうなんですか」

「うちは管理できないから手放しちゃったんだよね～」

戸山さんが言う。

「え？　どちらの山を持ってらしたんですか？」

「もっと東側だね。うちからけっこう離れてたから不便でさ～」

「はあ……」

なんで飛び地で山持ってたんだろう。いろいろあるんだろうな。でも更に奥の山を買う人ってどういう人なんだろうとも思った。

明日以降はおっちゃんちの山を中心にイノシシ狩りをするそうだ。見に行かないといけないと思っていたから助かる。

「イノシシもシカも本当に困るからな」

陸奥さんが真面目な顔で言う。

「けっこう増えてるかんじなんですか？」

「増えてるかもしれねえな」

「クマってこの辺りは……」

「いることはいるぞ。臆病《おくびょう》だからなかなか出てはこないがな」

「そうなんですか」

やっぱりいるらしい。

「うちの裏山にもいると思います？」

「いるんじゃねえか？　逃げてくようなら追わないが、近づいてくるなら狩っちまうな」

「それは好きにしていただいてかまいません」

「つってもそろそろ冬眠の時期だからいないとは思うがな」

「それならいいんですけどね」

クマ怖い。絶対に遭遇したくない。そんな話をしているうちに昼になったので昼食を用意した。

今日は参鶏湯《サムゲタン》である。先日ニワトリの餌を買ってくる際に養鶏場で一緒に買ってきたのだ。寒くなってきているから少しでも温まったらいいなと思い購入してきた。

「鶏《とり》丸ごとってのはいいな！」

肉好きの陸奥さんがご機嫌だったので、陸奥さんちの近くの山の養鶏場で買ってきたのだと伝えた。

「へえ、あそこで作ってんのか。ちょっとうちのに聞いてみるよ」

そう言うぐらいには気に入ったようだった。よかったよかった。

「イノシシ狩りが済んだらこっちにまた来るからよ。よろしくな」

「はい、お待ちしてます」

こうしてうちの周りはしばらく賑《にぎ》やかだったが、また静かになった。

「みんな帰っちゃったよ。寂しいなー、ユマ」

手を振って軽トラを送り出した後、ぽつりと呟《つぶや》いた。

「マタクルー？」

「うん、また……そのうちね」

そっとユマに触れると、すりっと寄り添ってくれた。ユマは優しいなってしみじみ思った。

7　だんだん寒さが本格化してきた。シシ鍋《なべ》がおいしい季節です

……ポチとタマが泥だらけで帰ってきました。

だからどこでどうしてそうなった。

陸奥さんたちが来なくなると寂しくなるなーと思ったらこれかよ！　と思いながら二羽をばっしゃばっしゃと洗う。暗くなる前に洗わなければとこっちもけっこう必死である。日が落ちた途端一気に冷えるのだ。いくらお湯をそれなりに用意しているとはいってもニワトリたちに風邪を引かせるわけにはいかない。ってそもそもニワトリも風邪って引くのか？（ニワトリも風邪引きます）

夕飯を用意して、落ち着いてから考えた。

こんな泥だらけになるような場所ってどこだろう？

「ポチ、タマ。今日はどこまで行ってきたんだ？」

そういえば二羽にカメラをつけようつけようと思いながらすっかり忘れている。今更つけてはくれないだろうなと思いながら聞いてみた。

パトロールの範囲がしっかり決まっているとはどうも思えない。縄張りとしてこの山と裏山が自

由に走り回れる範囲だということはわかっているが、一日で回るには到底無理な距離である。だから今日はこっち、明日はあっちと気分で回っている節がある。

「アッチー」

ポチが裏山の方に頭を向けた。

「アッチノヤマー」

タマがはっきり「ヤマ」と言った。どうも今日は裏山を巡ってきたらしい。

「そっか。川かなんか入って汚れたのか？」

「チガウー」

「チガウー」

「？」

ポチとタマが否定する。川に落ちたわけではないらしい。川じゃないのに泥だらけって、なんか少しくぼんでて水が溜《た》まりやすい場所でもあるんだろうか。ここのところ雨が降ったわけでもないのに不思議な話だった。とはいえ山はへんなところに水が溜まっていたりする。湧き水でもあるのかなと思った。どちらにせよその場所を見てみないと話にならないだろう。

「わかった。今度俺も裏の山に連れてってくれないか？」

「ワカッター」

「ワカッター」

なんだか二羽がとても嬉《うれ》しそうに見えた。でもそれを見てへへ、と笑ったらタマに何笑ってんの？　という顔をされた。ツンが強すぎますタマさん。泣きそうです。

翌朝も寒かった。凍える。

「雪虫も飛んでるな～……」

十月の終わりぐらいからちょこちょこ見かけるようになった、おなからへんに白い綿のようなものがついた虫である。なんだろうと思って調べてみたらアブラムシの一種らしく、あのふわふわの綿はロウなのだとか。

北海道ではまもなく初雪が降ることを告げる虫らしいが、この辺ではまだのようだ。そうは言っても一晩で草が枯れるなんて現象もあるから油断はできないけど。

「お？　霜？」

畑の周りが少し白っぽい。やだなぁ寒くてと思った。山の上に住んでいると、天気予報は参考程度にしかならない。山の天気は変わりやすいというが本当だ。そして平地よりも先に雪が降りやすい。

うちのニワトリたちは大丈夫なんだろうかと思うのだが、今日はポチとユマがツッタカターと駆けて行った。ユマは走っていく前に振り向いてくれたので手を振った。元気だな。

というわけで今日のお供はタマである。

「タマ、墓参りと山の神様詣《もう》でしてもいいか？」

「イイヨー」

軽トラに乗って山の上の墓へ。草が枯れてけっこう抜きやすい。しまった、花がない。今度麓《ふもと》で買ってきますと手を合わせて謝った。思いつきで行動してはいけないらしい。

「神様に挨拶《あいさつ》に行くか」

ここから先は徒歩である。気合いを入れて山登りだ。やっぱりもう少し歩きやすく整備しないといけないなと思った。ただ山を登るのってけっこう苦行だ。みんなが行くような山を整備している方々に頭が下がる思いである。明後日《あさって》には元庄屋《しょうや》さんである山倉さんの息子さんがみえるというので下見も兼ねてだ。雪が降る前に神様に挨拶に来るという。確かに降ってしまったらもう春まで来られないだろう。

石は変わらずそこにあった。

「なかなか来られなくてすみません。いつもありがとうございます」

石を磨き、水を替え、周りの草を抜いた。

「廃屋も無事片付きました。誰一人怪我《けが》もしませんでした。本当にありがとうございます。明後日には山倉さんの息子さんの圭司さんを連れてきます。どうぞよろしくお願いします」

傍《はた》から見たらなにを石に報告してんだと思われるかもしれないが、これはこの山である神様への挨拶だ。おろそかにするわけにはいかなかった。それに、もしかしたらこの山の神様がニワトリたちに引き合わせてくれたのかもしれないし。

タマは近くで虫をつついていた。

「タマ～、ありがとう。戻るぞ」

「ハーイ」

言葉を交わせるニワトリなんて普通じゃないしな。おかげで毎日が楽しいし、よりかわいいと思うけど。でも、その嘴《くちばし》の中のギザギザの歯はめちゃくちゃ怖いっす。正直あんまり見たくないっす。

タマはすごいスピードで駆け下りて行った。ついていけるかって？　無理だっつーの。

あれ、前も思ったけど駆け下りるっていうより落ちてるよな。どうやったらあんな動きできるんだろう。

墓のところでタマが遅いわよ、って顔をして待っていた。俺はお前らみたいに規格外な存在じゃないんだよ。

今日は家の周りの見回りをした。身体的にはそれほど疲れてはいなかったが、昨日まで毎日人が来てたんだもんな。精神的に多少疲れたらしい。

「タマー、ちょっと昼寝するなー。遊んできていいぞー」

「イルー」

タマは不本意そうだがそう答えてくれた。家にいる時は必ず誰かがついててくれるとかルールでもあんのかな。

別に遊んできてもいいのに、と思いながら俺は昼寝した。

「ふあ～あ……」

あくびが出る。

ポチとユマが帰ってくる前に起きたので、タマにつつかれずに済んだ。でも目を覚ました時日が陰ってきていたから危なかったなと思った。

「よく、寝たな～……」

タマは土間で座っていた。目を閉じていたようだが、俺が呟くと目が開いたから起きていたのだろう。

「遊びに行かなかったのか？　行ってきてよかったのに」

キッと睨《にら》まれて、つつかれた。だからなんでなんだっての。

そうしているうちにポチとユマが帰ってきた。今日は泥だらけではなくてほっとした。日が完全に落ちる前に三羽を洗った。タマはお風呂《ふろ》に入ってくれないのでこのタイミングで洗うしかないのだ。

日が落ちるのが早くなってきたのでニワトリたちも寝る時間が増えたように思う。でもやっぱり朝の四時か五時ぐらいにはコケコッコー！　とポチが鳴いているようだ。眠りが浅い日はその声で一旦《いったん》起きることもある。大概はまだ早いじゃん、と時計を確認してまた寝てしまうのだが。ニワトリの雄叫《おたけ》びにも慣れたものだ。なんであれで毎朝起きないくせにスマホの目覚ましでは起きられるんだろうな。人体って不思議だ。

翌日も寒さに震えながら起き出した。あんまり寝ているとタマに乗っかられてしまうのでほどほどで起きるようにはしている。意外と重いんだよ、あれ。

玄関兼土間兼台所兼居間には夜の間中オイルヒーターを稼働させている。電気代がけっこうかかるが安全とニワトリたちの健康には欠かせない。最初ここに来た時は石油ストーブを使っていたが、危ないと思い人に譲った。俺の生活はニワトリ中心なのである。（ちなみにオイルヒーターは断熱効果が高い部屋でないとほとんどきかないらしい。元庄屋さんたちは冬の寒さに耐えかねて、ここだけは改装したのだそうだ）

おかげで我が家は玄関の方が暖かい。ちなみに俺の寝る部屋にはハロゲンヒーターがあるのみである。布団に入れば消してしまうので夜中にトイレとかで目を覚ますとかなりつらい。

そろそろ居間にこたつを作ろうと思い、今日はこたつ布団等を干すことにした。え？　遅いって？　そうかもしれないけど朝はオイルヒーターのおかげで暖かいからいいのだ。

それにこたつを作ると根が生えて動けなくなるんだよなぁ。もしかしたらユマも一緒に入ってくれるかな。それならがんばろう。

今日はいつも通りポチとタマがツッタカターと出かけて行った。また泥だらけだったら困るなぁ。でも元気が一番だよな。

「ユマ、川をちょっと見てこよう」

「ミテコヨー」

川の周りは寒いし冷たいだろうが、ためらいもなく一緒に行ってくれる辺りかわいいと思う。まぁここらへんはポチもタマも同じなんだけど。足の裏とかって冷たくないんだろうか。

まだ川に氷が張る気配はなかった。さすがにザリガニの姿は見えない。いるとしてももう冬眠しているだろう。木が倒れたりとか、草が生えすぎて水が溜まっているとかそういう様子がないことを確認してから戻った。汚れが多いと水が淀《よど》むので管理は大事である。後は畑の見回りと、更地になった廃屋の場所を見るぐらいだ。

「ホント、すっきりしたよなぁ……」

まだ数日しか経《た》っていないせいか、ないということへの違和感がすごい。でも本当にキレイになくなってしまっているから、そのうちここに家があったことも忘れてしまうんだろう。家のすぐ側《そば》にあった廃屋でさえそうなんだから、たまに行く町で店が変わったって気づくはずがないのだ。（普段使ってる店は除く）

明日は山倉の圭司さんが来る。お昼ごはんを何にしようか考える。気にしなくていいとは言われ

たがそういうわけにもいかないだろう。何せ山の中で採れるのはせいぜい木の実ぐらいだ。（これは冗談だ）

「よし、買物に行くか」

「イクー」

冷蔵庫や倉庫を覗《のぞ》いて、ちょっと足りない物を村へ買いに下りることにした。もちろんユマも一緒である。当たり前のように返事してくれるのがかわいい。ユマの尾がふりふり揺れていることからご機嫌なのがわかった。恐竜っぽい頑丈な尻尾《しっぽ》だからあんまりかわいく見えないのはご愛敬である。下手なこと言ってあれを打ち付けられたらそろそろ足の骨が折れそうだ。うちのニワトリ怖い。

さっそく村の雑貨屋へ行ったらおばさんに声をかけられた。

「佐野君はイノシシ狩りはしないのかい？」

「え？　なんの話ですか？」

以前ニワトリたちがイノシシを狩ったという話はここのおばさんも知ってはいるが、最近はおっちゃんちで狩ったぐらいである。今月はまだそんな話は出ていないはずだった。

「いやぁ……狩りの季節が始まったじゃないの」

「ああそうですね。でも俺自身狩猟免許は持ってないんですよ」

「そうなのかい？」

罠《わな》猟も免許が必要だったはずだ。うちのニワトリたちが勝手に獲《と》ってくる分には必要ないとは思うけど。買う物を買って帰ろうとしたら電話があった。おっちゃんからだった。

「もしもし？」

「昇平か？　明日はなんか予定あるか？」

「昼間は山倉さんの息子さんが来ますけど？」

「じゃあ夕方から泊まりに来い」

「どうかしたんですか？」

「イノシシが獲れたんだよ」

「あー……それはよかったですね。わかりました！」

明日の夜はおっちゃんちでイノシシ祭りのようだ。詳細は帰ってからまた聞くことにした。ニワトリたちを連れていってもいいのかとか、いろいろ確認しなければならないし。でもちょっとわくわくしてきたのは内緒である。

うちの山も居住区域（ようは家の周り）にはしっかり電波が届くので問題はない。場所によっては繋《つな》がりにくいところはあるが、繋がる場所まで移動すればいいだけのことだ。

で、改めておっちゃんに電話してみた。イノシシの獲れ高は俺が思っていたより多かった。

「えっ、三頭ですかっ⁉」

一頭はウリ坊に毛が生えたぐらいの大きさだったらしいが、二頭は成体らしい。撃ったのは相川さんと戸山さんで、みんなで食べようという話になったようだ。元々おっちゃんが依頼したものだったので、みんなほくほくである。今回畑野さんは参加されていないそうだ。まぁ平日だしな。川中さんも週末に合流する予定だったらしい。それにしてもみんな元気だなと思った。

「じゃあ明日の予定はどうなりますか？」

「夕方にニワトリたちと来ればいいだろ。内臓はさすがに一部しか分けてやれねえがな」

「わかりました。聞いてみます」

さすがに自分たちで獲ったのでなければ内臓総取りなんてことはできない。一部だけでも我慢してもらうしかなかった。

それにしてももうイノシシが獲れたとは僥倖《ぎょうこう》である。さすがにその三頭で全てではないかもしれないが、少しでも害獣を減らせるのはいいことだ。畑を荒らさないにしても、突進とかされたら死ぬし。

「追い込み猟（集団猟）みたいなものだったのかなぁ」

ちょっと近くで見てみたかったなとは思ったが、こちらの山に来てくれればもしかしたら見る機会があるかもしれないとも思い直した。

夕方帰ってきたポチとタマに、

「明日の夕方からおっちゃんちに泊まるから。イノシシ獲ったって聞いたけどどうする？」

と聞いたら。

「イクー」

「イクー」

「イクー」

と即答だった。肉食系ニワトリとかどこに需要があるんだろう。ホラー映画かな。

「あ、内臓は少ししかないって。お前たちが狩ったわけじゃないからな」

一応言っておいた。ポチとタマがコキャッと首を傾《かし》げる。俺の言っていることがわかっていないわけではなく、まるで不満を表しているようだった。

「そんな顔したってしょうがないだろ」

苦笑する。ユマは特に問題なさそうだった。ポチとタマにはユマぐらいおおらかでいてほしいと思った。

で、翌朝である。

タマとユマの卵を取り、汚れを布などで軽く拭《ふ》きとってから冷蔵庫へ。（すぐ食べるのでなければ基本は洗わない。殻にはものすごく小さな穴が空いていて、雑菌が水と一緒に卵の中に侵入する可能性があるそうだ）普通の卵を入れるところにははまらないので皿に入れてである。なんか入れ物作れって？　そろそろそうしようかな。

「今日は親子丼でも振舞うか」

タマとユマの卵はとにかく絶品なのだ。親はいくらなんでもうちのニワトリたちではない。養鶏場から買ってきたものである。こういうのって他人丼って言うんだっけ？　他人丼はまた別なのかな。

十時頃元庄屋《しょうや》さんの息子さんである山倉圭司さんが来た。

「おはようございます、佐野さん。今日はよろしくお願いします」

「こちらこそよろしくお願いします。山倉さんはどうですか？」

「おかげさまですっかりよくなりまして、今日は私の妹のところへ行っています」

「ああ、そうなんですね。それはよかったです」

圭司さんの妹さんというと、山倉さんがぎっくり腰をやる前にお子さんが生まれた娘さんのことだ。山倉さん夫妻は孫の面倒を看《み》に行っているのかもしれなかった。

「いやあ、いいかげん町で一緒に暮らそうと声をかけてはいるんですが、こちらの生活の方がいいと言われてしまうと何も言えませんね」

きっと息子さん家族に苦労をかけたくないんだろうなと想像した。

以前最近まで同居していたような話を聞いていたが、実際には圭司さんが村の実家とN町の家に半々ぐらいで生活していたみたいだ。もう山も手放したし村には来なくていいと夏頃に言われたらしい。

「その時が来たらまた同居できると思いますよ。じゃあ行きましょうか」

圭司さんにもご自分の車に乗ってもらい、墓のところまで移動した。当然俺の軽トラの助手席にはユマが乗っている。ユマが乗らないにしても座席がないから圭司さんを乗せるのは無理だ。圭司さんは何か言いたそうにしていたが、ユマが助手席の位置に乗ったらなるほどというような顔をした。うちはニワトリが中心なんです。

山登りだとは言ってあったから圭司さんはそれ相応の恰好《かっこう》をしてきてくれた。この山に住んでいた人々の先祖代々の墓に手を合わせ、昨日雑貨屋で買ってきた花を少しずつ供えた。

「佐野さん、ありがとうございます……」

圭司さんが困ったような顔をしていた。

「最近までは花が咲いていたのでそこらへんから取ればよかったんですけど……」

俺は頭を掻《か》いた。どうせ花だって高いものを買ったわけではない。そんなにそんなに交換はできないし、たまにだからと見栄《みえ》を張ったのだ。

そしてユマに先導を頼んで山に登った。ユマも何回か登るうちに道を覚えてくれたので、できるだけ短い距離で、人が登れるようなルートを通って山頂へ導いてくれた。ユマ、優秀である。

「ここが、山頂なんですか……」

「ええ。登る用に整備されてる山じゃないですからハゲの部分はないんですよ」

「そう言われてみればそうですね」

確かにもう登る場所がないと認識するまでは山頂だとはわかりにくいだろう。この木も一部は切った方がいいんだろうかと思ったりもするが、切ったはいいがどうやって運ぶのだという問題もある。どれも立派だから雑草を抜いて帰るぐらいしかできないのだった。

「こちらです。適当な石を置いただけで恥ずかしいんですけど……」

「いえ、ここに山の神様がいらっしゃると佐野さんが気づいてくれたから、父はあの程度で済んだんです。先にご挨拶《あいさつ》をさせてください」

水を取り替えて、二人でご神体替わりの石に挨拶をした。

「こちらの石を納める祠《ほこら》を用意すればいいんですね」

「そうですね。すみませんがよろしくお願いします」

「任せてください。また挨拶に参りますし、こちらに上がってくる道も多少整えた方がいいでしょうね」

「そうですね。来年の今頃までに形になればいいかと思っています」

「協力させてください」

圭司さんがにっこりと笑んで言う。

「いえ、あの……もう今はうちの山ですから」

「でもまた顔を出してもいいでしょう」

「ええまぁ、お墓もありますし」

「道作り、手伝わせてくださいね」

「はい……」

一円も出してもらうつもりはなかったんだけどなぁ。圭司さんはなかなかに強引な人のようだった。墓のところまで下りてうちに移動し、昼食は予定通り親子丼にした。タマとユマの卵だと教えたら、

「おいしいです。優秀ですね」

と褒められた。そうだ、うちのニワトリたちはかしこくて優秀なんだぞ、と内心ドヤッたのだった。

圭司さんには「ニワトリはずっとこのまま飼っていくんですか？」と聞かれたので「もちろん！」と即答した。

「そうですか。また近々こちらに来たいとは思っているのですが、来年は子どもたちも連れて来ていいでしょうか」

「ええ、かまいませんよ。ああ、でも……一応うちのニワトリたち子どもの扱いはわかってるんですが、乱暴に扱われると何をするかはわからないので……」

「それもそうですね。そこはきちんと言い含めましょう」

「お願いします」

お子さんたちを連れてきてくれてもいいのだが、ニワトリを怒らせるのは困る。うちのニワトリが怪我《けが》をさせたなんてことになったら、たいへんなことになっちゃうし。

圭司さんは更地になった廃屋のあった場所を感慨深そうに眺めると、帰っていった。圭司さんが住んでいた家ではなかったが、それでも思うところはあるのだろう。

「これからおっちゃんちか～。……あ、手土産どうしよう」

イノシシをごちそうになるのだ。いろいろ頭を悩ませたあげく、ビールを買っていこうと思った。どーせみんな飲むだろうしな。

ポチとタマが帰ってきてからざっと汚れなどを払って落とさせ、軽トラの荷台に乗せた。さすがに足元に毛布だけでは寒くないかなと心配になる。風避《よ》けに木の箱かなんか置いた方がいいんだろうか。でもみんなでかいしな。納まるような箱となるとどれだけでかくしなきゃいけないんだろうか。なかなかに悩ましい。

村に下りて、雑貨屋で缶ビールを箱で買い、おっちゃんちに向かった。

「こんにちは～」

一応人がいないかなと声をかける。おっちゃんちの駐車場にはもう何台も軽トラが停《と》まっていた。おっちゃんちの家の陰には何もいない。ふと日向の方を見たらドラゴンさんが気持ちよさそうに寝そべっていた。桂木姉妹も来ているようだった。

「こんにちは、タツキさん。うちのニワトリたちも連れてきたのでよろしくお願いします」

ドラゴンさんは薄く目を開け、微《かす》かに頷《うなず》いてくれた。そろそろ冬眠の時期なんだよなと思い出した。その時期は家の中に入れると桂木さんが言っていたような気がする。

「タツキさん、そろそろ冬眠ですか？　リエちゃんとは仲良くされてますか？」

ドラゴンさんはゆっくりと何度か頷いた。いつのまにかタマが近づいてきている。

「あ、タマ」

気づいて声をかけたらそのままタッタッタッタッと走ってきて、まずいっ！　と思った時には飛《と》び蹴《げ》りを食らっていた。ちなみに横からだったのでドラゴンさんに影響はない。俺なんで蹴られたんだよ、ひどすぎるだろ。タマは俺のことを無視してドラゴンさんの身体《からだ》をつつき始めた。

ああそうですか邪魔だったんですね、ごめんなさいね。もう俺グレていいかな。

立ち上がってパンパンとズボンや服をはたいていたら、相川さんが畑の向こうからやってきた。

そういえばしばらくこちらに来ているんだっけ。

「佐野さん、こんにちは～」

今の見られてないかな？　見られてないよな？　いや、見られたからって……。

「タマさん？　ですか？　いやー、ユマさんと痴話喧嘩《ちわげんか》でもしてるのかとびっくりしましたよ～」

しっかり見られてました。ちーん。

ここ穴掘っても怒られないかな。

「ああ、ええ、はい……ユマじゃなくてよかった……」

ユマに飛び蹴りされたら超凹《へこ》む自信がある。されたことなんてあったかな。たまにつつかれることはあるけど。

ちょっと考えてしまった。

ポチとユマは軽トラの側でそわそわしている。今日は事前に、ニワトリたちは自由にしていていいと言われていたので「声が届くところにいろよ」と伝えて自由にさせた。

ポチはまっしぐらに畑の方へ駆けて行ったが、ユマは俺にすりすりしてから畑の方へ向かった。なんでユマはあんなにかわいいんだろうなあ。すりっとするワンクッションがたまらなく嬉《うれ》しい。

「今日は庭の方ではなくて居間で集まるそうですよ」

相川さんに笑顔で言われてコホンと咳払《せきばら》いをする。いや、別に恥ずかしくなんかないぞ。

「居間、ですか」

「襖《ふすま》を取っ払いました」

「ああ、それなら広くなりますね」

上がるのは縁側からでも玄関からでもどちらでもいいらしい。缶ビールを箱で買ってきたので一度玄関から入ることにした。

「こんにちは～」

「あら昇ちゃんいらっしゃい。イノシシの肉はこれから届くから、まだ待っててね～」

「佐野さん、こんにちはー」

「あ、おにーさんだ。こんにちはー」

桂木姉妹もエプロンをしておばさんの手伝いをしていた。すでにしっかり馴染《なじ》んでいる。

今回は相川さんと戸山さんが撃ったということもあり、参加者は他に、陸奥さん、川中さん、桂木姉妹、それから解体をしてくれた秋本《あきもと》さんぐらいである。

「今回はシシ鍋《なべ》だけでおなかいっぱいになりそうよね～」

おばさんはご機嫌だった。やはり人数が集まるとたいへんだろう。

「何か手伝うことってありますか？」

「特にないわよ。あ、ビールありがとうね。もう少ししたら始めてもらうから、それまで庭か畑にでも行ってて」

「わかりました」

これ以上ここにいても邪魔だろうと出て行く。庭に回るとビニールシートがすでに敷いてあった。ニワトリと、ドラゴンさん用かな。ありがたいことである。

庭の向こうにある畑を見やると、うちのニワトリたちが周りを適当につついていた。男性陣が煙草《たばこ》を吸いながら山の方を見ている姿に哀愁を感じた。近づいてみると、煙草を吸っていたのは陸奥さんと戸山さんだった。陸奥さんは確かに以前お宅にお邪魔した時吸っていた気がするが、戸山さんが吸っているのは見たことがなかった。

「ああ、昇平も追い出されたのか」

「ええまぁ……」

おっちゃんが笑って言う。作業している時は邪魔してはいけないし、おっちゃんちでは台所が女の城のようである。

「いい天気ですね」

「ああ、寒いけどなー……」

「ですね」

もう十一月も終わりだ。晴れていてもひとたび風が吹くとけっこう寒い。

車が入ってくるような音がして、みんなで振り向いた。秋本さんの軽トラのようだった。

イノシシ肉、到着である。

ちら、とみんなの方を見て後悔した。目がぎらぎらしているように見える。肉食系男子大量である。女性陣は逃げた方がいいと思った。もちろんこれはただの冗談である。

「こんにちは～、解体してきたよー」

陸奥さんと戸山さんが煙草の火を消して自分たちの携帯灰皿に入れた。えらい。とてもえらい。当たり前かもしれないけどかっこいい。（おばさんが気を利かして縁側に灰皿は出ていた）

秋本さんが軽トラから降りた時には男性陣がかなり近づいてきていた。

「お、おお？」

秋本さんが少しのけぞり、気圧《けお》されたような声を上げた。

「台所へ運べばいいんだよな？」

「ああ」

おっちゃんの問いに秋本さんが答える。おっちゃんだけでなく相川さん、陸奥さん、戸山さんも荷台から肉の塊を持ってとっとと家の中へ運んだ。どんだけ楽しみにしていたんだろう。いや、もちろん俺も食べたいけどさ。

肉を運んでから出てきた面々はみんな目がキラキラしていた。だからどんだけ……。

「もしかして、みなさんお昼ごはんは食べてないんですか？」

ギクッとしたようにみな身体をビクッとさせた。まさかの、イノシシの為《ため》に腹を空《す》かせておく作戦だったようだ。まぁ空腹は最大のスパイスって言うしな。子どもみたいだがしょうがない。俺は嘆息した。

「？　なんですか？」

おっちゃんと相川さんに恨めしそうに睨《にら》まれた。

「昇平、この裏切り者め」

「佐野さんの裏切り者」

「そんな話聞いてませんよ？」

昼飯を抜いてまでシシ肉を堪能するなんて。まぁ食べられる分だけ食べるつもりだからいいけど。

そんなことを言っていたら居間の方にいろいろ並べ始められたようだった。縁側から声がかかる。

「みなさん、お待たせしました！　始めてください！」

桂木さんだった。みんなよい返事をし、縁側から居間に上がった。

ビールは当然として、漬物だけでなくかまぼこや煮物が並べられていた。真ん中は空いているからそこに鍋を運んでくるのだろう。桂木さんに手招かれて台所の方へ。

イノシシのそれなりに大きめの肉の塊と内臓を一部でかいタッパーに入れたものを見せられた。

「これ、ニワトリさんたちの分ですって。タツキは食べませんから全部あげちゃってください」

「え？　タツキさん満腹なのか？」

桂木さんは首を振った。

「いえ、冬眠が近づくと食べなくなるんですよ。どうもおなかを空っぽにしてから寝るみたいです」

「へえ……そうなんだ」

実際大トカゲがそうやって冬眠するかどうかは知らないが、ドラゴンさんはそうらしい。面白いなと思った。

「じゃあありがたくいただくよ。ビニールシートに空ければいいんだよね」

「はい、それでお願いします」

葉物野菜も大量に受け取って、俺は居間から縁側を通って庭へ下り、ビニールシートに野菜とイノシシの肉と内臓などを置いた。そして畑の方に声をかける。

「おーい、ポチ、タマ、ユマ————！　ごはんだぞ——‼」

隣の家がそれなりに離れていなければ近所迷惑になりそうな音量の声が出た。自分でもびっくりした。すぐにツッタカターと三羽が駆けてくるのが見えた。遠くに見えてもでかいなぁと思った。慣れない人が見たらどんどん巨大化してくるように見えるだろう。けっこう怖い。ちらちら見える鱗《うろこ》のある恐竜っぽい尻尾《しっぽ》とか更に怖い。

「おーい、昇平！　はじめてるぞー！」

「はーい！」

ニワトリたちにここにあるのがごはんだと教えてから居間に戻った。みんなすでに乾杯して煮物などを摘《つ》まみ始めている。俺もさっそくビールに口をつけた。そんなに冷えてはいないがうまい。里芋とイカの煮物、ブリ大根が絶品だった。でも何よりも、その後出された内臓の炒《いた》め物やシシ鍋が最高だった。ちょうどシシ鍋をつつき始めた頃に川中さんが到着して、

「みなさんもういただいてるんですかっ⁉　僕の分はっ⁉」

と悲鳴を上げた。ちなみに女性陣は自分たちでおいしいところを切り分けて食べているようである。調理してくれたのは女性陣なのだから当然の権利だと思った。

「ああっ！　川中そんなに食うんじゃねえっ！」

「いいじゃないですか！　また狩りましょうよ！」

陸奥さんと川中さんが取り合っている端から、こっそり相川さんと戸山さんが食べているのが面白かった。もちろん俺とおっちゃん、秋本さんもしっかりいただいた。

「……身体が温まりますねぇ……」

「やっぱイノシシはいいなぁ」

おっちゃんが嬉しそうに、しみじみ呟《つぶや》いた。

「これで全部なんですかね」

「いやぁ、まだいるだろうな。被害を受けてるのはうちだけじゃねえからな」

「そうですか」

「今月末までは来てもらうように言ってあるからな。あと二、三頭狩れれば御の字じゃねえか？」

「狩れるといいですよね」

害獣だから、いなければいないにこしたことはない。とりあえず畑に被害がなければいいのだ。お互いに干渉せずに暮らせたら、本当はそれが一番いいのだろうと思う。

新鮮なイノシシの内臓の塩胡椒《こしょう》炒め、おいしかったです。捕まえてすぐに秋本さんを呼んだから、処理が早くて内臓もすぐに急速冷凍できたらしい。そうでなければその日のうちに食べるのがいいそうだ。

鍋の〆《しめ》は今回はうどんだった。みんなで喜んでつるつる食べた。

川中さんは翌日の日曜日も出勤らしく、飲まないでそのまま帰っていった。すごい忍耐力だなと思った。

「も～、みんなして誘惑するから困るよ～」

そんなことを言いながらちらちらとビールを見ているのがわかった。とりあえず見なかったことにした。

「月曜日は僕も参加しますんでよろしくお願いします」

休日出勤なので月曜日に振り替えたらしい。

「ああ、よろしくな」

川中さんはおっちゃんに挨拶《あいさつ》すると名残惜しそうに軽トラに乗った。きっと本当はもっと勧めてほしかったんだろうな。勧めないけど。

「川中は飲まなくて正解だな」

「そうだねぇ」

陸奥さんと戸山さんがそんなことを言う。

「何かあるんですか？」

「うん。みんなが飲んでるならいいんだけどね、川中君は酔った時飲んでない人がいると勧めにいっちゃうんだよ。台所の方にいる女性陣は……リエちゃんだっけ？　まだ未成年だろう？」

「ああ、それは困りますね……」

あっちまでは声をかけにいかないかもしれないが、リスクは少ない方がいいだろう。だから桂木姉妹がこちらにこなかったのかと合点がいった。

「未成年も何も昔は気にしなかったもんだがなぁ」

陸奥さんが顔を赤くして笑う。

「だが……よそ様のお嬢さんになんかあったらまずいしな」

紳士だ。陸奥さん超かっこいい。ずっとついて行きます。（どこへ）

ニワトリたちは肉も野菜もしっかり食べ尽くしていた。あの量を食べ切るとか……怖い。

お代わりを寄こせとは鳴かれなかったが、それでもかなりあったと思う。ニワトリたちの食欲は凄《すさ》まじい。

飲まない人がいたためか、今夜はほろ酔い程度で床につくことができた。これなら明日の朝は二日酔いなんて状態にはならないだろう。もちろん寝る前に外のビニールシートの片付けもしたし、ニワトリたちをざっと湯で洗って土間に移動もさせた。（ビニールシートを洗うのは朝でいいと言われた）

「手際いいねぇ」

戸山さんが感心したように言った。全てニワトリの為である。うん、ペットというより家族だよな。とても頼りになるけど、手もかかる家族だ。

そんなわけで翌朝の目覚めは悪くなかった。

……うん、頭は痛くない。どこも痛いところはない。ちょっとだけ胃が重い気がするがそれはしようがない。ただの食いすぎである。

「佐野さん、起きたんですね。おはようございます」

相川さんが襖《ふすま》を開けて入ってきた。相変わらず爽《さわ》やかである。昨夜《ゆうべ》酒を飲んだことを微塵《みじん》も感じさせないイケメンっぷりだ。なんかいろいろ羅列してみたが自分でもよくわからない。

「……おはようございます」

「二日酔いは？　してませんよね？」

「してないと、思います」

身体の調子を確認する。

「ごはんの準備できてますよ」

「わかりました。ありがとうございます」

布団を畳んでから顔を洗い、うがいをして居間へ顔を出した。

「おはようございます」

「おー、起きたか」

戸山さん以外の男性陣が集まっていた。戸山さんは寝る時間がいつも長い人らしい。陸奥さんはあれだけ飲んでいたのに元気だなと思った。

「佐野君、卵いただいてるけどいいんだろ？」

陸奥さんがおかずをつつきながら言う。

「ああ、うちのですか？　かまいませんよ」

今朝もタマとユマは卵を産んでくれたらしい。二羽で卵は二個なのだが、一個一個が大きい為しっかり卵炒めに使われていた。摘まんでみたが、卵炒めもいいなぁと思った。中華料理にトマトと卵の炒めってあったな。夏頃に相川さんが作ってくれたっけ。

食べ終えて座敷に移動したら桂木さんがいた。相川さんは居間の方にいる。戸山さんもやっと起き出してきた。

「おはよう、リエちゃんは？」

「リエは、ユマちゃんに遊んでいただいてます」

どうやら追っかけっこをしているらしい。

「あはははは〜」と楽しそうな声が何度も聞こえてくる。こちらからはよく見えなかったが楽しそうだ。桂木姉妹はいろいろたいへんな目に遭いすぎている。少しでも嫌なことが忘れられるならいい。

「そっか。昨夜《ゆうべ》しっかり食べられた?」

「はい、おいしいところをがっつりいただきましたよ〜。リエに奪われそうになってひやひやしましたけど」

桂木妹も肉食系らしい。意味合いは違うが。

「リエちゃん、教習所行き始めたんだっけか?」

「はい、ぼちぼちですね。今はまだなかなか予約が取れないみたいですけど」

「そうか……」

雪が降る前にみんな免許を取りたいのかもしれないな。

「オートマ? マニュアル?」

「マニュアルを取るんだそうですよ。けっこう時間かかりそうですよね〜」

「マニュアルはなぁ……」

俺が取ったところは確か先にシミュレーターみたいなのを使った記憶がある。こっちの自動車学校でもそうなんだろうか。取るまでに何日ぐらいかかったっけかな? こっち来てからMT取っといてよかったと思ったけど。

ただマニュアルじゃないと軽トラの運転はできないわなと思った。でも最近はATの軽トラもあるんだっけか？　なんか扱いにくそうな……。まぁ自分のじゃないからいいか。

そんなかんじで昼過ぎまでおっちゃんちでお世話になり、ニワトリたちを招集して山へ帰った。ポチとタマがおっちゃんちの畑からぎりぎりまで山の方を見ていたのが少しひやひやした。今回は狩りはさせないからな。

「ポチ、タマ、だめだぞ」

しぶしぶではあるが荷台に乗ってくれたのでほっとした。

シシ鍋《なべ》、とてもおいしゅうございました。冬の間、何回呼んでもらえるかなぁ。

8　ニワトリがもっと食べたいっていうんです

イノシシ狩りを他力本願したせいなのか、山に戻って暴れ足りないポチとタマを送り出したら、夕方になっても二羽が帰ってきません。

「……アイツら、遅くないか？」

西の空から段々と光が消えていく。さすがに真っ暗な中二羽を洗うのはつらい。そうなると土間で洗わなきゃだろうか。家が汚れそうでやだなぁ。寒くなってもいいから家のガラス戸を開けて玄関の前で洗うべきか。

そんなことをつらつらと考えてたら、やっと二羽が帰ってきた。……身体《からだ》中にいろんなものをくっつけて。

……くっつき虫？　いや違うか。何かにつっこんだのか。取るのがたいへんそうだなとうんざりする。

「……遅いよ。おかえり」

「ミツケター」

「え？」

でっかいタライを用意して湯を入れようとしたらポチが言った。

「イノシシーウチー」

「ええ？」

タマも言い、俺の作業着にバクッと噛《か》みついた。歯が当たって痛いんですけど。そのまま引っ張っていこうとされて……。

「いてててて」

さすがに無理だと思ったのか、タマはパッと嘴《くちばし》を放してくれた。そうして二羽共俺から離れる。

今からどこかへ行こうと誘われているようだった。

が、しかし現在世界は真っ暗である。

以前リンさんがこちらの土地に入ったほどの危機感はないので（あれも正確にはうちと相川さんの土地との境だったみたいだ）、今すぐでなくてもいいと思う。どちらにせよ今それがなんなのか確認する必要があった。

「イノシシを見つけたのか？」

「ミツケター」

「イエー」

ポチとタマが言う。

「いえ？　うち？　イノシシの……巣か？」

「ミツケター」

「イッパイー」

「イノシシをいっぱい見つけたのか？」

とりあえず聞いて推理してみよう。

「ミツケター」

「ミツケター」

「イノシシはどこにいるんだ？　この山？　裏の山？」

指で地面を指したり、裏山の方を指したりして確認する。

「ココー」

「ココー」

この山にイノシシがいっぱい生息しているらしい。

「この山のどこにいる？　上？　下？」

指を上に、下にと動かしてみる。

「シター」

「スコシシター」

「イノシシはどこかで休んでたのか？」

「イター」

「イエー」

「そっか」

ポチとタマの話を総合すると、イノシシがいっぱいこの山にいた。どこかに巣のようなものがある。この山の下の方、ということである。おそらくポチとタマだけで狩りをするのは問題ないが、運び手が必要という話だろう。どう考えても俺が戦力に数えられるはずはない。

「うーん、そうだなぁ……」

誰かに頼もうにもおそらく今月末まではみんなおっちゃんちの方へ行くはずである。巣があるのを確認したというなら急いで獲《と》らなくてもいいのではないかと思った。まぁこれは素人考えかもしれないけど。

「巣があるなら、今日でなくてもいいし……また人が来た時でもいいんじゃないか？」

提案したらタマにつつかれた。でもなぁ。つつき方が激しくなる。

「タマ！　いたっ、いたいってのっ！　イノシシ食べたいのはわかるけど、食ったばっかだろっ！」

「イノシシー」

「イノシシー」

「イノシシー」

ブルータスお前もか。ユマまで一緒になって唱和しないでほしい。とても悲しい。

イノシシ〜

「どちらにせよ！　もう暗いんだから今日は危ないだろ。俺は無理だからなっ！」

腕を組んで仁王立ちすると、タマに睨《にら》まれた。やべ、これもしや俺が餌になるパターンか？

「アシター」

「誰か手伝ってくれる人がいたら！　少なくとも明日まで陸奥さんたちはおっちゃんちに行ってるし。それが終わって数日したら誰か来てくれるから、それまで待ってくれよ」

「エー」

「エー」

「エー」

文句がすげえ人間っぽい。どこで覚えたんだそんなの。

「とにかく、無理だ。うまくすれば来月にまた来てもらえるかもしれないから、我慢してくれよ」

来月はもう目の前だし。

「エー」

「エー」

「エー」

抗議は延々とするようである。

「とにかく、今日は無理です！　また今度で！」

不満そうだったがしょうがない。やっとタライを出してお湯を入れたり水を入れたりして温度を調節すると、タマはしぶしぶ洗わせてくれた。タマが洗わせてくれたのでポチも洗えた。

「ユマはどうする？　俺と後で風呂《ふろ》に入るか？」

「オフロー」

「わかったよ。後でな」

やっとユマがいつも通りに戻ってくれてほっとした。つい笑ってしまう。

「狩りには行かないぞ。わかったな」

なんか怪しいので改めて確認する。

「ワカッター」

「……ワカッター」

「ワカッター」

よし、返事をしてくれたなら少なくとも今夜勝手に出て行くことはないだろう。でもなんか不安なので、まとめて買っておいた豚肉のブロックから多めに切ってあげた。養鶏場から買ってきた飼料の上に、一応食べやすそうな大きさに切って。なんとも贅沢《ぜいたく》な夕飯である。

ちなみに俺は、今夜はもらってきたおにぎりに漬物とお茶で夕飯を終えた。昨日けっこう食ったしな。夕飯の後居間でＴＶを見ながら相川さんにＬＩＮＥした。

「ニワトリたち、どうしてもイノシシが食べたいらしくて巣を見つけてきたみたいなんですよ。もう暗いのに連れて行かれそうになって困りました」

「それはたいへんでしたね。でも、今日はいいですが明日は実際に狩ってきてしまうかもしれませんよ？」

「その危険性はありますよね……」

正直とても困る。すぐ近くならいいし、俺一人で持ってこれるような量ならいいけどタマはいっぱいだと言っていた。少なくとも三頭ぐらいいるのではないかと思う。でもこんな時期までイノシシって家族で生活するものなんだろうか。もしかしたら春に繁殖失敗して秋に産んだとか？　その可能性はないとは言えないよな。おっちゃんとこの山での例もあるし。

「どーしよっかなー……」

うだうだ考えていたら相川さんから電話が入った。

「はい」

「佐野さん、僕明日行きましょうか？　ネコはありますよね」

「はい、あります。でも、いいんですか？」

「陸奥さんと戸山さん、川中さんは明日湯本さんちに行かれるそうですから大丈夫ですよ。秋本さんもわかっていて待機してくださっていますから。獲れるうちに獲ってしまいましょう」

「本当にいつもありがとうございます」

本当になんていうか、相川さんには甘えてばっかりだよなと思う。まさかニワトリの狩りの為《ため》に人手を割かなければいけなくなるなんて思いもしなかった。だがおかげでどうにかなりそうである。

相川さんとの電話を切ってから、俺はおっちゃんちに電話をかけたのだった。

「そうかー。やっぱお前んとこのニワトリは肉食なんだなぁ」

電話の向こうでおっちゃんがガハハと笑う。笑ってもらえてよかったなと思った。

「……ごめん、おっちゃん」

「どーせ明日回ってもらったってまた見つかるとは限んねえんだ。そっちにイノシシがいるなら優先するのは当然だろ？　ちょっと相談するから待ってろ」

おっちゃんはそう言って一旦《いったん》電話を切った。

って。

「相談？」

相談ってなんの相談なんだろう？

疑問に思って首を傾《かし》げていたら、ニワトリたちもみんなしてこちらを見ながらコキャッと首を傾げていた。なんだよ、そのあざといの。かわいすぎだろお前ら。つい笑顔になってしまった。

「……ポチもタマもユマもかわいいなー……」

みんなして今度は反対側にコキャッと首を傾げた。くっそかわいい。たまらん。

「カワイイー？」

ユマが反応してくれた。

「うん、かわいいよ」

「カワイイー」

バッサバッサと羽を動かしてくれた。うんかわいい。ちょっと、いやかなりでかいけど。

ポチはそのままだったが、タマが少しだけ羽をバサバサと動かしてくれた。ツンデレのツン多めのタマだけど、たまにこうしてデレてくれるのがかわいい。

そんなことをしていたらおっちゃんから電話がかかってきた。

「もしもし？」

「おう、昇平。明日は俺たちも行くからな。処理費用はうち持ちで、調理はうちでしちまってもいいだろ？」

「……はい？」

俺は耳を疑った。このおっちゃんはまた何を言っているのか。

「よし、じゃあ明日俺たちが行くってニワトリたちに言っとけ。んで案内してくれってな！」

俺返事してないよ？

「いやいやいやいや……何言ってるんですか」

「午前中に行くからちゃんと言っとけよ！」

おっちゃんは言うだけ言うと電話を切ってしまった。

ツーッ、ツーッ、ツーッという無常な機械音だけが後に響いた。

「え――――……」

「エー」

「エー」

「エー」

ニワトリたちが唱和する。そうか、俺の真似《まね》だったのか。まぁ飼主に似るっていうもんな。脱力した。

それにしてもだ。俺が聞き返した「はい？」を返事と受け取るとかどうなってんだ。初めからこっちの返事聞く気ないだろー。

まぁでもしかたない。しかたないっていうか手伝いはとてもありがたい。だからこれは感謝してしかるべきだ。でも処理費用は絶対俺が払う。これだけは譲れない。

「明日、おっちゃんたちが手伝いに来てくれるってさ。だから明日はおっちゃんたちが来るまで待ってろよ」

ポチとタマが目を見開いた。そして嘴《くちばし》を開く。

「マッー」

「マッー」

「マッー？」

ユマはよくわかっていないみたいだった。ぽやんとしてる子ほどかわいい。これでわざとじゃないんだからユマは最高だと思う。

そんなわけでとりあえずユマとお風呂に入ってから寝た。ハロゲンヒーターって部分的だけどすぐ熱くなるのがいいな。部屋全体は無理だけど。というわけで少しつけて布団に入ったらすぐ消すかんじである。

朝目が覚めたら、何故《なぜ》かタマが俺にのしっと乗っかってきたところだった。

「？　なんで？」

世界はまだそんなに明るくないと思うんだが。タマの重さもそうだが「？」が頭の中で飛び交っている。

「タマー、重いー……時計見させろー」

タマはすぐにパッとどいてくれた。んで、時計を確認したらまだ六時前だった。

「うぉい。どんだけ楽しみだったんだよ……もうひと眠りさせろー……」

布団にまた潜ったら、
のしっ

とまた乗られた。

「ターマー……寝不足は美容の大敵なんだぞー……」

言い訳にならない言い訳をしてみる。

一応昨日は今日のことがあるのでけっこう早く寝たから睡眠時間は足りているが、それでも世界はまだ暗いし寒いのだ。それに昨日おっちゃんちに泊まって帰ってきたわけで。少し疲れが抜けていないかんじなのだ。

だがそんなことをタマが考慮してくれるわけはなかった。

「オキロー。オキロー。オキロー」

人の身体の上で揺《ゆ》れるのは止めなさい。

「お前は壊れたおもちゃかなんかかっ！　あーもうっ！」

勝てるわけないんです。うちのニワトリたちは最強なんです。すみませんでした。

というわけで起こされました。肌荒れが怖いです。（まだ言うか）

「あーもう……おっちゃんたちはそんなに早くこないってのー……」

「ミマワリー」

「ミマワリー」

どうもポチとタマが先に見回りに行きたくてしかたないらしい。結託して起こそうとするとかずるいなーって思う。ホントそういうところは知恵が回る。俺は苦笑した。

「あーもう、ちょっと待ってろ……」

あーもう、あーもうばっかり言っててそろそろ牛になりそうだ。朝が早ければ早いほど寒いのだ。

とはいえ居間は一晩中オイルヒーターがつけてあるので俺が寝ている部屋よりはよっぽど暖かい。

「外は寒いだろーに」

タマとユマの卵を回収して、ぶつぶつ言いながら朝食の準備をした。卵だ、卵があればがんばれる。

「確認したらすぐ帰ってこいよー。あんまり何度も確認してると逃げられるかもしれないからな」

「ワカッター」

「ワカッター」

朝ごはんを食べた後、二羽はとてもいい返事をして家を出て行った。ガラス戸を開けた時、一瞬二羽の動きが止まったが、それでもツッタカターと駆けていってしまった。

表に顔を出してみる。息が白い。畑の方も白い。霜が降りているようだった。

そりゃあ寒いだろうなと思う。でもこの寒さの中元気に出かけていくのだから丈夫だなとも。ユマは俺の側《そば》についてきてくれる。

「ユマー、寒いなー」

「サムイー？」

ユマがコキャッと首を傾げる。やっぱりちょっとうちのニワトリたちは感覚が鈍いのかもしれなかった。

せっかくなので畑を見に行ったら霜柱がいっぱいあった。あんまり嬉《うれ》しくてサクサクサクサクといっぱい踏んでしまった。

霜柱って土中の水分が凍ったことでできるんだよな。水って凍ると体積が増えるから盛り上がる。

でもこんな風に柱状になる理由までは知らない。とにかく楽しくてサクサク踏んでいたらユマに首を傾げられてしまった。くっ、この楽しさがわからないとは……。

というわけでユマに霜柱を踏む楽しさを教えることにした。

「ユマ、ここ踏んでごらん」

「ココー？」

素直にユマが太い足でサクッと踏む。

「サクサクしてるだろ？　これ、寒い朝じゃないとできないんだよ」

「ココー？」

ユマは霜柱を見つけては一緒にサクサク踏んでくれたがあまり楽しさはわからなかったようだった。よく考えたらユマは靴を履いてるわけじゃないしな。他にもサクサクした感触はあるんだろう。

とまぁそんなかんじで霜柱を踏んでいたらポチとタマが帰ってきた。

「イノシシー」

「イター」

「イノシシー」

「シンダー」

「……はい？」

どういうことだってばよ？

俺はこめかみに指を当てた。

「えーと、それは……イノシシが死んでるってこと？　倒したのか？」

な。


「ドーン」

「シンダー」

どーん？

それは擬音なのか？　擬音までわかるのか？　ポチって何気にすごいな。

ドーン、ってことは何かに突進して死んだってことだろうか。まぁ猪突猛進《ちょとつもうしん》って言うぐらいだしな。

「ま、いっか。おっちゃんたちが来るまでこの辺にいてくれよ」

「ワカッター」

「ワカッター」

のん気にそう返事するってことは別に急ぐことでもないのだろう。今日は寒いし、おっちゃんたちが来てからでも問題はないはずだ。でも死んだイノシシってできるだけ早めに冷やさなきゃいけないんじゃなかったっけ？　つっても俺じゃ解体とかできないしなぁ。

そんなことをつらつら考えていたらおっちゃんから電話がきた。今から家を出るそうである。

「あー、おっちゃん？　状況がよくわかんないんだけど、ポチとタマがイノシシが死んだみたいなこと言ってるんだけど」

「はぁ？　なんだそりゃ？　寒さにやられたってか？」

「いやぁ……ドーンとか言ってるんで、木かなんかに突進して死んだのかなと思ってるんだけど」

「ああ……山ん中だともしかしたらそういうこともあるかもしれねえな。そういやナル山の名前の由来がそうだったはずだ。それで死んでたかどうかまでは知らねえが」

「そういえばそうだった」

桂木さんの山は通称ナル山という。本当の名前は知らない。昔イノシシが沢山住んでて、木に勢いよく当たりドーンドーンと音がよくしたことからナル山と呼ばれるようになったとか言っていたような。現在はそれほどイノシシはいなさそうだけど、音はしていたのかもしれないな。音の原因は不明だが。

「相川君もそろそろ出るような連絡が来てるから、麓《ふもと》で待ち合わせて向かうわ。ニワトリたちによろしくな」

「はい、わかりました。本当にありがとうございます」

「礼なんかいらねえよ。こっちが礼を言いたいぐらいだ」

おっちゃんはガハハと笑って電話を切った。

あ、かかる費用のこと聞き忘れた。こっちについてから交渉しよう。

「もう少ししたらおっちゃんたちが来てくれるっていうから、待ってろよー」

「ハーイ」

「ハーイ」

「ハーイ」

うん、とてもいい返事だ。素直でよろしい。

俺は家の中に戻ってごはんを炊くことにした。とりあえずごはんがあればどうにかなる。お昼ごはんどうしようかな。陸奥さんも来られるはずだから肉野菜炒《いた》めでいいかな。豚バラ肉あったっけか。

ふと、なにかおかしなものを感じて首を傾げた。なんか忘れているような気がする。思い出せそうもなかったので後回しにし、ああでもないこうでもないとやっているうちに車のエンジン音が聞こえてきた。着いたようだった。

思ったより早い気がする。

家を出て駐車場へ行くと、ちょうど軽トラが何台も着いたところだった。

「おはようございます。今日はよろしくお願いします！」

おっちゃん、相川さん、陸奥さん、戸山さん、川中さんが各自軽トラに乗ってきてくれた。うちのニワトリのわがままで本当に申し訳ないなと思ったが、何故《なぜ》かみなの目は生き生きしていた。

「いやぁ〜、佐野君ちのニワトリと一緒に狩りができるなんて光栄だよ〜。僕超楽しみにしてたんだよね！」

戸山さんがわくわくしたように言った。陸奥さんがうんうんと頷《うなず》いている。

「そ、そうなんですか……？」

「うん、以前相川君が湯本さんのところの山でイノシシを一緒に捕まえたって聞いてさ。いいなーと思ってたんだよ〜」

俺には理解できない世界がそこにあった。

「じゃ、じゃあよろしくお願いします？」

「うん、この冬は佐野君ちのニワトリたちと仲良くなりたいな！」

陸奥さんが戸山さんの科白《せりふ》にまたうんうんと頷いている。川中さんもだ。え？　何？　狩猟界隈《かいわい》でのうちのニワトリの立ち位置ってこんなかんじなワケ？　それともこの三人だけ？　教えてドラ

○もん！（錯乱しています）
　内心引いていると、相川さんが苦笑した。

「まあまあ戸山さん。まずニワトリさんたちに挨拶《あいさつ》に行きましょう」

「ああ、うんそうだね。じゃあ狩りも運搬も僕たちでやるから佐野君は普段通り生活してくれていいよ」

「そうだな。何かあれば声をかけるから、この辺りにいてくれると助かるが」

「アッハイ」

　戸山さんと陸奥さんは銃を背負ってきている。川中さんは縄を肩にかけていた。相川さんは今回ポチとタマのサポートに回るだけのようで、猟銃は持ってこなかったようだった。

「俺は運搬で待機してるから、ニワトリたちに案内してもらってくれ」

　ニワトリたちが近づいてきた。

「こんにちは、今日はよろしくお願いします」

　戸山さんが挨拶し、みんなでニワトリたちに頭を下げた。ニワトリたちも頷くように首を動かした。そのままタマが踵《きびす》を返そうとしたので止める。

「タマ、待ってくれ！　今準備するから。準備ができたら相川さんと陸奥さん、戸山さん、川中さんと一緒に行ってくれ。人が通りやすい道を選んで案内するんだ。わかるな」

「ワカッター」

「ワカッター」

　ポチ、タマが返事をする。俺が行かないということでユマは行かないことにしたらしい。そうしてごみ袋だのなんだのと準備をし、ポチタマ、狩猟チームが出かけて行った。俺は思わずため息をついた。

さすがに狩猟免許はいらないかな。

ん？　とまた首を傾げる。やっぱり何かおかしい気がした。

「今年はニワトリたちのおかげでイノシシ祭りだなぁ」

おっちゃんが楽しそうにガハハと笑う。ちら、とユマを見ると、コキャッと首を傾げていた。ユマも何か気にかかることでもあるのだろうか。どうにも違和感が拭《ぬぐ》えないのだが、やっぱりわからなかった。

「倉庫からネコとか持ってこなくてよかったんですかね」

ロープは持って行ったから、その辺にいい枝があればくくりつけて運んでこられるだろうけど。

「四人もいれば大体どうにかなるだろ。ニワトリたちもいるしな」

「確かに。そういえば秋本さんへの連絡っていつすれば……」

「声はかけてあるから待機はしてるはずだ。後は正確な大きさと何頭かだけ伝えればすっ飛んでくるだろ」

「そうなんだ。助かりますね」

「ああ」

動物の解体業を専門にやっている秋本さんは狩猟解禁の時期を今か今かと待ち望んでいたらしい。本人も罠《わな》猟の免許は持っているらしく、害獣を狩ったりするそうだ。

みんなが戻ってきた時に使うように大きいタライをいくつも出して水を溜《た》めておいた。これだけ寒ければもう蚊もいない。

　ユマがタライの水を見てコキャッと首を傾げていた。

「ユマが入るんじゃないし、飲む用でもないからな」

　教えるとなーんだというようにまた足元をつつき始めた。お湯ではないから入らないだろうが、念の為である。

「この寒さでもフツーに水浴びするもんか？」

「さすがに水には浸《つ》かりませんね。洗う時はお湯を足してます」

「そうか。大事にしてんだなぁ」

「うんまぁ……家族みたいなもんなんで……」

「そっか……じゃあもう少し気をつけないとだな」

　おっちゃんがニヤリとする。

「えっ？」

　最後の言葉はうまく聞き取れなかった。聞き返そうとした時、タマが勢いよく駆けてきた。え？　まだ一時間ぐらいしか経《た》ってないんだけど、早くね？　と思った時、何故かどーん！　と飛《と》び蹴《げ》りを食らった。だからなんでだー！

「おーすげー」

「タマッ!?　なんだなんだいったいっ！」

　フンッというようにそっぽを向かれた。さすがに態度悪すぎだろっ。

「昇平、そりゃあタマちゃんの照れ隠しってヤツじゃねえか？」

おっちゃんがそう言うと、タマはおっちゃんをつつき始めた。

「ははは。っ！　タマちゃんくすぐってえくすぐってえっ！」

あのつっつきをくすぐったいと言えるおっちゃんはいったい何者なのだろうか。相当痛いはずである。それともおっちゃんには手加減をしているのだろうか。呆然《ぼうぜん》と見ていると今度は矛先がこっちに向いた。

「タマッ！　痛いっ、痛いっつーのっ！」

おっちゃんよりもかなりしつこくつつかれた。ひどいっすタマさん。もうオムコに行けません。

（俺はいったい何を言っているのか）

「タマちゃん、人手が必要なら俺が行くぞ。昇平が行くとユマちゃんもいっちまうだろ？」

おっちゃんの提案にタマはやっとつつくのを止めてくれた。そろそろ作業服に穴が空きそうである。

「いいんですか？」

「ああ、行ってくるよ。担ぐにしたって人手が多い方がいいだろ」

「じゃあ、よろしくお願いします」

タマを先頭に、おっちゃんもイノシシ狩りに行ってしまった。俺はすぐ側にいるユマと顔を見合わせた。

「どーしよっか……」

ユマがコキャッと首を傾げた。

「お茶だけでもすぐに出せるようにするか」

しばらくは帰ってこないだろうけど。

肉だの野菜だのを切って用意しておく。みんなごはんを食べていかない可能性もあったが、切っておけば後で調理もしやすいし。そういえば調理用のセットって売ってたりするよな。餃子《ぎょうざ》とかもひき肉を丸めた物と皮がセットで売ってるのとか見たことがあった気がする。

大体やることを終えて外に出ると、太陽が中天に差し掛かっていた。いい天気である。おかげで朝はとても寒い。放射冷却勘弁してほしい。畑を改めて見たりとうろうろしていたら、北の方からわいわい話す声が聞こえてきた。ようやくイノシシが到着したようである。

「おー、昇平、大量だぞー！」

おっちゃんの声が聞こえてきたのでそちらを見たら、

「えええ……？」

大人のイノシシを木の棒にくくりつけて運んできているのが見えた。けっこうな大きさである。

「乙《おっ》〇主《ぬし》……？」

さすがにそこまではでかくないが、かなりの存在感ではある。その後ろから一回り小さいイノシシが二頭担がれてきた。

「うわぁ……大猟ですね！」

更に、ポチとタマにそれぞれウリ坊が一頭ずつロープでくくりつけられていた。すげえ。

「全部で五頭ですか」

「水汲《く》んでくれたんだねー。大きいのだけでも水に浸けちゃおうかー」

「そうしましょう」

戸山さんと相川さんがイノシシをドボンとタライに張った水に浸けた。冷やすのがとにかく重要である。おっちゃんはよく手を洗うと、秋本さんに連絡したようだった。

「これから来るってよ。この小さめのイノシシ、一頭くれたら解体から何から全部請け負うって言ってたんだが……」

「じゃあそれでお願いします」

そんな程度でワリに合うとはとても思えないので、追加でおっちゃんが払ってくれたりするんだろう。今回だけはちゃんと請求金額をおばさんから聞きださねばと思った。

当然ながらイノシシはもう全て死んでいる。

「ポチ、タマ、お手柄だな」

ポチが得意そうにクァ――――ッ！　と鳴いた。

用意できるだけのタライに水を張ってイノシシをとにかく全頭浸けた。（倉庫に実はいっぱいあったのだ）寒いはずなのにみな汗だくである。

秋本さんに大小合わせて五頭だと伝えたら、こっちで少し作業したいから待ってろとの話だった。ということで少しでも冷やす為に水に浸けたのだ。

見れば見るほどすごい量である。

「さすがにこの量は人数いても食べきれないが……昇平どうする？　ニワトリたちの為にとっとくか？」

「一回満足するまで内臓とか食べられれば納得すると思うんですよ。俺だとうまく調理できないんで、余ったらみなさんで分けてください」

おっちゃんに聞かれたけど、おいしく調理してくれる人が食べてくれればいいと思う。俺はうちのニワトリのおかげで今年はいっぱいいろんな肉を食べさせてもらっているし。

「佐野君は太っ腹だねえ。僕ならきっと売るなぁ」

戸山さんが感心したように言った。売るって選択肢もあるかもしれないが、別に俺が捕まえたものじゃないし。

「とても食べ切れないですもんね」

川中さんも言う。

「これだけあれば内臓だけで二食分ぐらいにはなるんじゃねえか？」

おっちゃんがニワトリたちを見ながら言う。ニワトリたちが獲った時は、内臓類はニワトリたちの総取りである。あとはこのイノシシが特に病気などをしていないことが望まれる。さすがに内臓に疾患があるものは食べられない。そうなったら物によっては全て廃棄だ。こればっかりはもう祈るしかない。

こうして一通り作業を終えてから、やっと俺はどういう状況だったのか気になった。

「そういえば……どういう状況だったんですか？　なんか、複数いるようなことは……いえ、そんなかんじがしたんですけど……」

ニワトリたちに直接聞いたとは言えなくて、俺は言葉を濁した。何故かおっちゃんが苦笑している。まさかな。

「ええ、どうやらイノシシの巣を見つけたようでした。この一番大きいのが太い木の前で死んでましして、その他はもう……」

相川さんがそう言いながら遠い目をした。何が起きたんだろう。すごく怖い。

「いやー、佐野君のところのニワトリは優秀だな！　猟犬ならぬ猟鶏だ！」

陸奥さんはご機嫌だ。戸山さんもにこにこしていた。

「ええと……その……ご迷惑は……」

みなきょとんとした顔をする。ニワトリたちもなに？　みたいな顔をしていた。お前らがそんな顔をするんじゃない。

「迷惑だなんて！　ポチさんとタマさんは優秀ですよ？　足止めもうまいですし、あの長い尾がすごいですよね」

相川さん、絶賛である。

やっぱりあの尾なのか。爬虫類《はちゅうるい》系の尾は長くて太い。ますます恐竜じみてきたなと思った。

「いえ、ご迷惑をおかけしていなかったならよかったです……」

俺にはそれぐらいしか言えることはなかった。

つか俺って、うちのニワトリたちがそういった獣を狩ってるところって間近で見たことないんだよな。想像しただけでかなり怖いから見たくはないんだけど。ヘタレだって？　ほっとけ。

そうしているうちにやっと秋本さんが到着した。結城《ゆうき》さんも後ろから来たので、軽トラ二台で来たようである。

「こんにちは～。佐野君、またニワトリが獲ってくれたんだって？　すごいねぇ、君のところのニワトリ。今度貸し出してほしいぐらいだよ～」

「こんにちは、秋本さん。貸し出しは……ちょっと……」

「そっかそっか」

こちらが結城さんとも挨拶《あいさつ》している間に秋本さんはうちのニワトリたちに挨拶をし、イノシシの状態を確認したようだった。うちのニワトリたちに挨拶してくれるとかイケメンだと思う。（飼主バカなことは大いに自覚している）

「うん、いいねいいね。この秋に繁殖したヤツだな。増えるとたいへんだから本当にお手柄だよ。ここで作業してもいいけど……作業所の準備もしてあるから急いで持って帰るね。詳細はあとでゆもっちゃんに電話するからよろしく～」

秋本さんはそう言うと、結城さんと手際よくイノシシを運んで行ってしまった。

「あ、冷やしておいてくれてありがとう！　タライの片付けとか頼んじゃっていいかな？」

「大丈夫です！　よろしくお願いします！」

ブロロロロ……と二人の軽トラが出発した後で、俺はそっとため息をついた。とりあえず肩の荷が下りた、というやつである。

「じゃあ、片付けますか」

みなで手分けしてタライを片付けた。ニワトリたちには「食べられるのは明日の夜だからな」と言っておいた。ちゃんと言っておかないと明日また狩りに行ってしまいそうだった。うちのニワトリ、肉食すぎるだろ。

ポチが、

「ワ……」

と言いかけた途端、タマがつつき始めた。ポチが慌てて逃げていく。クァアアアア――――ッッ！

と猛《たけ》り立ったような雄叫《おたけ》びを上げてタマはポチを追いかけて行った。

普段あんま鳴かないけど時々あんな声を出すのだ。タマさん超怖いっす。つーか、あの鳴き声って相当怒った時のはず……。

「おー、やれやれー」

「すごいねー」

陸奥さんと戸山さんがタマの勢いを眺めながらにこにこしている。その時、ちょっとした違和感を覚えた。

あれ？　さっき……。

何か思い出せそうだと感じたところで相川さんが近づいてきた。

「食べるのは明日なんですよね？」

「そうですね。お疲れさまでした。ああそうだ、簡単にですが昼食を用意しますので食べていってください」

「いいんですか？　陸奥さーん、戸山さーん、川中さーん、お昼ごはんどうされますかー？　佐野さんが用意してくださるそうですよー！」

「おー、いただいてくわー」

「ありがとう。いただいてくよー」

「じゃあ作りますね。あ、でも俺のいつものごはんですよ」

「いただけるだけでありがたいですから、気にしないでください」

にこにこしながら相川さんが言う。やっぱモテるよなーと思った。イケメンが言うからなおさらだ。

そんなわけでちゃちゃっと肉野菜炒《いた》めを作って出した。ごはんも炊いておいたしみそ汁も用意してある。漬物やピーナッツみそ、昆布の佃煮《つくだに》（もちろん市販品だ）などを出せばどうにか体裁が整ったかんじである。

おっちゃんも一緒にみんなで昼食を取り、明日の夕方はおっちゃんちに集まるということで解散した。おっちゃんが何か言いたそうな顔をしていたのがちょっとだけ気にかかった。なんかヘマをしただろうか。

……タマのあの鳴き声って、ポチとブッチャーがしつこく暴れてた時と似通ってたような？

あ、やべ。

タマはどうしてあんなに乱暴なのかと、ポチに攻撃した時のことを思い出してリンクした。

みんな何も言わなかったけど、気づいたよな……？

「相川さーん！」

今は聞かないではいられなかった。

「うーん……まぁ、その……オウムもインコも、話しますよね？」

「あ、ああ！　そうですよね！」

相川さんに苦し紛れに言われて、それに縋《すが》ることしかできない。ようは相川さんもまずいと思ったということである。それはポチが返事をしかけてタマにつつかれる前の話だ。

タマがさっそくイノシシを獲りに行こうと踵《きびす》を返した時だったと思う。あの時ポチもタマも当たり前に返事をしていた。

「俺たぶん、おっちゃんに電話した時もやらかしたような気がするんですよね……」

「まぁでも、こちらの言っていることはわかるんですししゃべっても不思議はないと思っていたはずですよ。それよりイノシシを探しに行く時、タマさんがポチさんをすごくつついてたんですよね。佐野さんに呼び止められた時ポチさんが反射的に返事をしましたからそのせいでつられたのかなって。まぁ陸奥さんと戸山さんは笑ってましたけど。川中さんは気づいてなかったと思います」

あの時だよなと確信する。

人手が足りないというようにタマが呼びに来る前のことだろう。タマは呼びに来た時腹が立って俺に飛《と》び蹴《げ》りをくらわしてきたんだろうなと合点がいった。あれは照れ隠しって言わないと思う。

「あの後、タマが呼びに来たんですが飛び蹴りくらったんですよね……」

「……タマさんの愛情は、過激ですねぇ」

「相川さんの方はどうなんです？」

「ええ？」

「リンさんは」

「あ、ああ……リン、ですか。リンは、たまに尻尾《しっぽ》を巻き付けてくるぐらいですね。胴体巻きつけられたらさすがに死にそうです」

リンさんはリンさんなりに相川さんに愛情を持って接しているのだろう。

「それより明日ですね」

「そうですね。夕方からでしたっけ？」

「僕は明日はまた湯本さんの山に登るので何かあれば早めに言ってください」

「明日も狩りですか」

連日イノシシ狩りに行くのはすごい。

「明日以降獲れたら内臓も一部もらえるので。テンはもう冬眠の準備に入ってますけどリンは起きていますし」

「ああ、そうですよね。よかったらうちの分も……」

「それは大丈夫ですよ。冬はこれからなんですから」

言われてみればそうだ。冬はまだ始まったばかりである。なのにすでにおっちゃんちの山を合わせてイノシシが八頭も獲れているのだ。どれだけイノシシが繁殖しているのか俺は遠い目をしたくなった。

「……イノシシ、多いですね」

「そうですね。縄張りの主張とか特にないんで、定期的に狩ってないとどんどん増えていくんですよ。天敵もあまりいませんしね」

「……そうですね」

「佐野さんの山は特に多いと思います。ここ数年ろくに人の手が入っていませんでしたから」

「確かに……」

春はマムシの巣かってぐらいマムシが獲れたもんな。ニワトリたちがすごい勢いで狩ってくれてたけど。おかげで一度も噛《か》まれずにすんだ。マムシをペットボトルに入れる方法も習得したし……ってそんなこと習いたくなかったよ。

「あ、でも……そのわりには畑の被害はなかったような……」

「……縄張りはなくても動物には警戒心ってものがありますから」

さらりと言われて、よくわからないけどそういうものなんだろうなと思った。

いろいろ話し合った結果、ポチとタマの失言についてはインコかオウムみたいなものだということにした。もし聞かれることがあればそう答えるつもりである。かなり苦しい言い訳かもしれないが、空耳というにはあまりにもはっきり返事をしていた。

電話を切ってポチを見る。きょとんとした顔をして、なーに？　と言うように首をコキャッと傾げた。これは注意しても無駄かもしれない。それでも言うだけ言ってみるけど。

「ポチ、なんでタマにつつかれたかわかってるか？」

「ワカッテルー」

「本当に？」

「ワカッテルー」

「じゃあ今度から気をつけような」

「ワカッター」

返事はとてもよろしい。わかってないとは思うが、これ以上言ってもしょうがない。

みんな帰った後は珍しくタマとユマが遊びに行っている。そんなわけで男二人で過ごしているのだった。

「ポチ、イノシシを食べるのは明日の夜だからな？　おっちゃんちにまた行くからよろしくな」

「イノシシー」

うん、肉食だな。

ポチはトサカも立派だし尾も長い。多分十～二十センチメートルはタマやユマと長さが違うと思われる。しかもけっこう太い。

「尾が汚れてるな。洗うか」

「アラウー」

やっぱりこの尾でイノシシを倒したんだろうか。恐ろしい話である。タライを持ってきて水を張ってお湯を足し、とりあえずポチの尾を洗った。あまりにも動くので洗いづらい。なんでこんな爬虫類系の尾が生えたんだろうな。考えたらきりがないと思った。

尾を洗ってバスタオルで拭《ふ》いてやるとポチはご機嫌になった。

「アリガトー」

素敵なお礼の言葉を受け取ってしまった。うんうん、うちのは本当によくできたニワトリだよなぁ。（飼主バカ全開中）

あとはタマとユマが帰ってくるのを待つぐらいである。さすがに今日は早く帰ってきてくれるといいな。

ポチは尾をふりふりしながら家の周りにいてくれた。

日が陰ったところでタマとユマが帰ってきてくれた。よかったよかった。それほど遠出はしなかったらしくそこまで汚れてはいない。でもタマの尾が汚れているのが気になったので一緒に洗った。この尾で獲物を倒すのか。ぞっとする話である。ユマの尾はキレイだった。つまりはそういうことなのである。あんまり考えたくない。ユマはそんな乱暴なことしないよね。しないって言って。

（希望的観測）

9　何度食べてもうきうきするものらしい

翌朝も寒かった。冬だなぁとしみじみ思う。家の外に出ると地面が薄っすらと白くなっていてぎょっとした。霜だった。

「ああなんだ、霜か……」

一瞬雪かと思った。心臓に悪い。これからは毎日こんなかんじみたいだ。

うちの山道は一応舗装されているのだが、ところどころガードレールがない場所がある。そういう道には申し訳程度にコンクリでガードっぽい出っ張りがあるが、せいぜい十センチメートル程度の高さしかないのでひやひやする。毎日のように運転していても怖いのだ。雪なんか降ったらどうなることかと今からびくびくしている。対処しろって？　狭い道だからガードレールも設置しづらいんだよ。（設置しようとしたら車が通れなくなる。それぐらいの幅しかないところだからガードレールがないのだ）

一応冬の間はあまり外出しなくてもいいように買い込みは始めている。おっちゃんにも雪が降ったら下りない方がいいとは言われていた。全然雪には慣れてないしな。それに今年の冬は陸奥さんたちが頻繁に来て狩りをすると言ってくれた。イノシシが五頭、この山の下の方で獲《と》れたことで裏山への期待が高まっているらしい。

「今年は豊猟に違いねえ！」

「そうだね～。佐野君の山も楽しみだねえ」

陸奥さんと戸山さんが笑顔でそう言っていた。

川中さんは「冬休みまではあんまり獲らないでほしいなぁ」とぼやいていたけど。働いてるからフルで参加できるのは冬休みぐらいだもんな。

それはともかく今日のことである。ニワトリたちはイノシシが思う存分食べられるとご機嫌だ。

「そうだなぁ。今日は太陽の位置が、あのぐらいの位置になったら帰ってきてくれ。そしたらおっちゃんちに行くから。イノシシ食べるだろ？」

「イノシシー」

「タベルー」

俺が太陽の位置を指で示すと、ポチとタマは頷《うなず》くように首を動かした。そして叫びながらツッタカターと駆けていってしまった。

「……また捕まえてきたりはしないよな？」

イノシシが獲れ過ぎるなんてことあるんだろうか。そもそも需要がそんなにあるのか？　まぁおいしいけど。

ユマと畑の見回りをし、上の墓を見に行った。雪が降ったらさすがに神様のところへは行けないだろうと思う。この墓辺りまではこられるだろうか。

枯草を抜いてまとめ、墓の周りの掃除をする。外だから例えば毎日来ていたとしたって清掃は必《ひっ》須《す》だ。

「川が近いのが助かるよなー」

水はもうかなり冷たいけど。それでも桂木さんに言われるがままにハンドクリームを塗っているせいか、手がいささか温かくも感じられるのだ。ハンドクリームの重要性は桂木妹にもしっかり教えられた。桂木妹は接客業をしていたから余計なんだろう。

「ガサガサの手でユマちゃん撫《な》でたらかわいそう」

とまで言われてしまった。確かにそうだよな。

墓を掃除した後は水を入れ、麓《ふもと》の方で採ってきた樒《しきみ》を供えた。仏事に使われる植物らしい。常緑樹なのでまたたまに供えられればいいなと思った。線香に火をつけて、もちろんそれも供える。

手を合わせて挨拶《あいさつ》した。顔も見たこともない人々の墓だが、この山にずっと住んでいたのだなと思うと感慨深い。この人たちはどんな風に冬を過ごしていたのだろうか。

「うちのニワトリたちがイノシシを五頭も捕まえたんです。イノシシってけっこういるんですね。うちの畑は特に荒らされたりしなかったんですけど……」

挨拶がてらここ数日あったことの報告をする。子孫の近況報告でなくて申し訳ないが、この山に住む者として聞いてほしい。知らんがなって思われてるかもしれないけど。

傍《はた》から見れば墓にずっと話しかけている変な人かもしれない。いや、挨拶は大事だ。たとえ墓の中のご先祖さまが知らんがなと思っていたとしても。大事なことなので二度言いました。

線香の火を消し、片付けて戻った。

今日のイノシシはどんな料理で出てくるんだろうか。ＢＢＱだろうか。川の見回りなどもした後考える。うちのニワトリさまさまである。昼食後しばらくしてからポチとタマが帰ってきた。

「おー、おかえり。ちゃんと帰ってきてえらいなー」

それほど目立った汚れもないのでざっとほこりなど払ってから出かけることにした。これから軽トラに乗るのに水洗いなどして風邪でも引いたらたいへんである。夏に桂木さんが作ってくれたポンチョを被《かぶ》せて出かけることにした。荷台の寒さ対策、誰かに聞かないとな。戸締りをきちんとして、ニワトリたちとおっちゃんちに向かった。

「イノシシー」

「イノシシー」

「イノシシー」

えーい、合唱するな。うるさーい。

うちの山の敷地内を出るまでニワトリたちはうきうきで叫んでいた。全く、聞きとがめられたらどうするつもりなんだ。いや、気持ちはわかるけどさ。

今回は手土産は何も持ってくるなと釘《くぎ》を刺されたのでまっすぐ向かう。そういえば今日のメンバーを聞いていなかった。昨日と同じだとすると相当肉が余るんじゃないだろうか。ちら、とそんなことを思った。

おっちゃんちに着くと、すでに軽トラが何台も停《と》まっていた。そういえば狩猟チームは今日も山に登っているはずである。冬になってもやることがあるのはとてもいいことだ。ニワトリたちを軽トラから降ろした。

「あれ？」

スマホをふと見ると通知があった。ＬＩＮＥが入っていたのを見落としていたようである。俺もどれだけ浮かれていたのか。確認すると桂木さんからだった。

「今日はご相伴に与《あずか》ります。ありがとうございます」

と入っていた。ということは桂木姉妹も来る、もしくは来ているようである。みんなで食べるの楽しいよな。おばさんにはまた負担かけちゃうけど。

「こんにちは～」

ガラス戸を開け、家の中に声をかけた。

「佐野さん、こんにちは～。連絡が遅くなってしまってごめんなさい」

「あ、おにーさんだ。こんにちはー」

おっちゃんちの玄関のガラス戸を開けると、最初に挨拶を返してくれたのは桂木姉妹だった。玄関から台所の一部までは土間になっているのだ。おかげで夜はニワトリたちをここで休ませてもらうことができる。とても助かる家の造りだ。

「昇ちゃんいらっしゃい。ポチちゃんたちがまたイノシシを狩ったんですって？　すごいわねぇ」

「おばさん、こんにちは。いつもいつもすみません」

頭を下げる。おばさんがアハハと笑った。

「すまながることなんてないわよ。むしろいっぱいイノシシが食べられて嬉《うれ》しいぐらいだわ。イノシシは特に身体《からだ》が温まるからありがたいわよ。それに……」

おばさんがちょっと心配そうな顔をした。どうしたのだろうか。

「本当に余った分はみんなで分けてしまっていいの？　昇ちゃん無理してない？」

かえって俺の方が心配されてしまった。

「あー、その……内臓はほとんどニワトリたちにもらいますけど、肉はもらってもうまく調理できないので……。情けない話ですけどね」

頭を掻《か》く。

「下ごしらえのしかたぐらい教えてあげるわよ？」

「いやー……みなさんとわいわい食べるのはおいしいんですけど、豚肉の方が好きなんで」

正直イノシシはうまいと思う。でもそこまで手間をかけて食べたいかというとそうでもないのだ。それだったら豚肉のブロックを買ってきて食べている方が俺にはあっている。ようは面倒くさがりなのだ。

「そう？　ならありがたくいただくけど……」

「佐野さん太っ腹ですねぇ」

桂木さんがふふと笑う。

「え？　俺腹出てる？」

「そういう意味じゃないですよ、もう！」

適当にじゃれて表に出た。女性陣が台所にいる時はあまり邪魔をしてはいけないのである。特におばさんは男が手伝うのを嫌がる。それはきっと昔からの慣習によるものなのだろう。そんなわけで外に出るとニワトリたちが軽トラの周りで待っていた。ちょっと悪いことしたなと思った。

どうやらおっちゃんの姿も見かけていないようである。畑の方へニワトリたちも一緒に向かうとおっちゃんと陸奥さんの後ろ姿が見えた。

「こんにちはー！」

声をかける。二人は振り向いて手を振ってくれた。

「おー、昇平と、ニワトリ共来たかー。今日は肉が大量だぞ。たんまり食えよ」

おっちゃんに声をかけられてポチがクワァーッ！　と威勢よく鳴いた。「タベルー！」とか言い出さなくてよかった。

「佐野君とニワトリ共、お疲れさん。うちの方でもまた狩りをしてくれな。そん時は呼ぶから」

陸奥さんが煙草《たばこ》を片手ににこにこしながら言う。ポチがクァックァッと鳴いた。足がたしたしている。とても危ない。

「ポチ、タマ、また今度だからな。そのうち、だからな。今日明日の話じゃないからな」

そう念を押すとタマにそっぽを向かれた。わかってるわよと言いたげである。そのツンの部分、もう少しデレに変えてくれませんかねぇ。ポチは足をたしたししている。タマはともかくポチが本当に危ない。

「相川さんと戸山さんはまだ上ですか？」

「ああ、ぎりぎりまで見回るとは言っていたよ。明日も明後日《あさって》も回ってくれるらしいから、できるだけ捜索範囲を潰《つぶ》してくれているんだろう」

ありがたいことだなーとおっちゃんが言う。雪が降る前にどうにかしたいと思っているのはみんな一緒だ。この辺りは三月ぐらいまでが狩猟期間だが雪が降ればそれだけ機動力が落ちる。早めに狩れるだけ狩っておきたいに違いなかった。

ニワトリたちは畑の中で虫をつついたり残っている草をつついたりしている。なんとものどかな光景だった。……大きさと爬虫類《はちゅうるい》系の立派な尾を見ないようにすれば……。

「……やっぱ先祖返りなんですかねぇ……」

うちのニワトリたち、一時期ディアトリマ系なのかなと思ったことはあったけど、ディアトリマにあんな恐竜っぽい尾があったなんて聞いたことはないからどうなんだろう。足の強靭《きょうじん》さはディアトリマっぽいけど、やっぱマニラプトル類なんだろうな。

先祖返りだとしたら。

「ニワトリか？　どうなんだろうなぁ。ま、平和なんだからいいじゃねえか」

「そうだなあ。佐野君ちのニワトリにはみんな助けられとるし、平和が一番だ」

おっちゃんと陸奥さんにそう言われてその通りだなと思った。アイツらがものすごく凶暴で、人に危害を加えるとかでなければいいだけの話だ。

「そうですね」

だんだん東の空が暗くなってきた。相川さんたちは大丈夫かなと少し心配していたら、相川さんと戸山さんが戻ってきた。オレンジ色のベストを着ているからすぐわかる。俺は二人に軽く手を上げた。

みんなで連れ立って家の方に戻っていくとちょうど秋本さんがイノシシを運んできたところだった。またみんな目の色が変わっている。どんだけイノシシ肉が好きなのか。

「……今日はみなさんちゃんと昼ごはんは食べられたんですよね？」

「ええ、さすがに食べましたよ。おにぎりを二個ぐらい」

「山の中歩き回るには足りないですよね、それ」

「これからごちそうじゃないですか」

相川さんがにこにこしながら答えてくれた。それでいいのか。うん、いいんだろうな。

今日は庭でＢＢＱもするらしい。みんなで器材を準備している間に女性陣が下ごしらえをしてくれた。なんというか、うん、今回もイノシシ祭りである。

今日はドラゴンさんの姿が見えない。気になって桂木さんに聞いてみたら、ドラゴンさんは冬眠に入りかけだそうで今回はついてこなかったそうだ。まだ完全に眠っているわけではないが、もうあまり動かさない方がいいらしい。

「一昨年《おととし》、この時期にあまり動かなくなってすっごく心配したんですよ～。去年もこの時期に動きが鈍くなってきたから、そういうものだってわかってますけどね～」

「ああ、確かにタツキさんてコモドドラゴンっぽいもんな」

コモドドラゴン、もといコモドオオトカゲは冬眠できない種だと調べて出てきたような気がする。だがどうも桂木さんのところのドラゴンさんは違う個体らしく、冬眠もするし噛《か》みついた時に毒も注入しないようなのだ。それに、いろいろ調べてはみたけどドラゴンさんはコモドドラゴンより本当にドラゴンっぽい。うまく言えないけど西洋系の竜の子どもというかんじなのだ。どちらかというと地竜かな。あ、ミミズじゃないよ。ファンタジー的なアレだ。

「最初の頃はともかく、十一月頃にはとっくに自分で餌を取っていたので、動かないし食べないしで本当に心配してたんですけど、時々起きて水を飲んだりしていたので冬眠なのかなーってやっと納得したんです。それでも、去年そういう状態になるまでは確信は持てなかったですけどねー」

「思ってたのと生態違うと心臓に悪いよなぁ」

今はＢＢＱ中である。下処理をした肉を焼いてもらっては食べている状態だ。暗くなってから川中さんも来た。畑野さんは日曜日に一旦《いったん》来たみたいだが、その日以外顔を出してはいないらしい。

もう年末だし仕事が忙しいようだった。まさに師走である。

桂木妹はおばさんとせっせと肉を焼いている。持って行くのは桂木さんの役目と決めているらしく座敷に運んできてくれた。一人ではたいへんだろうと俺も肉運びを手伝うことにした。まぁ川中さん避《よ》けもあるんだけどな。桂木さんが持ってくるとかなりデレデレしてたし。きりっとしてれば若く見えるんだけど、あれじゃあただのスケベオヤジだ。悪い人ではないけどセクハラダメ絶対である。

「もうそろそろいいんじゃない？　昇ちゃんも食べなさいよ」

「はい、いただきます」

庭の少し離れたところに今回もビニールシートを敷いてそこにイノシシの内臓や肉、野菜を沢山並べた。ニワトリたちがそこでおいしそうに食べているのがよく見えてつい顔がほころんでしまう。自分たちで獲ったんだもんな。いっぱい食えよと思った。

「おにーさん本当にニワトリちゃんたち好きなんだねー」

「ああうん。うちのニワトリだけな」

「そうなんだー。じゃあ普通に鶏肉《とりにく》は食べるの？」

「食べるよ。うまいよな」

「うん、イノシシもおいしーねー。これニワトリちゃんたちが獲ったんでしょ？」

「ああ……この間のじゃ足りなかったらしくて……」

「すごいねー。ＴＶとか出たら一躍有名になれそう」

「……冗談でも嫌だなぁ」

ＴＶとかとんでもない。うちのニワトリたちが自由に生きられなくなるじゃないか。それに、元々俺はここで世捨て人を体現しようとしていたのである。注目を浴びるなどもってのほかだった。

「おにーさん、ニワトリちゃんたちにお礼言ってもいいかなぁ？」

「食べ終わってからにしてくれ。多分食べてる間は気が立ってる」

「ありがとー、そうするー」

桂木妹はうちのニワトリたちがとても気になるらしい。この間も遊んでもらってたもんな。精神年齢が近いのかもしれない。

風が少し吹いて、桂木妹がぶるりと震えた。そういえばここの寒さって彼女にとってはどうなんだろう。桂木さんの家って寒さ対策とかどうしてんのかな。

「……村だとそこまでじゃないけど、山って寒いんだねー」

桂木妹がポツリと呟《つぶや》いた。

「そうだな。やっぱ山の方が寒いよ」

「やっぱりー。狭さは気にならないんだけど、寒さがつらいかなーって」

「そっか。それはたいへんだね」

女子は特に身体を冷やすのはいけないだろうし、覚えてたら桂木さんにどんな寒さ対策をしているのか聞いてみようと思った。

ある程度肉が焼けたので座敷に持って行くと川中さんが不満そうな顔をした。

「佐野君じゃなくて桂木さんにしてくれよ～」

「もう酔っぱらってるんですか？」

「かわいい女の子が給仕してくれた方がいいじゃん！」

「川中さん、それはセクハラですよ」

相川さんに窘《たしな》められていた。ちなみに川中さんは明日も仕事だが今日は耐えきれなくて缶ビールを一缶だけ飲むことにしたらしい。明日の朝早く起きて自宅に帰ってから出勤するそうだ。本当に一缶だけで済んでいるんだろうか。

「シシ肉おいしいけどさ～なんで平日なのかな～。休日にかかるように狩れればお酒も心置きなく飲めるのにー！」

「んなこと言ったってしょうがねえだろう」

陸奥さんが笑う。

「愚痴ぐらい言わせてくださいよ～」

平日出勤だと確かになかなか合わないものだ。ほんの少しだけ川中さんを気の毒に思った。

「あーもう出会いがほしーい！」

「N町主催の婚活パーティーとか行けばいいじゃないですか」

「そういうんじゃないんだよっ、出会いってのはー！」

相川さんにしれっと言われたがそうではないらしい。

「佐野君も、相川君も若いからって余裕ぶっこいてるけど一年なんか経《た》つのはあっという間なんだからねっ！」

「そうですねー」

川中さんの言う通りだ。こちらに来てからもう八か月は経っている。三月の終わり頃にこっちへ来たからそんなもんだ。

「ニワトリがかわいいから一日が過ぎるのが早いんですよ」

「佐野君にノロケられた――！」

わぁっと川中さんが泣く真似《まね》をした。知命のおっさんの泣き真似とか誰得だよ。

「畑野君がいないからいつまでもうるさくてごめんねー」

戸山さんが笑いながら言う。畑野さんがいると更にうるさくなるような気がしたけど、うんまぁ多分気のせいだ。

きちんと下処理がされたシシ肉はとてもおいしかった。秋本さんと結城さんはほぼ無言で食べていたが、しっかり量を食べていたのが印象的だった。〆《しめ》はイノシシ肉がごろごろ入ったカレーだった。なんだこれめちゃくちゃうまいぞ。

「明日だともっとおいしいんだけどねー」

おばさんがどんどんなくなっていく鍋《なべ》の中身を見ながら言う。

「おばさん、やっぱりカレー用に少しもらってってもいいですか？」

「もちろんいいわよ。昇ちゃんとこのニワトリちゃんたちが獲ってくれたんだもの」

おばさんが嬉《うれ》しそうにそう言ってくれた。カレーだとスパイスのおかげでうまい具合にシシ肉の臭みが消えるみたいだ。自分ちでも作ってみようと思った。

そんな風にしてイノシシ祭りの夜は過ぎて行った。

……よし、二日酔いにはならなかったぞ。

おっちゃんちでの朝である。俺は布団の中でグッと拳《こぶし》を握りしめた。こっそりのガッツポーズである。とはいえ食べすぎは否めない。布団から出てぶるりと震えた。寒い。急いで着替えて布団を畳んでいると襖《ふすま》が開いた。相川さんだった。相変わらずの爽《さわ》やかさである。眩《まぶ》しい。

「ああ、起きたんですね。おはようございます、佐野さん。朝ごはんできてますよ」

「おはようございますー。顔洗ったら行きます」

布団を畳み、座敷の中を見回す。陸奥さんと戸山さんはまだガーガーといびきをかいて寝ていた。川中さんが寝ていた布団が畳まれていることから起きているのだなということがわかった。もう帰ったのかもしれない。

洗面所で顔を洗い、居間に顔を出すとおっちゃんと相川さんが待っていてくれた。

「おはようございます。すみません、待たせちゃいましたか」

「おう、昇平、おはよう。別に待ってねえよ」

「はい、お待たせ〜。いつもと変わらないけどね」

飲んだ次の日の朝はやっぱりこの梅茶漬けがいい。おばさんに挨拶《あいさつ》をした。

「あとこれもよかったら食べてね〜」

「？」

みそだろうか。香ばしい匂いと絶妙な焦げ目をつけた肉炒《にくいた》めが出てきた。

「おお、贅沢《ぜいたく》だなぁ」

おっちゃんが嬉しそうに言う。それにピンときた。

「イノシシですか？」

「そうなのよ。ニワトリちゃんたちのおかげでしばらくお肉には困らなそうだわ。本当にありがとうね～」

おばさんはご機嫌である。ニラと一緒に炒められた肉をいただく。下処理がうまいのかみそのおかげか臭みは全くなく、柔らかくておいしかった。

「？　これもしかして昨夜《ゆうべ》のうちに漬けておいたんですか？」

「そうよ～。一晩漬けておくと焼いても柔らかく食べられるのよね」

「そっかぁ……」

もう少し自分ち用に確保してもよかったかなと思ってしまった。まぁでも冬は始まったばかりだからまだイノシシを捕まえられる機会はあるだろう。決してニワトリたちを当てにしているわけではない。相川さんたちが狩ったら少し買い取らせてもらえないかなと思っているぐらいである。

台所を覗《のぞ》くと桂木姉妹がわちゃわちゃしていた。女の子っていいよな。見てる分にはとてもかわいい二人だ。

桂木妹がこちらに気づいた。

「あ、おにーさん。おはよー。二日酔いにはなってないー？」

「おはよう。なってないよ」

手を振って顔を引っ込めた。眩しい笑顔だった。

「……若さって眩しい……」

「何言ってんだ？」

「何言ってるんですか？」

おっちゃんと相川さんにツッコまれてしまった。いや、俺も二人に比べりゃ若いんだろうけど十代の若さにはかなわないし。（十代なのは桂木妹）しかも相手は女の子だし、って別に張り合ってない。みそ漬けのシシ肉炒め、おいしかったです。

今日はタマとユマは卵を産まなかったらしい。おばさんが少し残念そうだった。これぱっかりはもうしょうがない。

ニワトリたちは今朝もシシ肉と野菜を食べるととっとと畑の方に遊びにいったようだった。この寒さの中ご苦労なことである。

「そういえば川中さんはもう帰られたんですか？」

「ああ、とっくに起きて帰ったぞ。寒い寒いとうるさかったがな」

ガハハとおっちゃんが笑う。俺もここに来る前まではサラリーマンだったから川中さんはすごいなって思った。一人暮らしってことは自分で家事もしながら働いているわけで、実家暮らしだった俺にはすごくハードルが高いことのように思える。彼女と婚約してから、「今は男も家事ができないと！」と母に仕込まれたことがここに来て役に立ったのは皮肉なことだった。まぁでも母がそうやって教えてくれなかったら、実家を出るって選択肢もなかっただろうしな。それについては母に感謝だ。

「昇平んとこはうちより寒いだろ？　どうしてんだ？」

おっちゃんに聞かれてはっとした。ついついここに来る前のことを思い出してしまっていた。いけないいけない。

「うちの……山ですか？」

「おう」

「うちは……電気代はかかりますけどオイルヒーターが居間にあるんで朝はそれほど寒くないですよ」

「ニワトリのいる玄関のとこか」

「はい。帰ってきたら朝までずっとつけてます」

「贅沢だな、オイ」

「俺の寝てるところにはハロゲンヒーターしかないんですけどね～」

ハハハと笑う。

「ニワトリ共、愛されてんじゃねーか」

「大事な家族ですから」

「じゃあうちはかなり寒いんじゃねーか？」

「ああ……どうなんでしょうね。家の中ってだけでも違うとは思いますけど」

そこらへんはニワトリではないので不明だ。寝場所が寒いってなると来るのも渋りそうだがそんな気配は全くないし、どうなってるんだろうな。

帰りに冷凍したイノシシの内臓と肉をもらった。今日はさすがに陸奥さんたちも山には入らないらしい。また明日から今度の週末まで回るようなことを言っていた。その後はうちの山に来てくれるそうだ。けっこう楽しみである。

畑にニワトリたちを呼びに行ったらまた山の方を見上げていた。だからだめだっつってんだろ。どんだけイノシシ食べたいんだよ。

「ポチ、タマ、ユマ、帰るぞ。内臓もらったからなー」

ニワトリたちは素直についてきた。だからどんだけ内臓食べたいんだっての。ニワトリたちにケープをつけていたら桂木さんが笑顔になった。

「それ、使ってくれてるんですねー」

「いや、荷台は寒いと思って」

「え？　幌《ほろ》はないんですか？」

「あ」

そういえばこの軽トラを買い取った時についていた気がする。まだ必要な時期じゃなかったから倉庫に放り込んであるかも。

「もしかして忘れてました？　ニワトリさんたち可哀想《かわいそう》ですよ～」

「面目ない」

みんなシシ肉を分けて持って帰るようだ。よかったよかった。

こうしてまたイノシシ祭りは終わったが、帰宅してからも楽しみがあるのは嬉しいことだった。

10　いつのまにか師走。雪が降りました

気が付いたらもう十二月である。師走だ。

特に何かすることがなくても気ぜわしい月である。宴会の翌日はすでに二日だったけど、俺自身どこかに勤めているわけではないからあまり日付は気にしていない。

翌朝、世界が薄っすらと白くなっていた。夜のうちに少し雪が降ったらしい。

「初雪かぁ～」

風情はあるがとにかく寒い。ダウンコート、もっと長さがあるの買えばよかったな。つっても山の中だから足まで覆うようなやつだとどっかに引っかけたりすんのか。難しい問題である。

これぐらいの雪なら今日中に溶けてしまうかもしれないが明日の朝は道が凍るかもしれない。玄関のガラス戸を開けた時、ポチとタマが勢いよく飛び出そうとして一瞬固まっていたのが印象的だった。コイツらでも怯《ひる》むんだなと驚いた。

だが二羽はすぐに気を取り直すと、家の外へ出て行った。

「暗くなる前に帰ってくるんだぞー！」

「ワカッター」

「ワカッター」

うん、とてもいい返事だ。ユマは俺の横をいつも通り歩いている。

「ユマ、この白いのが雪だよ」

「ユキー?」

「うん、うちは山だから冬の間にけっこう降るかもなぁ……」

やだなぁって思った。雪が降ってきたから桂木姉妹はそろそろ山を下りるだろうか。教習所のことは聞かなかったからきっと順調なのだろうなと思った。

「ああそうだ、雪対策とか聞かないとな」

これぐらいの雪だとどうなんだろう。ほっておいてもいいんだろうか。屋根も薄っすらと白くなっている。今日のところは雪下ろしは必要なさそうだった。

畑を確認してから倉庫に向かった。倉庫は家の裏手にある。軽トラの幌を探さなければいけない。やっぱり風が当たるのはよくない。いろいろ調べた結果ニワトリは寒さには比較的強いが強風は嫌がるようだ。いや、俺だって強風は嫌だ。だからとにかく風を防いでやらなければいけない。果たして幌はあった。

「……俺何やってたんだろうな……」

とりあえず外に出して穴がないかとかいろいろ確認した。大丈夫そうだった。幌には当然ながらそれをかける為《ため》のフレームもある。それも一緒にもらっていたようだ。組み立て式である。冬の間はずっとつけた状態でいいわけだから組み立ててしまうかと、今日はその作業をすることにした。

その前に相川さんにＬＩＮＥを入れる。

「おはようございます。雪、そっちも降りましたよね？」

西の山を窺《うかが》う。うん、なんとなく薄っすらと白くなっているように見えた。

「おはようございます。少し降りました。これから湯本さん宅へ向かいます」

そういえば相川さんはおっちゃんちの山の見回りに行っているんだった。今日明日も向かうことになっているんだっけ。

「すみませんが、時間のある時にでも雪対策を教えてください」

「了解です」

さー、組み立てるぞー。

……支える人とかほしい。

「ユマ、ちょっとこの先咥《くわ》えてて」

「ワカッター」

鉄の棒を組み合わせて止めていくので誰かに先の方を支えてもらわないと難しい。こういう作業ってやっぱ複数で行うようにできているんだなぁと思った。ユマは器用に鉄の棒を咥えて押さえてくれた。

悪戦苦闘しながら昼前には終えて、ようやく幌付きの軽トラになった。これでポチとタマも安心して一緒に出かけられる。

この時間になると雪はもう溶けていた。

「午後は墓参りに行くか」

せっかく幌もついたことだし。いや、あんまり関係ないけど。

ババン！　今日のお昼ご飯はイノシシ肉の生姜《しょうが》焼きである。イノシシ肉は昨夜《ゆうべ》のうちに生姜焼き用のタレに漬けておいた。肉の臭みをとるにはやはり漬けておくのがいいらしい。今夜はカレーを作ろうと思っている。次誰かがイノシシを捕まえたら肉を買い取らせてもらおうと思うぐらい、この漬け置き調理はいいなと思った。とはいえ臭み取りとか特にしてないから多少は臭う。俺はあんまり気にならないから漬けておくだけで十分だ。本当は酒をまぶしたりして臭み取りをした方がよりおいしくなるのかもしれないけどな。

タマとユマの卵を使って目玉焼き。うちのニワトリたちはだいたい一週間ぐらいで産まない日が一日あるかんじだ。周期がわかってきたので備えもできる。うちの子たちの卵は最高だ。

ユマには白菜の葉っぱと松山《まつやま》さんのところから買ってきた飼料をあげた。イノシシの生肉を二切れぐらい載せたら、「アリガトー」と言われた。ユマさんかわいいよユマさん。(変態ではない)

今から解凍して、夜にはイノシシの内臓を出す予定である。片付けとかもあるから夜というより夕方にだけどな。

で、午後は道の状態を確認しながら墓参りに向かった。道路の部分は溶けていたが草木にはまだ薄っすらとついているかんじだった。墓自体に雪は残ってはいなかった。いつも通り川で水を汲《く》み、墓の周りを掃除する。

「この山って毎年何センチぐらい雪が降るんですか?」

もちろん墓に向かって聞いたって答えなんかない。でも聞かずにはいられなかった。

「雪深くなったら挨拶《あいさつ》にこれないかもしれません。その時はご容赦ください」

いつも通り挨拶をしてうちに戻った。明日は町まで買い出しに行った方がいいかもしれないな。

野菜はいっぱいあるんだけど肉が足りない。つくづくイノシシ肉をもっと確保しておけばよかったなと後悔しきりである。ま、それでも三キログラム分ぐらいはもらってきたんだけど。(内臓は別)

イノシシはその個体の重さに対して四割ぐらいが食肉としてとれるらしいという話を聞いたことがある。四十キログラムの成獣から十六キログラムの肉が取れる計算である。そう考えると豚の方が圧倒的にコストパフォーマンスがいいことはわかる。イノシシが家畜化されて豚になったのは地域によって異なるらしいが、最古は中国南部で約一万年前の豚の骨が出土しているらしい。そんな昔から家畜化しているんだなぁと思ったらどちらの肉も感慨深いものである。

それにしてもうちのニワトリたちは肉だの内臓だの食いすぎだと思う。またなんか微妙に背が伸びている気がするのだ。いったいどこまで大きくなるんだろうか。

「これ以上大きくなったら助手席には乗れないかもしれないぞ……」

ユマには言っておく。ユマがちょっとショックを受けたような顔をしていた。

暗くなる前にポチとタマが無事帰ってきたので、タライにお湯と水を混ぜてばしゃばしゃ洗った。だんだんお湯の分量が多くなる。冷めるのが早くて困る。乾かすのにドライヤーを使ってみたらポチとタマが何事⁉　というような顔をした。ゴーッという音でびっくりしたんだろう。ちょっと面白かった。その後タマにつつかれた。なんでだ。

夕飯にはイノシシの内臓をあげた。念の為玄関の外で、ビニールシートの上に置いて。どうしてもスプラッタな光景になる。無我の境地にならなければとても直視できない。

食べさせ終えて片付けをしながら、ポチたちを先に洗うんじゃなくて後で洗えばよかったなと思った。足や口元はぬるま湯ですすぎ、羽に汚れがないかとどうか確認した。意外とキレイに食べてくれたようだった。それにしてもやはり内臓は臭う。耐えられなくてポチとタマをまたざっと洗い、ユマとお風呂《ふろ》に入ってさっぱりした。

二回も洗われたことでタマは不機嫌そうだった。お風呂から出たらつつかれそうになったので白菜を夜食代わりにあげたらそれをつついて食べた。もちろん三羽共にである。タマにはギンッと睨《にら》まれたが、白菜で一応勘弁してくれたみたいだ。今度つつかれそうになったら野菜をあげればいいんだろうか。でもなぁ。

「それにしても……大きくなったなぁ……」

しみじみと呟《つぶや》く。ポチの背がもう俺の胸の辺りまである。大体百三十センチメートルぐらいはあるんじゃなかろうか。このまま育ったら俺の背を超えるのか？　さすがにそこまで育つと軽トラには乗せられない気がする。

「お前らが育ってくれるのは嬉《うれ》しいんだが、これ以上大きくなると軽トラに乗せられないぞ」

以前にも伝えてはいるが再度言う。言ったところでうちのニワトリたちがコントロールできることではないと思うが、言わずにはいられなかった。ニワトリたちがショックを受けたような顔をする。ショックじゃあないけどびっくりしてるのは俺の方だよ。

そんなやりとりをしていたら相川さんから電話がきた。

「もしもし、相川さん。ありがとうございます」

「いえいえ、寒くなりましたね～」

テンさんは無事冬眠用の小屋に入り、春を待っているそうだ。リンさんは動きは鈍くなったもののまだ自分で獲物を捕らえて食べているらしい。もちろんイノシシの肉と内臓をあげたら喜んで食べていたそうである。よかったよかった。

「雪、降りましたね。もう十二月ですから降ってもおかしくはないんですけど……」

「そうですね。平地に比べると降雪は早いですし、積雪もそれなりにあります。十二月の終わりには辺り一面真っ白になりますよ。買い出しは終えられましたか？　それともご実家に？」

「明日N町に買い出しに行こうかとは思ってます。今年は実家には帰りません。……まだ家族と顔を合わせたくないので」

九月の墓参りのついでに実家に顔は出したけど、まだ兄と姉の顔は見たくない。

「そうですか。僕も帰るつもりはないので、一緒に過ごしませんか？」

「それもいいですね」

男二人で年末年始とかやってらんないと思うけど、今は女性と過ごしたいとは思えない。来年のクリスマスになれば寂しいと思うようになるのか、それすらも未知数である。

雪深くなれば軽トラも走れなくなるかもしれないが、足があるのだ。時間はかかるかもしれないけど歩いていけばいいいと思う。……もちろん降ってない時だけだけど。

「今日ぐらいの雪であれば雪かきも必要はありませんが、積もるようになったらした方がいいですね。道路の雪はできれば箒《ほうき》で掃いてください。絶対にお湯などは流さないように」

「ああ、凍るからですか」

「ええ、つるつるになりますから水とかお湯は絶対だめですよ」

めんどくさいからと撒《ま》きそうだった。なにせうちの山、川が多いから水だけは豊富だし。危なかった。

「融雪剤とかってどうなんでしょう？」

最近そんな物があると聞いたような気がする。

「うーん……道路には有効だと思いますけど相当使わないと溶けませんし、それにニワトリさんたちが歩く危険性を考えると撒かない方が無難でしょうね」

「……もしかして、けっこう有害だったりします？」

「融雪剤は塩化カルシウムですからね、靴を履いていれば問題ないですけどニワトリさんたちは素足でしょう。火傷《やけど》しますよ」

「それは怖い」

やっぱり聞いておいてよかった。となると地道に雪かきをしないといけないようである。冬はそれほどやることがないのかなと思っていたが、雪かきに明け暮れることになりそうだ。

「でも佐野さんちには来週から僕たちが行きますから、雪かきは手伝いますよ」

「え？　でも相川さんちも雪かきしないとじゃないですか」

「うちはリンがかなり活躍するんですよ。あの尾で道路の雪ぐらいなら一掃します」

「ええええ……」

リンさんありえない。怖い。やっぱ大蛇とんでもない。

リンさんが特別なのかもしれないけど……。

「その分餌は豊富に与える必要はありますけどね。狩猟免許が役に立って何よりです」

怖いよー、怖いよー、怖いよー。おまんま十分にあげないと自分が餌になるよー。

なんとなく「鬼の腕」という民話を思い出した。一日一合の酒をかければ疲れも知らず働くという鬼の腕の話である。ケチな主人は酒を減らしていき、水で薄めたりしたことで最後は鬼の腕に縊《くび》り殺されてしまうというような結末だったはずだ。相川さんがそんなことをするとはとても思えないが、

「相川さん、リンさんのこと大事にしてあげてくださいね」

と言わずにはいられなかった。相川さんは笑って当然だと答えた。

明日も相川さんはおっちゃん宅に行くが、午後は買い出しに行こうか迷っていたらしい。なので午後はおっちゃんちで合流して買い出しに行くことにした。

「リンさんは……」

「この時期になると山を下りたくないみたいなんです。なので春までは山から出ませんね」

「そうなんですか」

寒さで動きも鈍くなるというしいろいろあるんだろう。

「明日は買い出しに出かけるけどどうする？」

「イクー」

「イカナーイ」

「イクー」

タマは留守番と。珍しくポチもドライブに行くようだ。おっちゃんちに寄るって言ったからそこで一旦《いったん》預かってもらってもいいかもしれない。おっちゃんにも電話をかけた。

明日の午後は相川さんとN町に買い出しに行くのでポチとユマを預かってもらえないかとおっちゃんに聞いたら、

「お前ら仲いいな。うちの分も頼んだら買ってきてもらえるか？」

というので二つ返事で引き受けることにした。さっそく大きめのクーラーボックスを用意する。

「ポチ、ユマ、明日はおっちゃんちに寄るからそこで待っててくれるか？」

「ワカッター」

「……エー」

ポチの返事はよかったがユマには不満そうな声を出された。だからそういうのどこで学んできてるんだっての。

「ユマ、リンさんは冬は山から出ないんだってさ。だから明日出かけても相川さんと二人なんだよ。話し相手はいないんだ」

「……エー」

「おっちゃんちで陸奥さんたちとデートしててくれよ」

「デート？」

ユマがコキャッと首を傾《かし》げる。

「うん、遊んでもらってくれ」

「デート」

「うん、毎日俺と見回りしてるだろ？　あれもデートだよ」

「デート！」

ユマがよくわかってないけど楽しそう！　というかんじで羽をバサバサさせた。ユマって本当にかわいいなぁ。思わずデレデレしてしまう。ふと視線を感じてそちらの方を見るとタマに冷たい眼《まな》差《ざ》しを向けられていた。相変わらずひどい。

翌朝は霜は降りていたが雪は降らなかった。俺はほっと胸を撫《な》で下《お》ろした。

「セーフ……」

これからはいつ雪が降ってもおかしくない。一応発電機用のガソリンはそれなりに買ってある。プロパンガスもしっかり補充してある。この辺りの電線には雪がたまらないようにそれなりの対策はされているようだが、それでも油断は禁物だ。水は最悪雪を溶かすこともできる。あまりしたくはないけど。そんなわけでミネラルウォーターも二箱ぐらいは常備している。ここは簡単に陸の孤島になりえる場所だ。最悪を想定して備えをすれば、どうにか一冬越せるぐらいの準備はできるものだ。まぁそれも土地が広いからできるんだけど。

ポチは午前中パトロールするらしい。太陽が中天に差し掛かる前に帰ってこいとは言っておいた。戻ってこなかったらユマと行けばいい。ただできればみんなうちでお昼ごはんも食べてほしいなと思った。俺はおかーさんか。

ポチもタマも昼には戻ってきたのでみんなでごはんを食べ、その後はタマに見送られておっちゃんちに向かった。もちろん家の鍵《かぎ》は開けてあるので万が一俺が戻ってこれなくても家の中には入れるし、寒い時はオイルヒーターをつけるように言っておいた。嘴《くちばし》で優しくスイッチを押すのを実践させたから壊しはしないだろう、たぶん。壊さないでほしいなあ……。

おっちゃんちに着くとみんな縁側でお茶を飲んでいた。この寒いのになんで縁側。

どんだけこの村のおじさんたちは元気なのか。

「おお、佐野君か」

「こんにちは、陸奥さん。相川さんをお借りします」

「ああうん、連れていくといい」

相川さんはもうオレンジのベストなど狩猟仕様の服は脱いでいた。今日は元々銃火器も持ってきていないらしい。

「銃を人に預けるわけにもいきませんので」

確かにそれもそうだ。N町に持って行くのも人の不安を煽《あお》るから止《や》めた方がいいしな。いろいろ制限があるものだ。

「ポチ、ユマ、おっちゃんたちの言うこと、よく聞くんだぞ」

ポチとユマはコッと返事をした。

「おー、昇平来たのか。ちょっとメモ持ってくるから待ってろ」

「はーい」

ユマは陸奥さんの前まで行って首をコキャッと傾げた。

「ん？　どうしたユマちゃん。一緒にデートするか？」

陸奥さんがにこにこして言うと、ユマは頷《うなず》くように首を前に動かした。

「そうかそうか。ユマちゃんは優秀だなぁ。じゃあおじさんと一緒に少しだけ山に登ろうか？」

陸奥さんがにこにこしている。

「ポチ君は僕と一緒に登るかい？　でも勝手に駆けて行ったらだめだよ」

戸山さんがポチに声をかけてくれた。ポチも頷くように首を動かした。なんでうちのニワトリたちはそんなに山が好きなのか。って山育ちだからか。ようは山の方が落ち着くんだな。

「昇平、これで頼むわ」

「わかりました。お預かりします」

メモを受け取って確認する。わからないものがあっては困るからだ。

「ん？　ニワトリたちも山に登るのか？」

「陸奥さんと戸山さんが連れて行ってくれるみたいです。事前に勝手な行動をしないように言っておけばいなくならないので大丈夫だとは思います」

「そうだな。つくづくお前んとこのニワトリは優秀だよなぁ」

おっちゃんが感心したように言った。ええ俺にはもったいないくらい頭がよくていい子たちです。誰にもあげません。

「すみませんがよろしくお願いします」

頭を下げて相川さんとN町に向かった。相川さんも戸山さんに何か買物を頼まれたようだった。久しぶりに大蛇もニワトリもいない二人行動なので、なんとなく二人でコーヒーショップに入った。温かいブレンドコーヒーを一口飲んでため息をつく。こんな、ただ誰かと店でコーヒーを飲むなんていうのは久しぶりだなと思った。（相川さんの関係で喫茶店に付き添ったのは含まない）

「「……あの……」」

二人で同時に話しかけてしまい狼狽《うろた》えた。見合いじゃないんだぞ。

「すみません、大したことじゃないんですけど……」

「……あ、相川さんどうぞ……」

相川さんが苦笑した。

「こうやって、店に入ってコーヒーを飲むなんてことは久しぶりだなと思ってしまいまして……。これも全て佐野さんのおかげです」

「え？　俺、何もしてませんけど？」

「佐野さんが覚えていなくてもそうなんですよ。感謝だけさせておいてください」

夏の頃のことを言っているのだろうか。相川さんといい桂木さんといい俺に恩を感じすぎである。とはいえそんなことはないと否定し続けてもしょうがないので黙ることにした。とりあえずコーヒーはおいしいし。

そうして冬に必要なものなどをお互い確認してからスーパーへ買い出しに向かった。やっぱり一人で備えるより二人で考えた方が漏れが少ない。そんなわけで荷物がすごい量になったのだった。

……でかいクーラーボックス持ってきてよかった。

そう思うような量を買って戻った。俺の買物はほぼ一冬分である。インスタントラーメンだのレトルトカレーだのが多いがそれはしょうがないだろう。冬野菜はもらってあるので後必要なのは加工品とかもろもろである。豆腐はまた明日の朝村の店で買うつもりだ。缶詰類も買った。サバ缶、近年人気上昇中のせいかなんか値段が上がっているらしいようなことを相川さんが言っていた。

おっちゃんちに頼まれたのは主に魚類だった。雑貨屋だと冷凍品しか扱ってないもんな。どうしても山間《やまあい》の村だから海の幸はなかなか手に入らない。寿司屋《すしや》はあるので頼めば刺身の盛り合わせなども用意してくれるらしいが、普段使うにはそれなりにお高い店だ。

年末年始はもし動けそうならおっちゃんちで過ごさないかと言われた。そこらへんは雪の降り方にもよるだろう。今回おっちゃんちに行って、俺の着替えは二日分ぐらい置いてきた。もし身一つで移動することになっても大丈夫なようにである。昨日雪が降ったことでやっと慌てだすとか、俺ってば本当にやることが遅い。

だから婚約者にも逃げられたのでは？　なんて声がどこかから聞こえてくるようだ。勘弁してほしかった。ぶんぶん首を振って暗い思考を追い出す。俺にはかわいいニワトリたちがいるのだ。

……規格外にでっかいけど。

無事おっちゃんちに着いて、荷物を降ろす。

「あら、おかえり～。思ったより早かったわね」

たまたま家の外で作業をしていたおばさんが気づいて手を振ってくれた。

「ただいま戻りました」

玄関のガラス戸を開けてもらって相川さんと二人でクーラーボックスを運び込む。頼まれた分だけ直接出してもいいが、できるだけ外気に触れない方がいいだろうという判断だった。もちろん中の食材を出したらまた俺の軽トラに戻すのだ。ごめん、相川さん。

「昇ちゃん、ありがとうね。助かるわ～」

食材を渡してお金をもらう。こういうことはきっちりしろとおっちゃんに口を酸っぱくして言われているのでなあなあにはしない。とはいえそのおっちゃんも俺には甘い。俺が金を出そうとすると渋るのだ。ここのところ毎回それで喧嘩《けんか》になっている。結局おばさんが間に入って「昇ちゃん、いいのよ。気にしないで」と言ってお金を受け取ってもらえないことが多い。なので手土産はできるだけいいものをと思っている。

「あら？　これは？」

「いちごがおいしそうだったのでつい買ってきちゃいまして……おばさん、食べましょう」

「この時期のいちごはまだ高いのにねえ。昇ちゃんありがとうね」

二パック買ってきたから陸奥さんたちも食べられるはずである。

「おかえりなさい」

こたつに入ってぬくぬくしながら食べた。そうしている間にみな山から帰ってきたようだった。

「帰ってきてたのか。相川君たちもおかえり」

ポチとユマは多少汚れていた。

「相川君、一応巣の跡は見つけたから明日にはまた捕まえられるかもしれない。準備しておいてくれ」

「わかりました」

陸奥さんと戸山さん、相川さんの三人で猟をする件だろう。話し合っているのを横目で見ながらポチとユマについている雑草などをざっと取り除いた。

「いやー、ポチ君とユマちゃんはすごいね～。おかげでかなりいろんな場所を見回れたよ」

ありがとうね、とにこにこしながら戸山さんが教えてくれた。さすがにいつものスピードは出していないだろうが、基本的にポチもユマも先を歩くからつられて歩みも早くなるみたいだ。しっかし日がな一日山の中を歩き回るなんてご苦労なことだ。しかも獲物を探しながらである。俺にはとても真似《まね》できない。え？　お前は山暮らしじゃないのかって？　さすがに一日中山の中を歩いたりはしていない。

「おっ？　いちごか。贅沢《ぜいたく》だな。いただきます」

「昇ちゃんが買ってきてくれたんですよ」

「佐野君、ごちそうさま」

「いえいえ」

陸奥さんと戸山さんに礼を言われた。そんな礼を言われるようなことでもない。

それなーに？　と言いたげにポチとユマがやってきた。イチゴってバラ科だし種がついてるからあげちゃだめだよな？　実際はどうだか知らないけど……わからないのでおばさんから白菜の葉っぱをもらって渡した。二羽共おいしそうに食べた。

イチゴについては後で調べておこう。

そうしているうちに日が陰ってきたのでおいとますることにした。

「じゃあそろそろ俺たちはこれで……」

「ああ、佐野君。もしよかったら明日ニワトリを貸してくれないか？」

陸奥さんが言う。

「いいですけど……何か見つかりました？」

「空の巣をユマちゃんが見つけてくれたんだ。多分この間のイノシシじゃなけりゃあ他にもいるに違いない」

この辺り、どんだけイノシシ増えてんだよ。

「いいですけど……」

そう答えながらポチとユマを眺める。

「ポチ、ユマ、明日も手伝ってほしいってさ。明日も来るか？」

と聞いたら二羽ともコッと返事をした。だからお前らもどんだけイノシシ食べたいんだよ。雑食なんだろうけどそんなに肉食なのちょっと引く。昨夜大量にあげたばっかなんだが。

「じゃあ明日連れてきます。何時からですか？」

「できれば九時までには来てほしい」

「わかりました。沿えるようにします」

明日絶対タマも来たがるに違いない。豊猟なのはいいことなのかどうなのか。こればっかりは俺にもわからない。ちょっとだけ遠い目をしてしまった。

11　ニワトリたちは張り切って狩りに行きました

明日はタマも来たがるかもしれませんと伝えてはおいた。そうしたらそれは心強いと歓迎されてしまった。みんなの中で、うちのニワトリたちってどんな立ち位置なんだろうか。歓迎されるのはいいことだと思うことにした。

帰宅してタマに聞いた。

「明日ポチとユマはおっちゃんちの山に登るみたいだけど、タマはどうする？」

「ノボルー」

「わかった。出席な」

明日の朝は全員集合らしい。雪が降らないことを祈る。まだ豆腐買ってないし。

それにしてもこたつは暖かいよな。根が生えるとはよく言ったものだ。立ち上がるのが億劫《おっくう》である。

「極楽極楽……」

ふと、ニワトリもこたつは好きだろうかと考えた。

よっこいしょと立ち上がり（まだそんな年ではないはずだ。全てはこたつの魔力である）、タオルを濡《ぬ》らしてユマを手招きした。

ナーニ？　というようにコキャッと首を傾《かし》げてユマが近づいてくる。

「ユマ、ちょっとおいで」

居間に身体《からだ》を沿うようにさせたユマを抱っこして足を拭《ふ》く。

「サノー?」

「ちょっとこたつに入ってみようか」

そのまま抱っこしてこたつ布団に入れてみた。ユマは俺に抱かれたまましばらくじっとしていた。そうしてもぞもぞと動き出す。仰向けのような恰好《かっこう》からどちらかといえばうつ伏せのような恰好になった。俺の膝《ひざ》に頭を凭《もた》せて、満足そうに目を閉じた。気持ちいいみたいだ。

「ユマ、暖《あった》かいか?」

「アッタカーイ」

「そっかそっか」

かわいいなぁとユマの羽を撫《な》でる。ふと視線を感じて顔を上げると、ポチとタマが土間と居間の境に沿うようにしてじーっとこちらを見ていた。ポチとタマも気になるみたいだ。

「お前らもこたつ入るか?」

「ハイルー」

「ハイッテミルー」

「よしよし。頼むから糞《ふん》とかはしないでくれよー」

そう言ったらユマがバッと頭を上げて土間の新聞紙を敷いたところまでダッシュした。びっくりした。土間に敷いた新聞紙はトイレなのである。鳥にはトイレの躾《しつけ》は無理だと言われているが、うちのニワトリたちは便で自分の足とかが汚れるのが嫌みたいで、家の中であまり粗相はしない。

ポチとタマの足を拭き、再びユマの汚れなどを確認してから、みんなこたつでおもちになった。

「ポチ、タマ、ユマ、気持ちいいかー？」

「イイー」

「イイー」

「イイー」

みんな素直でよろしい。でっかいニワトリが三羽、それぞれの場所でふかふかの白いおもちになっているのがかわいい。座布団を敷いたところに身体を半分出したような形ではあるが、十分暖まっているみたいだ。ユマなんかもう、うとうとしている。なんだこれ、すっごくかわいいな。

その後、ニワトリたちはあまりにも心地よかったのかこたつから出るのが嫌になったらしい。

「ミズー」

「ミズー」

「ミズー」

「ええっ？　自分で土間に下りて飲めよー」

しょうがねーなーと水の入ったボウルを三羽の前に運んだりして、かえって俺の方が忙しくなってしまった。でもかわいいからしょうがないよな。

こたつの中ではタマも俺に羽を撫でさせてくれた。こたつの魔力さまさまである。

白くてでっかいおもちが三つ……鏡餅《かがみもち》は二個だよな。ってもう一月も目前だし、こうやって時間は過ぎていくんだろう。

あっという間に正月も迎えるんだろうな。今年は相川さんと、おっちゃんちか。つい昨年の年末を思い出しそうになって嫌な気持ちになった。でもニワトリたちの姿を見たらそんな思いも霧散してしまった。ニワトリの癒し効果ハンパない。

ニワトリたちは幸せそうにぬくぬくしている。こんな暖かさを知ってしまったら、表に出たがったりしなくなるんだろうか？　と思ったけど、それとこれとは別のようだった。

そういえば、桂木妹が言ってたな。桂木さんちはすごく寒いって。大丈夫なんだろうか。


翌朝もとても寒かった。空気がとにかく冷たい。呼気が真っ白だ。どこかで雪が降ってるんじゃないかと思うような空気である。実際この辺りのどこかの山には降っていそうだ。これから春までずっとこんなかんじかと思ったらげんなりした。こっちに来てから何度か思ったけど、すみません、山舐《な》めてました。

「こりゃあ春まで引きこもりかなー……」

隠遁《いんとん》生活にはもってこいである。カセットコンロ用のカセットガスもかなりの数を買ってあるから大体大丈夫なはずだ。かかった金額とか、食材の量とかきちんとチェックしておいた方がいいだろう。そうすれば来年もやっていけるはずである。

幌《ほろ》付きの軽トラにポチとタマが乗り込んだ。足元には毛布が敷いてあるからそれほど寒くはないだろう。

「じゃあ行くぞー」

俺はニワトリたちをおっちゃんちに降ろしたら、その足で豆腐屋に行ったりいろいろする予定で

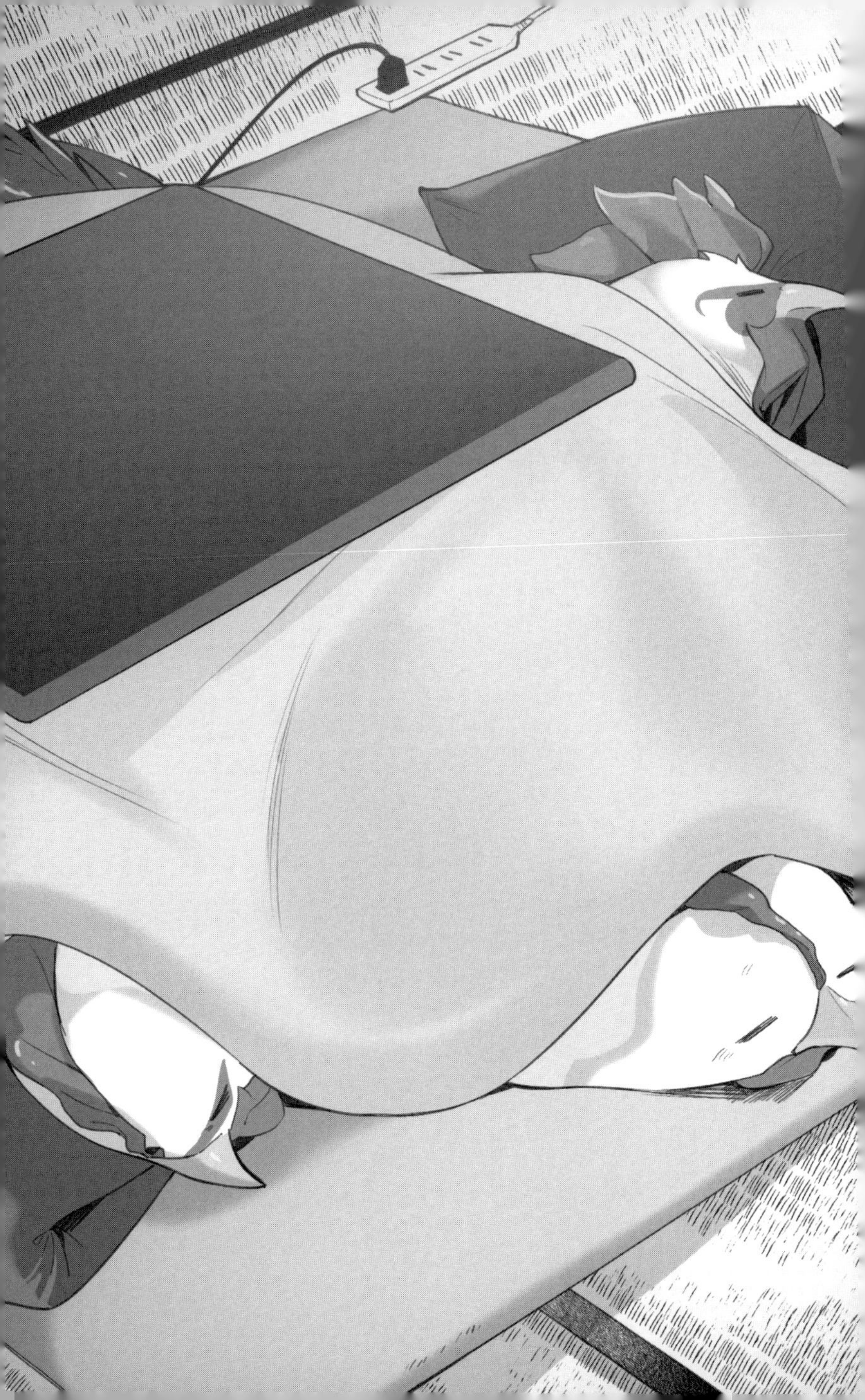

ある。

九時前におっちゃんちに着いた。陸奥さん、戸山さん、相川さんはもう着いていた。

「おはようございます、寒いですね〜」

「これぐらいで寒いなんて言ってたら冬は越せねえぞ！」

陸奥さんが笑って答えた。いったいどんだけ冷えるんだろう。

「今朝はけっこう寒い方ですよ」

相川さんがフォローしてくれた。ありがとうございます。

「ええと、三羽共預けちゃっていいですか？　日が落ちる前に迎えにくればいいですかね」

「だいたい三時過ぎには下りてくるようにしてるから、それ以降に来てくれれば問題ないよ」

「わかりました。みんな、陸奥さんたちの言うことをよく聞くんだぞ」

三羽とも首を頷《うなず》くように動かして、コッと返事をした。なんか軍隊みたいだなってちら、と思った。

「じゃあ、よろしくお願いします」

そう言って軽トラに乗ろうとしたら、ユマがトトッと近づいてきてコキャッと首を傾げた。

「ユマ、どうした？」

「ユマさん、もしかしたら佐野さんも一緒に山に登ると思っていたんじゃないでしょうか」

相川さんに言われてユマを改めて見る。きょとんとした顔をしている。うん、かわいい。ってそうじゃなくて。

「ユマ、俺は山には登らないよ。邪魔になるからね。買物に行ってくる。夕方になる前には迎えにくるよ」

できるだけわかりやすい言葉で伝えたつもりだ。ユマはなんだか困った顔をしているように見えた。またコキャッと首を傾げる。つぶらな瞳《ひとみ》が一緒にいたいと訴えているようだ。これ、やっぱり連れていった方がいいんだろうか。

「陸奥さんたちを手伝ってくれないか？」

腰を落として、目線を下げて伝えたら、ユマはココッと返事をしてくれた。

「よろしくな」

羽を撫でる。ユマはじーっと俺を見ていた。かわいいなと思った。

「じゃあユマさん、今日は僕とデートしましょう」

相川さんに言われてユマはトトトッと相川さんに近づいた。ユマもやっぱりイケメンがいいんだな？　くそぅ。（俺が超面倒くさい）

「すみません、よろしくお願いします」

オレンジのベストを着て、猟銃を持った陸奥さんたちとニワトリたちが畑の向こうに行った。いつのまにかおっちゃんが側《そば》にいて、

「カッコイイよなぁ」

と呟《つぶや》いた。

「おっちゃんは猟は？」

「うちのがそれだけは反対だって言うからなー」

そう言って肩を竦《すく》めた。確かに銃は危ないしな。エアガンとかだとさすがにイノシシは狩れない

し。難しいところである。それに相川さんみたいな銃を持つのって何年もかかるようなことも聞いている。

相川さんって若く見えるけど三十代なんだよな。二十歳で猟銃の免許を取っていればおかしくはないのか？　詳しくは調べてないからわからない。

「昇平は出かけるのか？」

「ええ、まだ買い出しの続きがありまして」

「だったらS町にできたなんとかかんとかに行ってくりゃいいんじゃねえか？」

「なんとかかんとかって何ですかそれ？」

全然心当たりがない。S町って……なんか夏頃に誰かから聞いたような……。

「うちのが確か行ってきたはずなんだよな。おーい、S町のなんかでっかいのってなんだったっけかー？」

おっちゃんが家のガラス戸を開けて中に声をかける。

「何言ってるのー？」

おばさんが出てきた。いつもすみません。

「ほら、夏？　にどっか行ったっつってただろ？　S町のー……でっかいなんとかかんとかって」

「S町？　ああ……みやちゃんと行ったショッピングモールのことかしら？」

「ああそうだ！　ショッピングなんとかってのだ！」

おっちゃんはカタカナがとても苦手らしい。

「ショッピングモール？　そういえば桂木さんが言ってましたね……。でも買い出しに行くような場所じゃないような？」

「そうなのか？」

おっちゃんがおばさんを見る。

「いろいろ買えることは買えるでしょうけど、食材とかの買い出しに行く場所じゃあないわねえ、たぶん」

おばさんも同意する。

「そうなのか」

「じゃあ出かけてきます。三時ぐらいまでには戻りますので、なにかあったらスマホに連絡ください」

「おう」

「いってらっしゃい。気をつけてね」

「はい」

そうして俺はまず豆腐屋に向かった。

ショッピングモールか。……一度行ってもいいだろうけど一人で行くところじゃないなと思った。桂木姉妹の顔が浮かんだが即、首を振る。女性の買物は長いのだ。そうなるとあとは相川さんぐらいか。ショッピングモールなんて行きたがるかな？

「油揚げは冷凍もできるよ」

「あ、そうなんですか」

豆腐屋のおばさんがにこにこしながら教えてくれた。じゃあ少し多めに買っておこうかな。みそ汁の具に最適である。

「でもあまり長期間は入れておかないようにね。冷凍しても悪くなる時は悪くなるから」

「わかりました」

どうやら油が悪くなるらしい。

豆腐や油揚げ、厚揚げ、がんもどき、納豆、甘納豆、みそ、乾物の大豆そしてまたスンドゥブチゲの素《もと》も買った。おからは相変わらずサービスでくれるらしいのでもらえるだけもらった。冷凍の鶏肉《とりにく》も売っているようだった。

「この鶏肉って、松山さんのところのですか？」

「うん。取り扱わせてもらえることになったのよ。売れなかったら自分たちで食べればいいしね」

あそこで絞めた鶏なのだろう。冷凍でも十分おいしいはずである。

「そうなんですか」

そうだ。松山さんのところへ鶏肉も買いに行こう。

「冬支度かい？」

「はい、そんなようなものです」

俺は頭を掻《か》いた。これだけいろんなものを一度に買えばバレるというものだ。

「そうなると冬の間は佐野君に会えないのかしら。寂しくなるねぇ」

「雪が少なければまた来られると思うんですけど、どれぐらい降るのかわからないので準備はしておこうかと」

「そうだね。納豆が好きなら沢山買っていきな。冷凍できるからね」

「あ、そっか。納豆も冷凍できるんでしたね」

「けっこう持つから、オススメだよ」

豆腐屋のおばさんにいろいろ教えてもらいながらクーラーボックスにいっぱい詰めて山に戻った。冷蔵庫はもうパンパンである。野菜は基本外の倉庫だ。あの中もなかなかに冷えるのでちょうどいい。

なんだかお店ができそうな量である。誰も買いにこないし、買いにこられても困るのだが。

「他に買い忘れたものはないか、と……」

メモを見ながら確認していく。スマホにも打ち込んでおくんだけど、やっぱり書いた方がわかりやすい。

「あ、鶏肉」

冷凍庫の空きを確認して入りそうだなと思った。松山さんに電話をした。

「もしもし、松山さん？　佐野です。今大丈夫ですか？」

「もしもし、佐野君か。大丈夫だよ。どうしたんだい？」

鶏肉が欲しいと言ったら明日にでもおいでと言われた。

「ちょうどいいからニワトリたちも連れておいで。明日先生が来るんだ」

「獣医の木本《きもと》先生ですか？　それは本当にちょうどよかった。昼過ぎに伺います」

「昼前においでよ。お昼ご飯も食べて行きな」

「ありがとうございます。お言葉に甘えさせてもらいます」

ニワトリたちの体調なども見てもらえるし万々歳である。

「……木本さんが来ることは伝えた方がいいんだろうか……」

タマやユマは素直に診《み》てもらうのだが、いつもポチはなんとなく腰が引けているのである。俺も病院は嫌いだけど、男子にはそういう性質でもあるのだろうか。それとも俺とポチだけか。検証するつもりはないが気持ちはとてもよくわかる。わかるが診てもらえるなら診てもらいたい。

朝産んでもらった卵を使って親子丼を作る。やっぱ鶏は松山さんのところのがとてもおいしい。

「……なんつーか、贅沢《ぜいたく》だよな」

野菜はおっちゃんちからもらったり自分で育てたりして、卵はタマとユマからで（もちろん村の雑貨屋でも買ってくる）、イノシシ肉はニワトリたちが狩ったりして、鶏肉は松山さんのところから買ってくる。新鮮でおいしいものが食べられるのは幸せだなと思う。

ここに来た時は、たった一人で引きこもろうと思っていた。自給自足ができるとは最初から思っていなかったから、買物とかで出る必要があるのはわかっていたけど、寒さも相まってすぐに寂しくなった。

村に下りたら寒い時期なのにお祭りがあって、カラーひよこがなんか懐かしく思えて……。

「あれ？　あの時のお祭りって結局なんだったんだ？」

おっちゃんにはめったにやらない春祭りだと聞いた気がする。ここのところ夏祭りだけの開催だったのだが、誰かが言い出して今年は春祭りもすることになったのだとか。（何年か前は秋祭りもしたそうだ）でも祭りって本来神様に感謝するとかそういうものだから何かあったんだろうなと思う。きっと俺にはわからない理由とか、もろもろのことがあったに違いない。そのおかげで俺はニワトリたちに会うことができた。神様、うちのニワトリたちに巡り合わせてくれてありがとうございますと、山の上の方に向かって手を合わせた。

新年の頃には山は雪で埋もれているのだろうか。そうなると山の上にはさすがにご挨拶《あいさつ》には行けないだろう。ただこの山全体がご神体の代わりでもあるのだから、今日みたいに山の上の方に向かって手を合わせたりすればいいのかもしれない。山の神様がうちの氏神ってわけじゃないしな。佐野の家の氏神ってどの神様なんだろう。ちょっとだけ興味が湧いた。

畑を見れば青菜が育ってきている。明日か明後日《あさって》には収穫できるかもしれない。新鮮野菜をニワトリたちに食べさせてやれるのは嬉《うれ》しい。もちろん俺も食べるけど。

頃合いを見て再び山を下り、おっちゃんちに向かった。さすがに昨日の今日でイノシシが獲《と》れるとは思わないが、獲れていたらいいなと思った。

俺がおっちゃんちに着いた時、まだ陸奥さんたちは戻ってきていなかった。

時計を見ると、三時ちょうどだ。さすがに戻ってくるにしてももう少し後だよな。

「こんにちは〜」

おっちゃんが縁側でお茶を飲んでいた。どうしてここの人たちはこの寒いのに縁側でお茶をしているのか。寒さに対して鈍いんだろうか。うちの山では底冷えするからさすがに無理だな。

「おお、昇平。用事は済んだのか？」

「ええ大体終わったと思います。あとは明日松山さんのところへ行ってこようかと……あ」

「帰ってきたな」

先頭にポチ、その後ろを陸奥さんが歩いてきた。ポチがキリッとしている。ニワトリって戦闘特化の生き物だったっけ？　いろいろ認識がずれそうな光景だった。

おばさんが気づいたらしくやってきた。

「あら、昇ちゃんおかえりなさい。お茶淹《い》れてくるわね」

「陸奥さんたちも帰ってきたみたいです……よ?」

あ、獲物狩ってきたっぽい。一頭だけど。

相川さんと戸山さんが木の棒にシカの足を括《くく》り付けて帰ってきた。あんまりいないようなことは言っていたけど、この辺りにもやっぱりシカっているんだな。って、この辺り全部が山なんだからどっかにいればこの山にいてもおかしくはないか。イノシシの方が多そうだけど。

殿《しんがり》はタマとユマだった。タマは堂々としている。ユマはなんとなくぽやんとしている印象だ。やる時はやるんだろうけど、こんなに雰囲気が違って見えるのも面白い。

「お疲れ様ですー」

「佐野君ただいま。シカを見つけたから狩ってきたぞ」

「すごいですね~」

陸奥さんに得意そうに言われて素直に称賛した。シカも野菜を食べたりするから農家にとっては害獣だ。獲れるなら獲った方がいい。木の芽とかも好んで食べるから林業でも天敵扱いである。でもシカって捕まえる数に制限とかなかったっけ? 増えてきてるから制度も緩和されたのかな。

「佐野さん、ただいま戻りました。湯本さん、秋本さんには連絡してあるのでそろそろいらっしゃいます」

相川さんでも重そうにしていたからかなりの重量なのだろう。

「そうかそうか。お疲れ様」

俺は急いで勝手知ったるおっちゃんちの倉庫からビニールシートを取ってきて、陸奥さんと一緒に敷いた。直接庭に下ろしてもいいのだろうが、野生動物はどんなものを抱えているかわからない。ダニとかもそうだし病気などもそうだ。おっちゃんちの山は川が裏側にしかないらしいので急いで運んできたようだった。解体する人がいなければ解体もするらしいが、秋本さんが担ってくれる時は秋本さんたちに任せることにしているらしい。

「ポチ、タマ、ユマ、お疲れ。よくがんばったな」

三羽とも頷《うなず》くように首を動かしてコッと鳴いた。うちのニワトリ軍隊かな。なんか揃《そろ》ってたぞ。

「シカってどの辺りで見つけたんですか？」

「東側の……隣山との境ぐらいだね。迷い込んできたかんじだったよ」

シカを下ろして、肩を押さえ首をコキコキいわせながら戸山さんが答えてくれた。

「東側、でしたか」

そういえばそっちの方は見なかったなと思い出す。前におっちゃんちの山に登った時、どちらかといえば西側の方ばかり見ていた気がした。西側の隣山も別の所有者がいるはずだ。この辺りの山は村の人たちがほとんど持っているらしい。反対に、村の川を挟んだ北側の規模がでかい山は俺たち外様《とざま》の連中が持っていたりする。そういえば桂木さんの更に東側にある山、人が住んでいないと思っていたけどどうもその山の南側に人が住んでいるらしい。どちらかといえば隣村から近い方角に人が住んでいたからこちらの村では把握していなかったようだった。確かに隣村の方で活動されてたらわからないよな。そもそも山に住んでたら隣村ともそれほど接点はないかもしれないし。

「もしかしたら東側の山で繁殖してるのかもしれねえな」

陸奥さんが難しい顔をしている。

「東側の山って確か桑野さんの山でしたっけ？」

「ああ、あっちは東と南の山も持ってるんだがなぁ……」

おっちゃんが山を眺めながら呟《つぶや》く。桑野さんて、高齢で全然手入れができないんだっけか。家自体はおっちゃんちの隣の隣にあると聞いていた。

「交渉できるならそっちも狩りはさせてもらった方がよさそうだねえ。できるだけ狩っておかないとまた流れてきちゃうだろうし」

珍しく戸山さんが難しい顔をした。おっちゃんが頭を掻いた。

「そうだなぁ。でも今年は昇平んとこの山を回るんだろ？」

「うん、そのつもりだよ。相川君のところの裏山も毎年豊猟だけど、佐野君のところは全然人が入ってないはずだから更にすごいだろうね。もしかしたら一財産築けちゃうかもよ！」

戸山さんがにこにこしている。狩猟で一財産かぁ。どんだけ獲れるとそうなるんだろう。もちろん冗談だろうけど。

「うちのニワトリたちはお役に立てましたか？」

一番気になるのはそこだ。

「ああ、やっぱ佐野君とこのニワトリはすげえな。先導してくれるから歩きやすかったし、他にもイノシシの巣の跡は見つけたんだ。だから次の週末まで回ればまだ捕まえられそうだが、シカも逃げられそうなところを押さえてくれてなぁ。下手な猟犬よりもすげえぞ」

陸奥さんがご機嫌である。よかったよかった。

「それならよかったです」

あとでいっぱい褒めてやろう。

「佐野君のところのニワトリは猟鶏だよね～」

戸山さんが言う。前にも誰かに言われた気がするけど、猟鶏か。そんな言葉があるのかどうかは知らないがうちのニワトリたちがどこに向かっているのかさっぱりわからない。

「この辺りはシカはいなかったんだが、どっかから流れてきたんだろうな」

おっちゃんがポツリと呟いた。

おばさんがお茶を淹れてきてくれたので、縁側でみんなお茶をしながら秋本さんが来てくれるのを待った。とりあえずニワトリたちの足は洗わせてもらった。

秋本さんが結城さんとやってきた。

「今度はシカか。今年はニワトリたちのおかげで豊猟みたいだね」

秋本さんはとても嬉しそうに言う。

「このまま持ってって解体するから。食べるなら二、三日置いた方がいいけど、ここに持ってくればいいかな？」

「どうする？」

おっちゃんが陸奥さんたちに聞く。

「ああ……」

陸奥さんがニワトリたちを見る。

「一頭だし、こちらでいいだろ。解体してもらっておかしな部位がなけりゃ内臓はニワトリたちの取り分だ」

ニワトリたちがコッと鳴いた。ユマは少し羽をバサバサさせた。喜んでいるのがわかる。かわいい。

「いいんですか？」

「ああ、複数頭獲れりゃわしらの分ももらうが、今回は手伝ってもらったんだ。当然の配分だろう」

気前いいなぁと思う。ありがたい話だ。陸奥さんの奥さんて何が好きなんだろう。今度相川さんに聞いておこうと思った。

「でも、やっぱり二、三日置いた方がいいんですね」

「うん、シカは肉質がちょっと固いからね」

秋本さんが教えてくれた。あれ？　でも桂木さんのところのドラゴンさんが獲った時は確か……。ドラゴンさんが獲ったから内臓を早く食べさせる必要があったのかな。あの時も多少固いなとは思ったけどおいしかった気がする。二、三日置いたら肉質がどう変わるんだろう。ちょっと楽しみだ。

「ってこたあ早くて明後日か。ちょうどいいな。明日で狩猟チームは終わりだし」

おっちゃんがガハハと笑う。そうか、明日が日曜日か。明日は川中さんと畑野さんも参加するらしい。二人とも土曜返上で働いているようだ。たいへんなことである。これだから年末は、と思ってしまった。そういう俺も冬支度はだいたい整ってきたが来年への備えなどは全くしていない。一人だからおせちも買おうとは思わないし、大掃除もどうしようかなというところである。まぁでもうちの中はできるだけ掃除した方がいいような気はする。寒くて全くやる気はしないけど。

そんなことより今はニワトリたちのフォローをしなくては。

「ポチ、タマ、ユマ。シカは二日三日置かないとおいしくないんだって。だから明日はまだ食べられないんだ。わかるか？」

ポチとタマがショックを受けたように目を見開いた。ユマはコキャッと首を傾げている。ユマはわかっていないみたいだ。なんかかわいい。

「明日じゃなくて、明後日にはおいしく食べられるってさ。我慢できるか？」

目線を合わせてニワトリたちに言い聞かせるとしぶしぶだろうがコッと返事があった。みんないい子である。

「……よく躾《しつ》けられてるよなぁ」

陸奥さんが感心したように言った。いや、もしかしたら躾けられてるのは俺かもしれません。

そんなこんなでシカを食べるのは月曜日の夜になった。どちらにせよ明日はニワトリたちを連れて松山さんのところにお邪魔するからちょうどよかった。それも一応言っておいた方がいいかな。

「あ。明日はニワトリたちを連れて養鶏場に行ってきますので、明日はお貸しできませんが大丈夫ですか？」

「明日は川中と畑野も来るから大丈夫だろ。それより養鶏場ってあそこだよな？　うちに来る途中で山を登ったところにある」

「はい、そうです」

「あそこの鶏ってやっぱうまいのか？　前にも佐野君ちでいただいたよな」

そういえば参鶏湯《サムゲタン》をごちそうした。

「おいしいですよ。頼めばその場で絞めてくれますし」

「そうか。近所でも案外知らないもんだな。うちのに聞いとくつもりだったんだが、忘れてたよ」

近所と言っても陸奥さんちから松山さんの養鶏場まで行くのに車で十分以上はかかるはずだ。それも全部登りで。車で十分が近所って田舎ならではだよなぁ。うちももちろん似たような感じだ。両隣は山だからお互いの家に着くまでに車で二十分はかかる。(家から家までだ) 山と山の間に吊《つ》り橋《ばし》でも作ればもっと短縮されるのかもしれないが、それを誰がどうやって作るんだという問題もある。管理もどうするんだって話だし。ここでの生活はこうなんだから仕方ない。車ありきの生活に慣れるしかないのだ。

「陸奥さん、なんならうちから紹介しようか?」

おっちゃんが陸奥さんに提案した。そういえば養鶏場の話はおっちゃんから聞いたんだよな。

「ああ、是非頼むわ。鶏肉もうめえのが食いてえからよ」

「じゃあ連絡しとく」

そんなやりとりを経て、今日はお開きになった。ちなみにシカは秋本さんたちが簡単に検分してからとっとと持っていった。解体はスピードが求められる。

「明日は養鶏場に行かれるんですね」

「ええ。鶏肉も補充しておかないとと思いまして」

「明日は最後の狩りですしねえ……うちの分も頼んでいいですか?」

「ええ、もちろん」

相川さんは明日もここの山を登ることになっている。だから一緒に養鶏場に行くわけにはいかない。リンさんも山を下りないから狩猟に力を入れているようだった。必要な分はのちほどＬＩＮＥを入れてもらうことにして撤収する。帰ったらニワトリたちを洗わなければならない。日没が早いから急いで帰らないといけないのだ。

帰宅してからすぐに湯を沸かし、ポチとタマをよく洗った。見た目それほど汚れていなくても羽の中がじゃりじゃりだったりする。もちろんユマも家に上げる前にざっと洗った。あとでお風呂《ふろ》に一緒に入る予定である。

「今日もよくがんばったな～」

ニワトリたちをねぎらったけどよくわかっていないみたいだった。コイツらにとっては狩りをするのは当たり前なんだろう。ニワトリってどういう生き物だったっけ？　なんか最近俺の中のニワトリがゲシュタルト崩壊しているような気がする。（ゲシュタルト崩壊という言葉を使いたいだけだ。意味が違うのはわかってる）

気を取り直して相川さんからのＬＩＮＥを確認したのだった。

12　また養鶏場に行ってみる

養鶏場に行くならと、相川さんからは鶏肉《とりにく》を五キログラムも頼まれた。リンさんの分もあるのだろう。無理ならあるだけでとＬＩＮＥにはあった。まだ遅い時間でもないから松山さんに電話をした。

「佐野君？　どうした？」

「明日鶏肉を買いに行くんですが、十キロって用意できますか？」

「……十キロかぁ……」

　さすがに多すぎるかな。

「手羽とかも入っててていいなら用意できないこともないがなぁ」

「ちょっと確認して折り返しますね」

　リンさんは手羽先とか食べるんだろうか。相川さんに確認したら丸のままでもいいと言う。それを伝えて、四羽は丸のままで買わせてもらうことにした。

「毛をむしっただけでいいなら助かるよ」

　それらは相川さんちの分である。俺はさすがにももとか胸とかの部位を買わせてもらう。手羽はあまり好きではないのだ。骨の周りをしゃぶるのがうまいとは聞くんだけどな。

「五キロ以上は何日か前に教えてくれな～」

「はい、すみません」

　電話の向こうでは見えないだろうけど頭を下げた。

　で、翌朝である。家のガラス戸を開けたら足元が白い。霜だということはすぐわかるけどやっぱり白いのは心臓に悪かった。もちろん息も白い。

「遊びに行くのか？　昼前には出かけるぞ」

「スグモドルー」

「スグカエルー」

「チチキトクー」

「……どこで覚えたんだそれ……」

電報の宣伝なんかやってたかな。なんかへんなことを言ったユマは俺の側《そば》にいるらしい。夜は適当にＴＶをつけていることが多いからバラエティーとかで覚えたんだろうか。ＣＭかな。ＴＶをつけるのも考えものである。

ポチとタマはツッタカターとパトロールに出かけていった。どうも見回りをしないと気持ちが悪いようだ。寒い寒いと文句を言いながら俺はユマと畑を見に行った。

「そろそろいいか」

小松菜を収穫していく。冬菜は本当においしいよな。ニワトリたちのごはんに添えてあげられるのも嬉《うれ》しい。今日は小松菜と油揚げのみそ汁にしよう。

時間なんかわからないだろうに、そろそろ出かけたいなと思った頃にポチとタマが帰ってきた。体内時計とかいうやつなんだろうか。（なんか違う）ざっと羽についているごみなどを払い、足を拭《ふ》いて出かけることにした。でっかいクーラーボックスも荷台に載せるから邪魔かもしれないが我慢してもらうしかなかった。

「さーしゅっぱーつ」

「シュッパーツ」

ユマが隣で言ってくれた。かわいいなぁ。（ニワトリバカと呼ぶがいい）以前はシュパツーとか言ってたけど、もうシュッパーツと言えるようになっている。これも成長なのかなと考えて、やっぱり違う気もする。ニワトリ、普通はしゃべらない。

手土産に煎餅《せんべい》を持っていくことにした。今日は獣医さんにも会うから二袋である。雑貨屋で買ってから養鶏場へ向かった。

雑貨屋のおじさんがにこにこしながら用意してくれた。どうも俺と言ったら煎餅みたいだ。煎餅うまいよ？　割れせんが特に好きかな。（俺はいったい誰に言っているのか）

「こんにちは～」

到着して車を停《と》めていいと言われている場所に車を停める。先客がいた。きっと木本さんの軽トラだろうと思われた。きょろきょろと辺りを見回したが誰の姿もない。多分養鶏場の方に行ってるんだろうな。

とりあえずニワトリたちを車から降ろして、「待ってろよ」と言っておく。いきなり駆けて行かれたらたまらない。

家の方へ向かい呼び鈴を押すとおばさんが出てきてくれた。

「あら、佐野君いらっしゃい。先生はまだ養鶏場かしら」

「そうみたいです」

「ニワトリが見たいわ」

「どうぞ」

おばさんがにこにこしながらニワトリたちを眺めた。ニワトリたちもおばさんに一歩近づく。餌をくれる人だってわかってるんだろうな。ポチが半歩ぐらい前に出て、アピールしているのがわかる。

「すごいわねぇ。ニワトリってこんなに大きくなる種類があるのねぇ」

「……もしかしたら突然変異かもしれませんけど」

俺は遠い目をした。なんでこんなに大きく育っちゃったんだろうなぁ。抱き着きがいはあるが抱っこして移動するのはちょっとたいへんだ。それでも羽がほとんどだから抱き着くにしても慎重にするけどな。タマには声をかけてもつっつかれる。もう少しデレ成分がほしいっす。

「こんにちは、触ってもいい？」

おばさんがユマから少し離れた場所で聞いてくれた。ユマがコッと返事をしてゆっくりとおばさんに寄る。

「すごく頭のいい子ねぇ」

おばさんは優しくユマの羽を撫《な》でた。

「ええ、みんな頭がいいんです」

イノシシとか獲《と》らなくたって、ただ側にいてくれればいいと思う。ニワトリたちは大事な家族だから。

そんなことを話していたら養鶏場から松山さんと木本さんが出てきた。ポチが木本さんの姿を見て一歩後ずさる。

「タマ、ユマ！」

二羽はサッと動き、ポチが走り出せないようにした。なんという連携か。お前ら本当にニワトリか。（何気に俺がひどい）

ポチにバッと抱き着いて捕まえる。ポチはタマと違い、抱き着いた俺をくっつけたまま走り出したりはしない。しかたないと諦《あきら》めてくれたようだ。

「おお――っ！　すごいね～。育ったなぁ」

木本さんが目をキラキラさせながら近づいてきた。ポチが後ずさろうとするのを阻止する。注射じゃないんだから我慢しろっての。そのまま連れていき、松山さんの家の土間で身体測定をしてもらった。重さはもう十五キログラムぐらいあるらしい。身長はポチが一番高く、やはり百三十センチメートルは超えていた。

「これ以上でかくなると軽トラに乗せるのもなぁ……」

「ユマちゃん、座ってないともう無理だろう？」

「そうなんですよね」

そう言いながら木本さんと共にユマを見る。ユマはその場で座った。うん、もふっとしてかわいい。

「おっきいおまんじゅうみたいだね。おいしそうだしかわいいね」

木本さんがそんなことを言う。それは褒めてるのか食べたいのかどっちだ。どっちもか。口の中とかも見てもらい、触診もしてもらった。なんともないようだった。よかったよかった。俺はほっと胸を撫で下ろした。ニワトリたちが元気なのが一番である。

一通り見てもらってから、ニワトリたちを家から出す。養鶏場には行かないように言い、日が陰る前に帰ってくるように言った。三羽ともツッタカターと遊びに行った。うん、元気が一番だよなとにんまりした。

今日も鶏料理を沢山ごちそうになった。味付けの濃いものが多かったのでごはんがとても進んだ。

タッカルビと、宮爆鶏丁《ゴンバオジーディン》（鶏肉とピーナッツの甘辛炒《いた》め）が出てきた。韓国料理と中華料理とはなんとも贅沢《ぜいたく》だ。両方ともちょっと辛いのだが、味付けが違うのが不思議なかんじだ。おばさんの鶏料理のレパートリーが拡《ひろ》がっている気がする。宮爆鶏丁は好きで俺も作ったりする。鶏の天ぷらも出てきたし、鶏団子と春雨が入った中華スープも堪能した。鶏はやっぱりうまい。

「おいしいですねぇ」

しみじみ呟《つぶや》くと笑われた。

「おいしく食べてくれてありがとうね～」

おばさんに嬉しそうに言われてとんでもないと返した。すごいごちそうである。

もう少ししたらこの辺りも雪が降るから、お子さん家族は年末年始はこちらへは来ないと聞いている。慣れない雪道だ。しかも山である。上の方ではないがさすがにこの時期は来ない方がいいだろう。

「ここは遠いし、あんまり世話もできないから」

養鶏場をやっている関係上旅行にも行けない。まず家を空けることが難しいので、おばさんは来客が本当に嬉しいのだと今回も言っていた。あまり人と交流がないせいか、話題はいつもほぼ同じだ。それをうんうんと聞く。

「佐野君とこのニワトリはどこまで行ったのかしらね」

「さぁ、けっこうスピードが出るのですぐに山の上の方まで登っていくんですよ」

ためとかないんだよな。いきなりダダダダダ――ッと走っていくからけっこう驚く。あの瞬発力、どうなってるんだろう。

「そう、それは頼もしいわねぇ」

この辺りも当然ながらイノシシの被害はあるようだ。何度かお邪魔しているが短時間ということもあり、うちのニワトリたちはまだこちらでイノシシには遭遇していないようだった。

「どこもかしこもイノシシだらけですね」

「狩猟人口も減ってるからねぇ。罠《わな》を仕掛けるにもコツがいるしなぁ。それでもこの辺りは少ない方みたいだよ」

「そうなんですか？　ここの……北の方では夏辺りにイノシシを捕まえましたけど」

松山さんが目を丸くした。

「佐野君て狩猟免許持ってたっけ？」

狩猟免許を持っていても夏の猟はダメだろう。でも罠猟とかでイノシシ相手ならいいんだっけ？そこらへんすぐ知識がすっぽ抜けるから困る。確か一応許可が必要なはずだ。

「いえ、うちのニワトリたちが……」

「ああそうなんだ？　相変わらず佐野君ちのニワトリはすごいねぇ。シカを捕まえたってゆもっちゃんから電話があったよ」

「ああ、ええ……つい昨日ですね」

今日はこちらにお邪魔すると言ってきたから連絡してくれたんだろうか。たまたまかもしれないけどこういう繋《つな》がりって大事だよなと思った。

「ヘビといいイノシシといい……猟鶏だね。なんか言いにくいけど」

「ですね」

松山さんと顔を見合わせて笑った。最近みんなして猟鶏って言うなあ。そんなつもりで飼ってるわけじゃないんだけど。

鶏肉を大量に買わせてもらい、ニワトリたちの餌も少し買わせてもらった。なにせすごい量を食べるので買っておかないと不安なのだ。

木本さんは他にも往診に行くところがあるということで、昼ご飯を食べてから早々に戻っていった。

「ごちそうさまでした。また呼んでください」

「はい、先生。よろしくお願いします」

「先生、ありがとうございました」

松山さんと共に礼を言った。せっかくの日曜日だというのに休み返上で巡回してくれるのは本当に助かる。こういう獣医さんがいるからやっていけるんだよな。ありがたいことである。

「いやいや、今回は佐野君ちのニワトリの様子も見られたしね。ディアトリマっぽくはないけど、体格的には羽毛のあるデイノニクスっぽいよね」

「デイノニクスって……尾が長かったんでしたっけ？」

他にも共通点なんかあったっけ？　内心首を傾《かし》げたけど、もしかしたら俺の知らない新しい情報もあるのかもしれない。

「うんうん、佐野君もわかってるねぇ。また様子を見させてね〜」

木本さんはご機嫌で帰っていった。羽毛恐竜とかどこがどう似てるとか考えることもないではないが、どちらにせよ鳥類は恐竜の子孫である。そこらへんはロマンだよなって思った。

少し日が陰ってきたかなと思った頃ニワトリたちが戻ってきた。

「ポチ、タマ、ユマ、おかえり。今日はどこまで行ってきたんだ？」

三羽が揃《そろ》って東の上方を見る。どうやらこの山を上に向かって駆けて行ったようだった。元気だなぁ。

「帰ってきたのかい？」

「はい、おかげさまで」

「餌はちゃんと作っておくから、少なくなってきたら言ってくれよ」

「ありがとうございます」

冬は草木も枯れるし虫も土中にもぐってしまうから山の中でも餌が少ない。そう言っていただけるだけで心強かった。羽についた枯草などのごみをざっと取ってから松山さん宅を辞した。

軽トラに乗ってようやくスマホを確認したら、相川さんからＬＩＮＥが入っていた。そういえば全然確認していなかった。電話は入っていなかったから緊急ではなかったようだ。開いてみてみると。

「うわぁ、すごいなぁ……」

ウリ坊よりも大きめのイノシシを三頭捕まえたそうである。ということは春に生まれた個体だろうか。そんなにイノシシがいたなら被害があるのも頷《うなず》ける。これで被害も少なくなるだろうか。よかったなと思った。

相川さんには鶏肉を届ける関係がある為《ため》おっちゃんちに寄ることになっている。そこで詳しい話が聞けるだろうか。

「おっちゃんちに一度寄ってから帰るからな」

改めてユマに断っておっちゃんちに向かった。ポチとタマには言い忘れたが大丈夫だろう。と思ったんだけど、おっちゃんちに着いて荷物を降ろす時タマにつつかれた。なんで山に戻らないんだと抗議しているみたいだった。

「え？　なんで俺つつかれるワケ？　相川さんに鶏肉頼まれてんだよ！」

まっすぐ帰ったって遊びには行かせないぞ。もうそれなりに遅い時間だ。早く受け渡しを終えないとすぐに暗くなってしまう。暗い山道を運転して帰るなんてごめんだった。

みんな縁側でお茶を飲んでいた。今日は狩猟チームオールスターズが集結していたので縁側がぎゅうぎゅうだった。それなりに広い家なんだけど男性陣が五人も横に並ぶと多いなぁという印象である。

「こんにちは～」

「佐野さん、わざわざ来ていただいてすみません」

相川さんが慌てて近づいてきた。

「いえ、イノシシを捕まえたと聞いて……」

「おう、昇平。イノシシなら秋本が急いで運んでったぞ。明日の夜はシカとイノシシが食えるぞ！」

おっちゃんが俺に気づいて座敷の方から声をかけてきた。

「おおお」

それはなんとも豪勢だ。いつのまにかニワトリたちが横に来ていて、三羽ともコキャッと首を傾げていた。かわいい。ってそうじゃなくて。

「ポチ、タマ、ユマ？　どうしたんだ？」

「イノシシに反応したんだろ。明日はイノシシも食わせてやるからな」

ニワトリたちはおっちゃんの言にコッ！　と返事をした。ユマが少し羽をバサバサさせる。喜んでるな～。かわいい。ポチとタマも嬉《うれ》しそうに身体《からだ》を揺らした。尾がゆらゆらと揺れる。ちょっと怖い。

「三頭ってすごいですね。どうやって捕まえたんですか？」

「巣を見つけてな。ダーンッ！　だ」

陸奥さんが得意そうにそらで猟銃を打つ真似《まね》をした。本物は今はきちんとケースの中に入っている。

「すごいなぁ」

「佐野君も狩猟免許取る？」

川中さんがにこにこしながら聞いてきた。

「うーん……罠猟ぐらいは取った方がいいんですかねぇ」

「取っといても損はないと思うよ」

陸奥さんがうんうんと頷く。

「狩猟人口が増えるのは喜ばしいことだからな」

でもうちはほぼニワトリ頼みだけど大丈夫なんだろうか。

相川さんに鶏肉を渡し、明日の夕方またおっちゃんちに来るということは確認した。シカもイノシシもなんてやっぱすごいなぁ。

「狩れるのはいいんだけどさぁ、なんで宴会が平日かなぁ。またお酒飲めないねえ」

川中さんがぼやく。

「うるさい」

畑野さんがバシッと川中さんの背中を叩《たた》く。

「痛いって！　なんでそうすぐ手が出るかなあ！」

「ずっと言ってるからだろ」

陸奥さんが笑って言った。どうも川中さんは山を下りてからずーっとぼやいていたらしかった。まぁここのところ狩猟に参加しても宴会が毎回平日だったのだからしょうがないだろう。ただあの時も、あの時もというようなぼやき方をしていたので畑野さんもいらいらしたようだった。うん、しつこい男はモテないって思う。いや、俺はしつこくなくてもモテないけどな。自分でツッコんでダメージ受けてりゃ世話ないな。

「今日もお疲れさまでした。ではまた明日～」

みなさんに挨拶《あいさつ》してニワトリたちを回収し家に帰った。帰って少しもしないうちに東の空から闇が迫ってきた。俺は慌ててポチとタマを洗った。

二羽とも帰宅してから遊びに行けなかったのが不満だったのか、ツーンとしていた。しょうがないだろー。

夕飯を食べながらTVをつけて天気予報を見ていたら桂木さんからLINEが入った。内容を確認する前に、そういえば桂木さんのところの山の神様の話はどうなったのかなと思った。あれって祠《ほこら》とかなかったんじゃないかって話になったんだっけ？　いろいろあってよく覚えていない。

LINEを確認したら今度の週末にはN町の方に宿をとるつもりだと書いてあった。じゃあ山の神様について蒸し返す必要はないだろう。春の雪解けを待って覚えていたら話をすればいいだけだ。妹のことがあるから、少なくとも妹が免許を取得するまでは戻ってこないつもりだろうし。

桂木さんち、かなり寒いみたいだから山を下りるのはいいことだと思う。ただなぁ、とどうも引っかかってしまう。

桂木妹はいずれ実家に帰るんだろうが、桂木さんはずっと山で暮らしていくはずだ。冬の間は山中さんちにお世話になるにしても、そんな寒い家で暮らすのは心配である。女性は特に身体を冷やしちゃいけないのよ！　と母が事あるごとに言っていたからそれで気になってしまうのだろう。あれ？　それとも俺がお節介なだけか？

桂木さん、明日の肉祭りには呼ばれていないんだろうか。俺が声をかけるのもアレなので相川さんに確認のLINEを入れたら、今回は忙しそうだから声はかけていないはずだという返答があった。

そっか男だらけの宴会か。

ちょっとむさいなって顔をしかめた。タマとユマは女子だが、もふもふ成分はあっても女の子成分がないんだよな。こんなこと思ってるって知られたらまたタマに盛大につつかれそうだった。

翌日は月曜日だった。天気予報が当たって晴れである。雲一つない青空だがとても寒い。日向《ひなた》を探して移動するようだった。

今日は夕方からだったよな。じゃあ太陽が中天を少し過ぎた辺りで戻ってきてもらえばいいのだろうか。そんなことを考えていたらおっちゃんから電話があった。

「今日は桂木姉妹もくるからな」

「ああ、そうなんですか。よかったですね」

よかった、んだよな？

「まぁな。男だけだとむさいっつーのもあるが、川中がうるさくてな」

またあの人か。俺もさすがに呆《あき》れた。出会いはできれば町の方で探すか婚活パーティーにでも行ってほしい。

「それは桂木さんには伝えたんですか？」

「ああ、もちろん。警戒心はあった方がいいしな」

「そうですね」

川中さんはともかく、おばさんが二人に会いたいということのようだった。週末には町に移動すると言っていたからしばらく会えなくなるだろうし。ここらで会えたらいいんじゃないかなと思った。さて、教習所での進み具合はどうだろう。

「マニュアル難しい～！　おにーさん教えて下さい！」

「……そこはプロに教わった方がいいよ」

夕方、おっちゃんちに着いたら桂木妹にこう泣きつかれた。運転は慣れだし、クラッチだのももう感覚で動かしてるから説明がしづらいんだよな。

「やっぱだめかぁ～」

桂木妹ががっくりと頭を俯《うつむ》かせた。

「もうっ、リエってば佐野さんに迷惑かけちゃだめでしょ！　佐野さんすみません……」

おお、桂木さんが常識人に見える。いや、元から別に常識がなかったわけじゃないけど。（俺が失礼すぎる）

「いやいやいいよ。実際難しいしな」

俺がマニュアル取ったのだって、なんかマニュアル運転できたらカッコよさそう的な打算がなかったとは言わないしな。それで教習所に通ってみて後悔した。今では重宝してるけど。

秋本さんがシカとイノシシのブロックを持ってきてくれたので、そこでその話はしまいになった。切り分けたりとか調理はおばさんと桂木姉妹の管轄だ。今日はそれに加えて桂木さんの知り合いの山中さんも来ている。女性四人でわちゃわちゃしている場所に入る勇気はない。俺はすごすごと退散した。

寒いけどＢＢＱの準備を庭でして、ビニールシートを端に広げる。ニワトリたちの食事はなかなかにダイナミックなので血が飛び散るのだ。秋本さんが内臓も持ってきてくれたのでニワトリたちは大喜びだろう。

あとは開始までみなぼーっとするだけである。男性陣は縁側に腰掛けて暮れなずむ空をなんともなしに眺めていた。寒いんだけど、風が吹かなければそれほどでもない。やっぱ山の上と麓《ふもと》では気温が違う気がする。

「……よくイノシシとか獲れますね」

山中のおじさんが口を開いた。

「最近増えてるからなぁ。狩猟人口も年々減ってるから狩る人も少ないし、陸奥さんたちさまさまだよ」

　おっちゃんが返事をする。

「どうも私は血が苦手でねえ……」

「血が好きって奴《やつ》もいねえだろうさ」

　おっちゃんがガハハと笑う。まぁ好きではないだろうがおっちゃんは苦手ではないだろう。

「そういえばマムシ酒はどうなったんだい？　もう半年以上経《た》ってるのもあるだろう？」

　山中のおじさんがクイッとコップを傾けるような仕草をした。

「半年じゃあまだまだだ。やっぱ三年は置かないとな！」

「一年ぐらいで我慢できなくなって飲み始めちまうんだよなぁ」

　陸奥さんが頭を掻《か》いて笑う。

「一本ぐらいなら一年ぐらいで飲んでもいいだろうが……残りは死守するぞ」

「何本あるんだ？」

　陸奥さんに聞かれておっちゃんは考えるような顔をした。

「ひいふうみい、うーん……十本は下らねえんじゃねえか？」

「十本⁉」

　みなびっくりしたように声を上げた。まあ十本ぐらいはあるだろうなと俺も思う。なにせ三日に一匹はおっちゃんちに持ってきていたのだ。うちの周りでマムシがものすごく繁殖していたみたいだから、今思うとすごい危険地帯だったたな。ニワトリたちのおかげで一度も噛《か》まれなくて済んだけど。ニワトリさまさまである。ちなみに相川さんはうちのニワトリがマムシを獲っていたことを知っているので、声は上げなかった。

「どうやったらそんなに……」

山中のおじさんが信じられないというように呟《つぶや》く。

「昇平んとこのニワトリたちがよく捕まえてきてくれたんだよ。サワ山の住居辺りでマムシが大発生してたらしくてな。昇平もニワトリたちには助けられただろう」

「ええ、今考えるとぞっとする話ですね」

あれは本当に大発生だったのか人為的に放られた物なのかは今でもわからない。

そんなことを話してる間に準備が整ったらしい。シカ肉にはしっかり下味をつけてあるのでそのまま焼いて何もつけずに食べるようだ。脂身が全然ないので温かいうちに食べてね～とおばさんが言う。内臓やら野菜やらをもらってビニールシートの上に広げる。そうしてから畑にいるであろうニワトリたちを呼びに行った。

「おーい、ポチ、タマ、ユマ～。ごはんだぞ～」

山の近くにいるニワトリたちに声をかけた。なんでアイツらはそんなに山が好きなんだろうな？ そんなことを思っていたらニワトリたちがすごい勢いで駆けてきた。ドドドドド……という効果音がバッチリである。向こうにいる時は小さく見えたけどどんどん大きくなってくる姿はなかなかに怖い。パニック映画でも見てるようだなと思いながら俺も踵《きびす》を返して庭に戻った。

桂木妹がちょうどその光景を見ていたらしく目を丸くしていた。

「ニワトリちゃんたちすごいねー。おっきいから迫力あるねー！」

怖いとは思わなかったんだろうか。やっぱり桂木妹は面白いなと思った。

ニワトリたちはビニールシートの方に駆けてくると、一瞬俺の方を見た。

「食べていいぞ！」

許可を出すと一斉にがつがつと食べ始める。うん、この光景も怖い。俺はそっと目を逸《そ》らした。山中のおばさんが目を剥《む》いていた。すみません、うちのニワトリが本当にすみません。

縁側に近づくと相川さんが缶ビールを渡してくれた。

「相変わらずすごい勢いですね。パワフルで元気をいただけますよ」

そういう言い方もあるのかと感心した。プルタブを下げるとプシュッといい音がした。ごくごくと飲む。これだよ、これと思った。すでに乾杯は済んでいたらしいのでもう無礼講である。秋本さんと結城さんが焼いている肉を眺めながらああでもないこうでもないと言っている。

肉が焼けた頃に川中さんと畑野さんが到着した。

「あーもうずるいよ～。なんで平日なんだよ～」

まだ川中さんが文句を言っていた。仕事をするってたいへんだよなと思う。

「有休とかとらないんですか？」

「うちの会社の場合そんな大そうなものは年末年始とお盆の頃にしかないんだよ～」

「そうなんですか」

それって労働基準法違反なのでは。まあ俺には関係ないからいいか。

一晩置いたシカ肉は思ったよりも柔らかく食べやすかった。イノシシは相変わらずうまい。イノシシの肉はまた少し分けてもらえることになった。

明日は狩猟チームも休むけど、三日後ぐらいからはうちの山に来てくれるという。まずは様子見だろうがそれもまた楽しみだ。

川中さんがどうにかして桂木姉妹に近づこうとするのを畑野さんが止めている。結城さんもちらちらと桂木姉妹を見ていたが声をかける勇気はなさそうだった。あの二人かわいいもんな。

そんなこんなで宴会はけっこう遅い時間まで続いたのだった。


……酒は飲んでも飲まれるな。

雰囲気に負けた。今朝は久しぶりに二日酔いである。

「朝だよー！　おにーさん起きてー！」

「……ううう……」

桂木妹がスパーン！　と襖《ふすま》を開けて起こしにきた。二日酔いの頭にはひどい仕打ちである。しむ、死んでしまう……。

「おーきーてー！」

鬼がいる。

「ちょ……う、う……しず、かに……」

うるさいと言いそうになったがどうにか堪《こら》えた。俺は大人なんだ俺は。未成年のお嬢さんを怖がらせてはいけない。

「おにーさん、もしかして二日酔い？」

「……ああ……」

トーンを落として桂木妹が聞く。俺はどうにか返事をした。頷《うなず》くのもつらい。

「ごめんね～。来れたら居間に来てね？」

「……ああ……ありがとう……」

悪気が全然ないのだとわかってほっとする。うん、いい子だ。陸奥さんと戸山さんはまだ気持ちよさそうにいびきをかいて寝ている。よく起きなかったなと思った。気持ちよさそうなその様子にほんの少しだけ殺意が湧いた。

「みず……」

人んちで這《は》って進むのもどうかと思う。どうしようかなと思っていたら相川さんが来た。お盆に水の入ったコップが。

「おはようございます。二日酔いも久しぶりですね」

「……ありがとうございます」

水をもらって、少し落ち着いてから居間に向かった。顔は相川さんがわざわざ温めたタオルで拭《ふ》いてくれた。アンタは俺の嫁かなんかか。

「すみません、自分で顔を洗うのはたいへんかなと思いまして」

気遣いが過ぎる。

「……ありがとうございます」

でも確かに洗面所に立って顔を洗うことを考えたら気が遠くなったので、相川さんの気遣いってすごいなと思った。ようは俺が考えすぎているんだろうと忘れることにした。

居間に行くとおっちゃん、おばさんと桂木姉妹がいた。

「おはようございます……」

「おう、昇平。二日酔いだって？」

おっちゃんがガハハと笑う。ここにも鬼がいたようだ。頭がガンガンする。思わず頭を押さえた。

「昨夜《ゆうべ》けっこう飲んでたものねえ。大丈夫？」

「ええまあ……」

全然大丈夫じゃないけど大丈夫と答えなければいけない場面だ。俺は苦笑した。そこで昨夜のことを思い出す。

「……あ。昨夜は片付けとかしていただいてしまって、すみません。ありがとうございました」

けっこう飲むペースが速かったせいか、ビニールシートの片付けをしようと思った時には酔いがかなり回っていたのだ。誰かが片付けてくれていた気がする。

「佐野さんがご自身で飲んでいたっていうのもありますけど、あれは調子に乗って飲ませた川中さんが悪いんです。だから大丈夫ですよ」

相川さんがにっこりした。なんか怖い。

この話の流れだと川中さんが片付けてくれたんだろうか。後でお礼の電話を入れておかなければ。

「まあなあ……自分が飲めないからって昇平に絡むのはいただけねえな」

おっちゃんが苦笑する。川中さんが俺に絡むのってそれだけが理由ではなかったと思う。そういえばあの後どうなったんだろう。

「……相川さん、俺けっこう早めに潰《つぶ》れたような気がするんですけど……」

桂木姉妹に直接聞いても遠慮して真実は話さない気がするので、おそるおそる相川さんに声をかけた。

「畑野さんがけん制していましたから大丈夫でしたよ」

相川さんも俺が聞きたいことを先回りして答えてくれた。察しがいいって素晴らしいよな。

「……それならよかったです」

あとで畑野さんにもお礼の電話を入れなければ。

「……昇平はなんだかんだ言って気にしいだな」

「？　そんなことはないですよ？」

おっちゃんに言われて首を傾げた。そんな会話をしている間に二日酔いもどうにか去っていったらしい。おばさんが用意してくれた梅茶漬けを食べて幾分元気になった。梅のさっぱりした味がいいんだなと思う。

そういえば、と桂木さんに声をかけた。

「週末からN町に行くんだって？」

「そうなんですよ。もうウィークリーマンションを借りたんです」

桂木さんがふんすと答えた。

「ええ？　ウィークリーってけっこう共用部分多くない？　大丈夫？」

「女性のみのウィークリーマンションなんで大丈夫です。連れ込みは禁止なんで」

「そうか。問題ないならいいけど、なにかあったらすぐ連絡してくれよ」

何事も例外はある。しっかりしているようで桂木姉妹には隙があるから心配なのだ。桂木さんがはにかんだ。

「もー、佐野さんてば心配性ですね～」

「女の子二人なんだから用心するに越したことないだろ」

当たり前のことを言ったら二人は俯《うつむ》いてしまった。なんか俺やヴぁいこと言っただろうか。

おばさんが嘆息した。

「……もー、昇ちゃんってば……」

「こういうところですよね……」

「こういうところだよな……」

おばさんとおっちゃんの気が合うのはわかるが、なんで相川さんまでわかりあっている風なんだろう。ムッとしたら陸奥さんと戸山さんが起き出してきたのでそこでその話は終わってしまった。

今朝はタマとユマが卵を産んだので、玉子焼きになって出てきた。みんなして「濃厚でおいしいなぁ」とほんわかした。おばさんの味付けも絶妙なのだろうが、やっぱり素材の味だろうか。

「これが毎朝食べられるなんて佐野君は果報者だな」

なんて陸奥さんに言われてしまった。ええ俺もそう思います。

ちなみにニワトリたちは早々に野菜類を食べて畑の方へ駆けて行ってしまったらしい。頼むから勝手に山を登ったりしないでくれよと思った。

帰り際に、お土産にとイノシシ肉をいくらかいただいた。とても助かる。陸奥さんたちにありがとうございますと頭を下げた。

「本当にシカはいらねえのか？」

陸奥さんに聞かれて頷いた。

「俺じゃうまく臭みとかの処理もできないので。おいしく食べられる人が食べてくれるのが一番です」

「この間もそんなこと言ってなかったか？」

おっちゃんに突っ込まれたが、シカは本気でうまく調理できる気がしない。ニワトリたちの分はいただいたが俺の分は本当に大丈夫です。自分で調理してまずくなったら泣く。

ちなみにシカの皮などは秋本さんがもらうことにしたので、シカの分の解体費用はチャラになったそうだ。きれいになめして売るのだとか。

相川さんはけっこうな量を持って帰れるようだった。リンさんの分がほとんどなのだろう。人があまり食べないような部位もかなりもらったようだった。

「骨以外ならけっこうなんでも食べますから。きちんと秋本さんが解体して確認してくれているので獲物に病変もないことはわかっていますし。おかげで安心して食べさせられますね」

相川さんはご機嫌だった。リンさんやテンさんは丸のみしてしまうぐらいだから骨も溶かしてしまうらしいのだが、やはり突き刺さったりする危険性はあるようだ。そういうのが取り除けるなら取り除いた方がいいのだろう。

陸奥さんたちは改めておっちゃんたちに挨拶《あいさつ》し、そこで一旦《いったん》おっちゃんちの山での狩りは終わった。後はまた何かあったら連絡する形になるようだった。

「佐野君、早ければ明後日《あさって》になるか、遅くとも明々後日《しあさって》にはそちらへ行く。今回は何も用意しなくていいからな」

陸奥さんはそういうけど、本当に何も用意しないでいいなんてことはないだろう。まだ煎餅《せんべい》あったかな。

「はい」

一応返事はしておいた。幸先よく沢山獲物が捕れたのでみなご機嫌である。

「いやー今年は豊猟だな。町の料理屋も喜ぶんじゃねえか？」

「そうだねえ。いい小遣い稼ぎになるねえ」

陸奥さんと戸山さんがそんなことを言い合いながら帰っていく。町の料理屋ってどうするんだろう。直接卸しにいったりするんだろうか。

俺と相川さん、桂木姉妹も暗くなる前に表へ出た。

「おにーさんに会えなくなるのさびしー」

「おにーさんはさびしくない？」

「免許取るのがんばってね」

「元々そんなに会ってないだろ」

桂木妹は相変わらず面白い。

「あのな、俺にはそういうこと言ったってその気になることはないからいいけど、その気もない相手にそういうこと言うなよ？　かわいいから勘違いする奴《やつ》出てくるぞ」

「……おにーさんだったらいいのに」

「大人をからかうなよ。何も出ないぞ」

「ちぇー」

桂木妹は口を尖《とが》らせた。

ついつい笑ってしまう。実際桂木妹は寂しいのだろう。でも相手は俺じゃなくてもいいはずだ。人懐っこくてかわいい。側にいてあげたくはなるけど、その相手はきっと俺じゃないって思うからその手は取らない。早くいい男に出会えればいいと思う。今度は束縛強いストーカーみたいな男じゃなくて、本当に大事にしてくれるようなさ。

ふと視線を感じてそちらを見れば、桂木さんがちょっと困ったような顔をしていた。目が合った途端こちらに近づいてくる。見なきゃよかったと後悔した。桂木さんがどうのというわけじゃなくてまだその、女性はな……。

「佐野さん、リエも一緒にどこか出かけましょうよ」

「……どこへ？」

「S町のショッピングモールとか！」

「却下」

悪いけど女性の買物に付き合う気はない。姉と母の買物の付き合いでそこは懲りたのだ。

「ええ～？　じゃあおいしいもの食べに行きましょうよ～」

「昨日散々うまいもの食べたじゃないか」

「そういうのじゃなくて～」

言ってることの意味はわかる。多分外食したいんだろうなと思う。村の中だけじゃなくて気分転換したいのだろうと思う。でも俺、出かける時はユマが一緒だしな。レストランなどの場所に入ることは当分ないだろう。

「俺が出かける時はユマも一緒なんだよ。諦《あきら》めてくれ」

「そんな～。佐野さんが冷たい～」

冷たいとは人聞きが悪い。また視線を感じてそちらを見ればポチとタマとユマがいつになったら帰るの？　って目で俺を見ていた。これ以上待たせたら今度こそおっちゃんちの山を登りそうだ。それはまずい。

「おばさんと行ってくればいいだろ。その方がきっと楽しいって」

そう笑ってから思い出した。

「出かけるとかはしないけど、そういえば家がすごく寒いみたいなこと言ってなかったか？」

桂木妹が目を見開いた。

「そうっ！　そうなんです！　おねーちゃんのとこ、すっごく寒いの！　……おにーさん、どーにかできない？」

すごい剣幕だった。俺は桂木さんを見る。俺の手がどうとか散々心配してくれたが、家の中が寒いのはもっとやヴぁいんではないだろうか。（五十歩百歩とかいう言葉は知らないことにする）

「そ、そこまで寒くはないかなーって……」

桂木さんが目を逸らした。

「でも妹が寒がってるよ」

「週末には移動しますし……」

「ずっとウィークリーマンションにいるわけじゃないんだろ？　いくらなんでも三月には戻ってくるよな。三月も、山って寒いよね？」

相川さんが少し離れたところでうんうんと頷《うなず》いている。確か桂木妹が免許を取得したら戻ってくるようなことを言っていたから、そうなるとどんなに遅くても二月の終わり頃にはこちらに戻ってくるんじゃないだろうか。よっぽど不器用とかでもない限り。

「えええー……」

「タツキさんも、すっごく寒いところで冬眠するより多少暖かいところで冬眠した方が快適なんじゃないか？」

「……ううう。佐野さん、見に来ていただいてもいいですか？」

桂木さんは両手で顔を覆うようにして観念した。

「いいよ。ちょっと断熱とかに使える物がないか探してみる。明日行けそうなら行く」

相川さんはにこにこしていた。そんなわけで明日は急きょ桂木さんのところへ向かうことになった。

桂木さんはひどく恐縮していたけど、俺も気になっていたからいいのだ。

すでに挨拶は終えているのであとは思い思いに帰るのみだ。

「ポチ、タマ、今日は見回りはなしだからな」

釘《くぎ》を刺したらタマにじいっと睨《にら》まれた。こりゃ帰宅したらつつかれコースかな。

それでもだめなものはだめなのだ。

「もう帰ったら暗いからさ。見回りは明日にしてくれ」

つっても桂木さんちに出かけるけど。そうしてやっと俺は帰路についた。

で、帰ってからどうなったのかって？　もちろんタマにつつかれたよ。すげえ理不尽だなって思った。

13　ナル山の家は寒いらしい

相川さんにＬＩＮＥで聞きながら必要そうなものを見つくろった。

うちも防寒とか、汚した時用とかで実はプラスチック製のプレイマットとかけっこう買ってある。

え？　どこに敷くんだって？　こたつの下とかだよ。その上に銀のシートを敷いたりしてこたつをセットするとすごく温まるのだ。銀のシートは家の壁に貼っても断熱になるみたいだから持って行くことにしよう。（相川さんが言っていた）

プレイマットは三十～四十センチメートル四方のジョイント式だ。これだと敷きたいところだけに敷くことができて便利だし、汚れたらそこだけ取って洗えばいい。ニワトリが居間に上がったりもするから生活の知恵である。

でも廊下にこういうの敷くと、ニワトリが滑ったりとか爪を引っかけたりして危ないから敷けないんだけどな。前に敷いたらタマとユマがいろいろ引っかけてたいへんだった。あの時タマにはつつかれまくって散々だったな。

思い出して遠い目をする。

おかげで使ってないカーペット類もいくつかある。どうせだからシート類などもまとめて持っていこう。使わなかったら持って帰ってくればいいし。

意外と物があるものだ。

「山は寒いから、女性には厳しいですよね」

相川さんがしみじみ言う。

「だと思います。桂木さんは慣れてるかもしれませんけど、リエちゃんには相当厳しいんじゃないですかね」

慣れてても寒いことは寒いだろうし、身体《からだ》を冷やすのは絶対によくない。それでまた他のことを思い出してしまった。

「そういえば、相川さんちのお風呂《ふろ》って半露天みたいな形ですよね。冬ってどうしてるんですか？」

相川さんちの風呂は屋根があるだけの露天風呂である。雨が降っても濡《ぬ》れることはないが、柱が四方にあるだけなので冬は相当寒そうだ。薪風呂だけどでかいから温まるまでに時間がかかるって言ってたし。

「うちですか？」

相川さんは自分ちのことを言われるとは思っていなかったみたいだ。

「ああ、今はさすがにお風呂に続く場所は板で囲ってますよ。風呂に入る時はいいですが、出た時に風が吹いたりしたら一気に風邪を引きますからね」

「そうですよね」

俺はほっと胸を撫《な》で下《お》ろした。相川さんが根性で耐えてるとか言わなくてよかった。なんというか、相川さんて時々超人じゃないかと思うことあるんだよな。（俺が失礼すぎる）

相川さんの家から風呂まではトタン屋根があり、足元はすのこで渡してあるのだ。だから雨の日でも濡れないで行けるけどそれだけなので壁がない。さすがにこの時期はすのこの部分を板で囲って壁を作っているみたいだ。さすがに寒いもんな。

つっても足元はすのこ……いや、人んちのことである。考えないことにした。

「明日は桂木さんちに行くけど行く人ー？」

「イカナーイ」

「イクー」

「イクー」

ポチが留守番、と。

「タマ、タツキさんは半分ぐらい冬眠してるような状態だからあんまりかまえないだろうけど、いいのか？」

「トーミン？」

タマがコキャッと首を傾《かし》げた。冬眠って言われても普通はわからないよな。つか、ニワトリが冬眠とかいう言葉を言われてわかってたらそれはそれで怖い。

「えーと、寒い時期は寝る時間が長くなる生き物がいるんだよ。リンさんとかテンさんもそうなんだけど、タツキさんも冬の間はほとんど寝てるんだって。そういうのを冬眠って言うんだ。その間はほとんど餌も食べないらしいよ。だから多分タツキさんは家の中にいると思う」

これで理解してもらえるかどうかはわからないけど、タマは「ワカッター」と返事をしてくれた。

そういえばリンさんテンさんはこの時期山から出てこないとは伝えてあるから、そういうものだと理解してくれたんだろう。本当に賢いよな。やっぱうちのニワトリたちの中ではタマが一番頭がいいんだろう。

「サノー」

「ん？　ユマ、どうした？」

珍しくユマに声をかけられた。ユマがコキャッと首を傾げる。

「リエー？」

「ああうん、桂木さんちだからリエちゃんもいるよ」

ユマは頷くように顔を前に動かした。そういえばユマって桂木妹のことかなり気にかけてるよな。なんでなんだろうか？

軽トラで桂木妹に抱っこされるようにして連れてきたから、気に入ったのかな。ユマの基準てものがイマイチわからない。

翌朝、先にタマに荷台に乗ってもらってから必要そうな荷物を詰め込んだ。隙間風とか埋める用のパテとかあった方がいいんだろうけど、さすがにそれは持ってなかった。今度ホームセンターに行くことがあれば買っておこう。まぁ、壁のところに銀のシートを貼ればなんとかなるだろう。見栄えが悪いならその上からカーテンでもかけてもらえばいい。とにかく寒さをどうにかすることが先決だ。

家を出る前に桂木さんにＬＩＮＥを入れた。

「今から出るよ」

「下の鍵《かぎ》、開けておきますね」

すぐに返答があった。

ポチは俺たちが出かける時見送ってくれた。

「じゃあ行ってくるなー」

さすがにタマのように足をたしたしさせたりはしなかった。タマのあれは出かけたいから早く行けというプレッシャーなんだよな。

「イテラー」

と言ってくれるのが嬉《うれ》しい。

玄関の鍵は開けてあるから大丈夫だ。万が一帰れなくても家の中には入れるだろう。

そういえば今までに何度か夜、帰って来られない時があったけど、帰ってきた時家のガラス戸は閉まってたんだよな。きっちりではないんだけどさ……ってことは閉められるんじゃないか。俺の部屋の襖《ふすま》も閉めていってほしいものである。

桂木さんの家の駐車場に軽トラを停《と》める。

やっぱここまで普通だと十五分ぐらいはかかるな。一度麓《ふもと》まで下りてからまた登ってくるのだからしかたない。

軽トラが着いた音が聞こえたのか、家から桂木姉妹が出てきた。

「おにーさん、おはよう。よろしくお願いします！」

「佐野さん、すみません。よろしくお願いします」

桂木妹は頭をぴょこん、と下げる。桂木さんも頭を下げようとするのを制した。そんな頭を下げられるようなことをするわけじゃないし。

「おはよう。タツキさんはどちらに？」

「家の中にいます」

「わかった。ニワトリが家に入っても大丈夫かな？」

「大丈夫です！」

タマが挨拶《あいさつ》したいかもしれないしと断っておく。

ユマとタマは俺の後ろからついてきている。桂木妹が少し身体を低くして、

「ユマちゃん、タマちゃん、タマちゃんおはよー。触らせてもらってもいーい？」

と声をかけた。

「イーイ」

「イイヨー」

ユマはともかくタマ？　と思った。そうしてからハッとして桂木さんを見る。

「ありがとー！」

桂木妹はゆっくりと二羽に近づき、わしゃわしゃと撫で始めた。二羽とも気持ちよさそうにしている。タマ、お前女子ならいいのか？（真面目に聞いたらつつかれそう）

「あっ、ええと……リエはタツキが話すのも知ってます」

「あ、じゃあ、いいか……」

ドラゴンさんが話してるんだもんな。だったらうちのニワトリがしゃべっててもそういうものだと思うだろう。って、それでいいのか？

無理矢理自分を納得させた。ツッコんだところでどうなるものでもない。桂木妹もそれなりに長

くこちらにいることになってしまうかもしれないし。

気を取り直して桂木さんの家にお邪魔した。土間ではドラゴンさんが寝そべっていた。その土間から一段上がったところが台所だ。

桂木さん曰《いわ》く、この家は以前この山を所有していた人の別荘だったらしい。元々人が長期間住むようにはできていないのだ。しかもその人は夏の間だけ来て絵を描いていたそうで、建物自体冬には対応していない。台風なども来るので基礎工事はしっかりしているみたいだが、とにかく壁があまり厚いとはいえなさそうだった。

ドラゴンさんは目を閉じていたが、俺たちが家に入ると少しだけ目を開けた。

「タツキさん、こんにちは。今日はちょっとお邪魔します。ニワトリたちが草や虫を捕ってもよろしいでしょうか？」

ドラゴンさんは緩慢に頷いた。

「ありがとうございます。タマ、ユマ、許可が取れたぞ」

タマには軽くつつかれた。言われなくてもわかってるわよ、と言いたいのだろう。確認してるだけじゃないか。

タマがドラゴンさんに近づいて軽くつつく。ドラゴンさんはまた薄っすらと目を開け、少し頷《うなず》くような仕草をした。タマはいつもよりは優しくドラゴンさんをつつき始めた。

あれって虫を捕るとかじゃなくてマッサージみたいなかんじなのかな。

「ユマはどうする？　周りにいてくれてもいいぞ」

「イルー」

ユマは桂木妹に撫でられるがままだった。すごい許しっぷりである。まぁ元々ユマが怒ることなんてあまりないけどな。

桂木妹はにこにこしながらユマを撫でている。

「ユマちゃんてホントーにかわいいねー。うちの子にならない？」

こらこら、ユマはやらんぞ。

「ナラナーイ」

「あははー、フられちゃったー」

でも桂木妹とユマは楽しそうである。なんつーか、子ども同士がじゃれてるかんじ？　桂木妹もかわいいはかわいいんだけど、子ども枠なんだよな。俺が保護者気分だからなんだろう。

「桂木さん、ちょっと壁を触ったりしてもいいかな？　それから、こたつの下には何か敷いてる？　こたつ敷きだけ？」

この家にもこたつはあるし、石油ストーブもある。狭い家の中でそれだけあればそこまで寒くはならないはずなんだが、なんというかうちの居間に比べるとすごく寒い。やっぱうちの壁には断熱効果があるんだろう。山倉さん、ありがとうとしみじみ思った。

「こたつの下はカーペットとこたつ敷きだけです」

一応カーペットは敷いてあるからこたつの中に入ればそこまで寒くはなさそうだ。ただ台所部分はキッチンマットだけなんだよな。なんだったら全体的にジョイント式のフロアマットを敷き詰めてみたらどうだろう？　その上にキッチンマットを敷けば大分違うはずだ。

壁に触れる。薄くはないけど、暖かさはない。やっぱり銀のシートを貼った方がいい。窓も二重サッシではなさそうだ。窓の曇りガラスの部分にシートを貼るだけでかなり違うだろう。配管の周りなども隙間がないかどうか確認する。

結論として、冬用に作られた建物ではないから冬は特に寒いみたいだ。

「一応こういうのを持ってきたんだけど、試してみる？」

「はい、やってみます」

銀のシートをとりあえず壁に腰ぐらいの位置まで貼ってみる。

「色とかが気になるようならカーテンとか用意してくれ。それだけで大分違うだろうから」

「はい」

こたつをどかして掃除機をかけ、ジョイント式のフロアマットを持ってきた分全て敷いてみた。壁際一メートルぐらい足りないかんじだが、この分は自分たちで用意してもらおう。N町のホームセンターに行く場合は付き合ってもいい。

「はー……暖《あつた》かい気がするよー？」

桂木妹が喜ぶ。俺はジトーッとした目で桂木さんを見た。桂木さんがスススと目を逸《そ》らす。やっぱり妹の訴えをスルーしていたらしい。

「暖かいねー」

「アッタカイー？」

桂木妹はユマとじゃれている。タマはある程度ドラゴンさんをつついたら表へ出て行った。寒いのにご苦労なことである。

「ニワトリちゃんたちって寒さとかはどうなの？」

「ドウー？」

ユマがコキャッと首を傾げる。桂木妹に向き合ってて本当にユマはえらい。

「寒さはそれほどでもないらしいんだけど、強風は苦手みたいだよ」

「強風は誰でも嫌だよねー」

確かに、と反省する。もっと早く幌《ほろ》の存在を俺が思い出せばなぁ。春の頃はそれほど寒くなかったし、二羽ぐらいなら助手席に乗せられたからすっかり忘れていたのだ。

「おねーちゃん、ユマちゃんとこたつに入ってもいーい？」

「足だけ拭《ふ》いてあげればいいわ」

「ユマちゃん、こたつに入ろー」

「ハイルー」

フロアマットを敷いた上にカーペット、そしてこたつ敷きという三枚のおかげでかなり暖かくなったみたいだ。

「わー、足元ちょっと冷たいって思うことあったけど……すっごく暖かい。おにーさんありがとー！」

「前より暖かくなったならよかったよ」

女子は特に身体《からだ》を冷やしたらいけないからな。内心ほっとした。これでダメなら壁に全部断熱材を入れなければいけないところだ。そんな作業はさすがに俺にはできない。

ちら、と相川さんやおっちゃん、陸奥さんたちの顔が浮かんだ。

そういうの頼んだらあの辺は嬉々《きき》としてやりそうだよな。しかも材料費だけでいいとか言い出しそうだ。桂木さんに予算があるなら、ちゃんとしたところに頼んだ方がいいだろうけれど。

「ありがとうございます。足元、全然違いますねー。お昼用意するので食べていってください」

「ありがとう、いただいてくよ」

俺としては部屋の肥やしになっていた物がはけて助かった。家が広いからとそれなりに買い込んでいたのである。ホームセンターが近くにあるわけじゃないからしょうがないよな。と、自分に言い訳をしてみた。

「佐野さんてこの漬物でも大丈夫でしたよね」

「古漬け？　ありがたくいただくよ」

桂木さんは覚えていてくれたらしい。

喜んでいただくことにした。白菜の古漬けにきゅうりのぬか漬けである。かぶもうまい。ユマには小松菜と水が出てきたが、ユマはこたつから出た。

「ユマちゃん、そこで食べてもいいよー？」

桂木妹が言ったが、ユマは土間に下りた。食べる時は土間と決めているみたいだ。俺が掃除しないとかよく言ってるからだろう。頭を掻《か》く。

「桂木さん、新聞とかある？」

「はーい」

新聞紙をもらってそこに水と小松菜を置かせてもらい、ユマに食べてもらった。食べている時の破片なんかもそうなんだけど、水以外だとけっこう羽も汚れたりするからな。自分が汚れるのが嫌ってのもあるんだろう。

「……おにーさんとこのニワトリちゃんたちって、ホントーにしっかりしてるよねー」

桂木妹が目を丸くして呟《つぶや》く。

「ああ、いつも助かってるよ」

「リエにも誰か来てくれるかなー？」

「それはどうだろうな」

俺とか桂木さんみたいに規格外の動物を飼ってしまったら山で暮らす他ないだろう。でも桂木妹がそんな暮らしを何年も続けていけるかと考えたら、悪いけど無理じゃないかと思った。堪え性がないとかそういう意味じゃない。なんだか、桂木妹はここに永住するようにはとても思えないのだ。根拠はないけど、桂木妹はいずれ町へ帰っていくのではないかと思う。

ただ、それまでにどれだけかかるのかはわからない。もしかしたら桂木さんみたいに年単位かもしれないし。でもできるだけ早く帰れたらいい。きっとここよりも素敵な出会いが待っているはずだから。（根拠は全くない。大事なことなので二度言いました）

「お待たせしました～」

「おー、おいしそう」

桂木さんが用意してくれたのはシシ肉をミンチにしたものを肉団子にした鍋《なべ》だった。みそ味である。

「せっかくシシ肉をいただいたので、ちょっと使ってみました」

「みそ味だと臭みがなくていいな」

「これなら食べやすーい」

桂木妹も喜んでいる。シシ肉、と聞いてユマがじっと俺たちの方を見た。

「ユマちゃん、少ないけど食べる？」

桂木さんが一口大に切ったシシ肉を少しユマに出してくれた。

「アリガトー！」

ユマ、大喜びである。どんだけうちのニワトリは肉食なのか。羽をバッサバッサ動かして喜ぶ様子に、みんなでにこにこしてしまう。

「桂木さん、ありがとう」

「いえいえ～。今年はいっぱいいただいてますからね。リエと二人でもとても食べ切れないんで、ちょうどよかったです」

「女の子はそれほど食べないかな」

「おいしいんですけどね～」

白菜とか冬野菜もいっぱい入っていておいしかった。小さい頃は春菊が苦手だったけど、今食べるとすごくうまいんだよな。これが大人の味覚ってやつなんだろうか。そんなことを思いながら大根の煮物をいただいたりもした。飴色《あめいろ》の大根って最高だよな。きんぴらごぼうは湯本さんちからいただいてきたと言っていた。

昨日が宴会の翌日だったわけで。帰ってきてからこうやって料理の準備をするのもたいへんだっただろう。大根の煮物は昨日作ったっぽいし。

こうやって料理とか、そういう作業の手間を考えられるようになったのもここに来てからだ。俺も少しは成長しているんだろうか。

「佐野さんのおかげで、今年からは暖かく過ごせそうです」

「……あんまり言いたくないけど、身体は冷やさないように過ごしてくれよ」

「そうですね……なんか私、いろいろだめですね」

そんなことはないと思う。ただ、家の中の防寒はもう少し考えてほしかった。冷えは本当によくないから。

いくら村の人に山の手入れを頼んでいるとはいっても女性一人ではたいへんだったのだろう。俺も助けてくれる人がいるから空き家の解体だってできたけど、一人だったら何年でも放置することになったかもしれない。

やはりこういうのにはきっかけが必要なのだろうと思った。

「おねーちゃんにはリエがついてるからね！」

「もう、何を言ってるのよ」

胸を張って言う桂木妹に、桂木さんがコロコロ笑う。

タマが戻ってきた。桂木さんはタマにも小松菜とシシ肉を出してくれた。

「アリガトーー！」

タマもすごく喜んでいただいていた。まさかここでももらえるとは思っていなかったんだろう。よっぽど嬉《うれ》しかったのか、尾がびったんびったんと揺れていた。頼むから家に当てて壊したりしないでくれよ。

「なんかあったらまた声かけてくれ。でも、もう週末にはN町に移るんだっけ？」

「はい。そろそろ雪も降りそうですし。家は暖かくなってよかったとは思うんですけど、雪が降ると運転が危ないので」

「うん、下りた方がいいと思うよ」

慣れない雪道で運転するなんて危ないことは止《や》めてほしい。なにせここは山だ。ドラゴンさんを見ると、穏やかな顔で寝ているみたいだ。少しは家の中が暖かくなったと感じてくれればいいなと思う。

「ユマちゃんに会えなくなるのさびしー」

桂木妹がユマに抱き着いて別れを惜しんでいる。タマもそっと寄り添ってあげているのが印象的だった。本当に珍しいこともあるものである。

「雪がそんなに降らなければ様子は見に来ますけど……」

桂木さんが苦笑する。

「無理はしない範囲でさ、来れるといいな」

「はい」

大根うまいなと言ったら大根の煮物を大量にもらってしまった。だからどうしてそんなに量を作るのか。いっぱい大根をもらったにしても限度ってものがあるだろう。俺はありがたくもらうけどな。

「またなー」

と手を振って山に戻った。

まだ明るい時間だったから、タマは帰宅してそのままツッタカターと遊びに行ってしまった。この寒いのに、ホント元気だよなー。

一応夜、相川さんに報告がてらＬＩＮＥを入れた。

「そんなかんじだったんですか。まぁ、一人でいて誰にも話を聞けないとそんなものかもしれませんね」

「そんなもんですかね？」

「湯本さんちもそれほど暖かいとは言えませんし、きっと山中さんのお宅も寒いんじゃないですか？」

「ああ……」

昔ながらの家だとどうしても冬は冷えるんだよな。長年住んでるとそういうものだと思ってしまう典型なのかもしれない。桂木さんも山だから特に寒いんだぐらいに思っていたのかもしれないな。先入観とは恐ろしいものである。

「そういえば、ユマがやたらとリエちゃんのことを気にしてるんですよね」

今日も帰る時ユマは名残惜しそうに見えた。

「……あくまで想像ですけど……ユマさんにとってリエさんって、妹とか、小さな子ポジションなんじゃないですか？」

「あー……」

確かに扱いがそんなかんじかもしれない。出会い方も関係してるんだろうな。

最初から友好的で積極的に関わってきた桂木妹である。桂木さんの妹だから悪い人には見えないだろうし、動物って自分をかわいがってくれたりする人がわかるっていうよな。桂木さんはドラゴンさんがいるからうちのニワトリたちに積極的とは言えない。そこが違うのかもしれなかった。

「なんか納得しました」

「あの……あくまで僕の想像ですからね」

念を押されてしまった。

別に言ったりしませんって。

そっか、やっぱ妹とか、小さい子ども扱いか。

次に桂木姉妹に会えるのは桂木妹が免許を無事取得してからだろうか。マニュアルだからどれぐらいかかるんだろう。ま、いくらなんでも春まではかからないと思いたい。

「ちょっと、寂しくなるな」

呟いた。

桂木妹っていうより桂木さんの姿が見られないのはな。

まぁただ、そんだけだけど。

ユマがコキャッと首を傾げた。ユマはかわいいよなって羽を少しわしゃわしゃさせてもらった。

ホント、癒しだよなぁ。

「ちょっとごめんな」

そっと抱きしめさせてもらう。もうかなり大きいから、それほどしゃがまなくても腕の中に納まる。

「ゴメンー、ナイー」

俺はやっぱニワトリがいればそれでいいや。

しみじみとそう思ったのだった。

書き下ろし「冬眠中はこう過ごす」テン・リンの場合

ニシ山に住んでいる大蛇のテンは冬眠する。

リンは厳密には冬眠しないが近しい状態にはなる。たまに餌を捕りに出かけたりもするが、基本は相川の家の土間で寝ていることが多い。

さて、テンである。

テンはニシ山に元々あった小屋で冬眠することにしている。これは相川が見つけたものだ。山の北側の、裏山にほど近い位置にあるこの小屋は、元々狩猟用に建てられたものではないかというのが相川の見解だった。相川の前の所有者の家族が昔建てたものではないかと思われる。

見つけた当初は荒れていたが、それを相川が器用に修理をし、柱も太くし、屋根もそう簡単には壊れないように補強した。相川ほどの技術があれば一から作っても大して変わらなかったのではないかとテンは思ったが、元からある物を修理した方が楽なのだと言っていた。

それはテンの為《ため》に修理されたわけではなかったが、テンが冬眠すると相川が知ったことでそこが冬眠中の居場所となった。

「普段は鍵《かぎ》はかけないから、好きに出入りしてくれてかまわない。でも裏山に向かう時は気を付けてほしい。冬の間は僕たちが狩猟をしているかもしれないからね。一応裏山に人が入っている時は鍵をかけるからな」

相川はなかなかに慎重である。確かに相川の知り合いを驚かせるのはテンも本意ではない。

「ココロエタ」

テンは頷《うなず》くように首を動かした。

秋が深まってきた。そろそろ冬眠の季節である。

冬の間はニシ山とその裏山が無防備になる。それが心配といえば心配だった。

「アイカワ」

「ん？　そろそろ冬眠か？」

「ムリハセヌヨウニ」

「……ありがとう、テン。テンが眠ってしまうと、寂しくなるな」

相川が力なく笑う。

「リン、イル」

「わかってるよ。でも毎日姿を見ていたのに見られなくなるってのは違うんだ」

冬になると、人も弱るのだろうかとテンは考える。

「……マモル」

「え？」

冬眠というのは、食糧が少なくなる冬を乗り切る為の生き物の知恵だ。体温を低下させてじっとして眠ることで、食べなくても越冬できるように進化したのだ。

だからテンとしては、眠くはなるし動きは鈍くなるものの、冬眠しなくてもいいのである。（ただし身体《からだ》は眠たがっている）

「テン、どうしたんだ？」

「マイル」

「うん、用意するから待ってくれ」

相川は小屋に布団などを敷き詰めた。少しでもテンが快適に過ごせるようにと考えているようだ。

これはやはり守らなければならないとテンに思わせるのは十分だった。

やがて霜が降り、本当の意味で動くのが億劫《おっくう》になってきた。

テンは忌々しいと思いながらもズズッズズッと身体を動かして小屋へ移動した。相川がついてきて、小屋の布団へ上がる前にテンの身体を拭《ふ》いたりした。本当に相川は至れり尽くせりである。

「テン、おやすみ。春になったら見に来るよ」

「…………」

そうしてテンは身体を丸め、目を閉じた。

それから、どれほどの時間が経《た》ったろうか。

テンは嫌な気配を覚えて目を開けた。舌を出し、空気の流れなどを確認する。小屋の中だからそんなことをしてもわからないはずだが、テンにはわかった。

ああ忌々しいと思いながら、動きの鈍くなった身体をズズッ、ズズッと動かして北へ向かう。普段ならそこまで遠くの気配は誰も感じられないはずなのだが、ニシ山と裏山を縄張りとしているせいかそこへ入ってこようとする物に対しては鋭敏であった。

移動にもなかなか時間がかかる。

そうして、裏山と更に北の山との境でそれを見つけた。

それはたまたま目覚めたらしく、まだ寝ぼけているように見えた。時折こうして、冬の間も動きだしたりするのだ。

シャアアアアアア――――ッッッ!!

テンはその姿を見た途端、鎌首をもたげて威嚇した。

そのこげ茶色の毛を持った生き物はクマであった。テンが見回りをしている為相川の土地に入れたことはなかったが、こうして北の山から流れてくることは稀《まれ》にある。

クマは驚いてその場で転び、テンの姿を認識するとほうほうの体で北の山に逃げて行った。さすがに手を出していい相手とそうではない相手がわかるらしい。

テンは息を吐き出した。

始末するのはかまわないが、今の時期はあまり食欲が湧かない。

だが、倒したら相川に持って行けばいいかとも思い直した。テンの姿を見て襲ってこようと考える生き物はまずいないのだが。

テンは尾を少し振りながら、小屋へとまたえっちらおっちら戻ったのだった。身体の動きが鈍いから移動も一苦労である。

こうして、相川の土地が守られていることはみな知らない。

冬の間、リンは半分眠ったように過ごす。

寒い時期は身体の動きが鈍くなるので買い出しに付いていくこともない。ちょっとユマに会えないのは寂しいが、こんなに眠い状態だとまともに相手もできないのでしょうがないと割り切っている。

一つ困るのは、身体をほとんど動かさなくなるので擬態した腕と手の動きが鈍くなることだ。筋肉というのは使わなければ衰える。なのでリンは春になると腕や手が動くように練習を始め、秋前にはあまり不自由なく動かせるようになることをくり返していた。相川が思っているよりもはるかに、リンは努力家なのである。

「リンももう寝るのか」

「……ネル」

「寂しくなるな」

「……ヨクナイ」

寂しいのはよくないことだ。それはリンもよく知っている。

「サノ、アソブ」

「そうだね。佐野さんに遊んでもらおうかな」

相川は力なく笑んだ。リンは相川の頭を抱きしめた。相川がとても寂しがり屋だということをリンはよく知っていた。

「リンは優しいな。佐野さんも言っていたよ。リンは優しいって」

「ソウ」

相川は佐野と一緒にいたら寂しくなくなるだろうかとリンは考える。

山が隔てなくて一つなら、リンは相川をニワトリたちに頼むこともできるのにと思った。そんなことができないことも知っているけれど。

コンクリートで打ちっぱなしの土間に相川は布団を敷いた。ここがリンの過ごす場所である。

「汚したら取り換えるから気にしないでくれ」

「ヨゴス、ゴメン」

先にリンは謝っておいた。

「獲物はたまに食べたりするんだろう？　かまわないよ」

相川はわかったようなことを言っていたがそういうことではなかった。

リンは相川の部屋がどこにあるのかも知っている。冬眠の時期は全てリンが寝ぼけたように振舞えばいいのだ。

夜中にふと目覚めた時、リンは相川の部屋に移動してまた寝たりもする。

「うわあああああ⁉」

悲鳴が聞こえて、リンはうるさいと思った。

「……アイカワ、ウルサイ」

「また、寝ぼけたのか……」

「……ドコ？」

リンはゆうるりと身体を動かした。相川の顔が見える。またつい相川の布団まで来ていたようだ。

あの広い土間も悪くはないが、相川の顔を見れると安心するのだ。

「……心臓に悪いからほどほどにしてくれ」

そう言いながらも相川は怒らない。一緒に土間に移動して、リンの身体を拭いてから布団をかけてくれたりする。

まめで優しいのは相川ではないか。

今年の冬はまた佐野が泊まりに来るらしい。それで相川が寂しくなくなればいいなとリンは思ったのだった。

書き下ろし「冬眠中はこう過ごす」タツキの場合

佐野にドラゴンさんと呼ばれている大トカゲのタツキは冬眠する。

冬眠場所は桂木姉妹が住む家の土間の部分である。タツキはコモドオオトカゲと思われていたらしいが、実際は違う。コモドオオトカゲは冬眠はしない。ではなんだと言われてもタツキ自身は自分がなんだか知らない。

タツキは桂木実弥子に買われてから、彼女を守るべき存在だと認識した。

守る為《ため》にはどうしたらいいのかと考えた時、でかいのは強いと思った。だからでかくなっただけである。皮膚がワニのようにごつごつしているのも、長くて頑丈な尾があるのも全て実弥子を守る為だ。

しかしそれによる弊害もあった。

冬眠である。

身体《からだ》がでかいということはそれだけ食べる量も多い。食べ物が少ない時期を乗り越える為に、身体が冬眠を必要としたらしかった。

冬は身体の動きが鈍くなるし、どうしても眠い。

「タツキ、大丈夫？　タツキ、タツキ……」

最初の年の冬、タツキが冬眠するとは思っていなかった実弥子は狼狽《ろうばい》した。世話になっているという山中のおばさんとやらにわざわざ来てもらったりもした。

「実弥ちゃん大丈夫よ。これはきっと冬眠じゃないかしら」

山中のおばさんは笑った。実弥子にいろいろ状況を聞いてからそう判断したらしい。

「冬は食べ物が少なくなるじゃない？　身体も冷えるし。だからこれは生き物が生き延びる為の進化なのよ」

山中のおばさんはそう言って実弥子を慰めた。そうなのかとタツキも納得した。

「実弥ちゃん、冬の間はうちに来なさい。タツキ君に関してはたまに見にくればいいわ。元々タツキ君は、獲物は自分で捕っていたんでしょう？」

「はい……」

山中のおばさんが冬の間は実弥子の面倒を見てくれるらしい。タツキはほっとした。実弥子を一人にすることは、タツキには耐えがたかった。

土間に干し草を敷いてもらい、その上に乗る。これならなかなか快適に過ごせそうである。

「タツキ、汚してもいいからね」

そう言って実弥子はタツキに薄手の布団もかけた。

タツキはシカもイノシシも狩れるぐらい強いのに、実弥子はタツキのことをとても心配する。それは寒い冬でもタツキの心を癒してくれる大事なものだ。

「雪が降らなければたまに見にくるからね」

山中のおばさんに連れられて、実弥子は振り返り振り返り行ってしまった。タツキはそうして、春を迎えるまで実弥子への思いを抱えたまま眠っていた。時折目覚めた時は実弥子がいて、

「あ、タツキ。起こしちゃった、ごめんね」

そう言って彼女はタツキを優しく撫《な》でた。タツキが目を開けたことでほっとしたらしい。実弥子はとても嬉《うれ》しそうな表情をしていた。

冬は寒くて嫌いだが、こんな実弥子が見られるならばいい。


今年の冬は実弥子の妹のリエもやってきたせいかどうも騒がしい。

リエは隣山の佐野のところのニワトリたちに気に入られたようである。リエも守るべき者だ。守る対象が増えてしまったが、実弥子の笑顔が見られるならそれでいいとタツキは思ったのだった。

書き下ろし「ひよこが少し大きくなりまして」

ひよこの首が伸びた。

ちょっとひよこらしさが抜けてきたかんじである。それでもうちのポチ、タマ、ユマはとってもかわいい。

まだ塗られた色は落ち切っていない。けっこう長くついているものだなと感心してしまう。

「順調に成長してるな～」

俺としてはまだ小さくてもいいのだが、生き物の成長を止めようとは思わない。

「おっきくなれよ～」

そう言って撫でたのがタマだったせいか、つつかれてしまった。つついてくるのもかわいいなー。

今はひよこが何をしてもかわいいのだ。しかしちょっと目を離した隙にポチが駆けて行くのがちょっと困りものではある。

家から脱走するだけならいい。問題は表に出してからだ。

日光を浴びるのも大事だよなーと晴れている日は表に出している。ユマは俺の側《そば》にいることが多いが、ポチはどこまでも駆けて行こうとする。タマはマイペースに駆けたり、草が生えているところで休んだりしている。

「こーら、ポチ。行きすぎだぞー」

空き家が気になるらしく畑を越えて行ってしまうのだ。空き家の前でこれなーに？　というように首をコキャッと傾《かし》げている姿がかわいい。

そこを捕まえた。

ピィッ、ピピィッ！

ポチに抗議されたが空き家には俺も入っていないのだ。もしかしたら蛇とかが冬眠しているかもしれないから危ない。成長しているとはいってもまだうちのひよこたちは小さいのだ。簡単に食べられてしまうだろう。

「何がいるかわからないからなー。戻るぞー」

畑の側に下ろしたら今度は別の方向へ駆けて行く。本当にポチはじっとしていない子だ。

「オス、なんだろうな」

カラーひよこはみんなオスだと聞いているが、タマとユマはあまりそれっぽくはない。ニワトリになったら性別もはっきりするだろうとは思っている。

そういえばひよこ鑑定士って職業があるぐらいひよこの雌雄を見分けるのは難しいはずだ。だから外れることもあるのではないかと勝手に思っている。

タマとユマはメスだったらいいな。もちろんみんなオスでもかまわないけれど。

「こーら、ポチ。そっちはだめだー」

木々が密集している方へ駆けていくポチをどうにか捕まえる。

ピーッ！

やっぱりポチは怒っている。

見晴らしがいい方が鳥に襲われる危険は増すが、それは森でも林でも同様だと思う。せめてもう少し大きくなるまでは目の届く範囲にいてほしい。過保護だって？　過保護上等である。

そういえばポチばかり見ていてタマとユマを見ていなかった。（過保護どこいった）

ユマは俺に付いてこようとぽてぽてと走ってきていた。かわいい。タマは畑の側で何やらつついている。

「ユマはかわいいなぁ」

ポチを下ろしてユマを掬《すく》い上《あ》げた。ユマは俺にすりすりとすり寄ってくれる。はー、たまらん。ひよこサイコー。

ふと視線を感じて見れば、ポチとタマがじーっと俺を見ていた。

「ポチもタマももちろんすっごくかわいいぞ？」

そう言ったら、ポチはまた別の方向へ走り始め、タマはまた草をつつき始めた。なんだかんだ言ってみんなかわいいものだ。

「ポチー、こらー！　川に落ちたら流されちゃうぞ。戻ろうなー」

今度は川の方へ駆けていこうとするポチを追いかけた。

……小さい子に振り回される感覚ってこういうことなんだろうか。全然目が離せなくてたいへんである。

さすがにひよこたちは二時間ぐらいで疲れたらしく、ポチが最初にぽてっと倒れた。電池切れである。急いで回収し、まだ遊んでいたそうなタマと、俺にくっついてくるユマを連れてうちに戻った。

「全く……かわいいけど大変だな」

そんなに動いていたわけではないのだが疲れた。精神的なやつかもしれない。

その日の夜は寒かった。部屋で寝ようとしたらひよこたちが部屋までやってきて俺の布団にいそいそと潜り込んだ。

「ええぇ？」

いや、かわいいけど。すっごくかわいいけど。

「ちょっと待ってくれなー」

念の為《ため》シーツを防水シーツに替えて一緒に寝ることにした。これなら万が一粗相をされても大丈夫だろう。ニワトリ用のおむつなるものがあるのは知っているがさすがにひよこ用はないと思う。

（詳しくは調べてないから知らない）

「一緒に寝るぞー」

俺は寝相は悪くない方だから大丈夫だろうとは思うが、念の為布団の端っこで寝ることにした。俺、寝てる間ほとんど寝返りも打たないらしいんだよな。寒い時期なんか本気で動かないと言われているから問題ないだろう。

ユマが一番側に来た。俺の腕にすりすりしてくれるのがたまらない。ポチとタマは少し離れた位置で入っている。

「ユマ、あんまり近づくと危ないぞ……」

ちょっと心配でその夜はほとんど寝た気はしなかったが、ひよこたちが一緒に寝てくれたことが嬉しかった。

「お前たちがもう少し大きかったら潰《つぶ》す心配とかもしなくていいんだろうけどな……」

ああもうなんてうちのひよこたちはかわいいんだろう。

翌朝あくびをしながら起きると、何故《なぜ》かまたひよこたちが少し大きくなっているように見えた。

俺の目がおかしいのだろうか？

「……ちょっと成長速度速くないか？」

気のせいならいいのだが。

三羽が機嫌良さそうに尾をふりふりする。やっぱあのトカゲみたいな尾が気になるんだよなー。

でも三羽とも尾があるからこれがそのままニワトリになるんだよな？

違和感はあるがこういうものなんだろう。

そうして俺はおっちゃんに指摘されるまで、ニワトリには尾があるものだと勘違いしたままだったのである。


おしまい。

あとがき

こんにちは、浅葱《あさぎ》です。

いつも読んでいただきありがとうございます。ウェブから読んでくださっている方、店頭で見かけて知ってくださった方、コミカライズから読んでくださっている方、全ての読者さんに感謝しています。

ってことでとうとう四巻ですよ四巻、ひゃっほーい！（落ち着け）

今回は、秋の終わり頃から冬の始め頃の山暮らし～をお届けします。

いつもカクヨムに掲載している部分からプロットを上げて加筆修正をするのですが、想定していた分が思ったより少なかったので、書き下ろした部分が全部で六十ページぐらいあります。あと大筋はそのままですが、ウェブとはところどころ変わっています。ウェブの方も読まれている方は是非読み比べてみてください。

更に新キャラ登場ということで、桂木《かつらぎ》妹ことギャルのリエちゃんがやってきました。リエちゃん大好きです！

新しいヒロイン？　なんですが、佐野《さの》君、相川《あいかわ》氏と恋愛はしません。というか相変わらず恋愛色皆無でございます。

さて、ユマがリエをすごく気にしていますが、大体は相川氏の予想の通りです。

ユマは佐野君が大好きですが、それだけでなく心配性でお母さん気質なところがあります。ポチやタマは強いので二羽にはその気質は向かいませんが、リエに対しては大きく出てしまいました。桂木さんは危なっかしいけれどもタツキがいるので心配はないのですが、リエのことは誰が守るの？　とユマは考えてしまったのです。リエが最初からユマに好意を抱いているというのもあり、ユマからしたら妹とか、小さな子のような存在となりました。リエも察しがいい子なので佐野君には冗談で絡むことはあっても恋愛感情は向けません。

人畜無害（なんか違う）のリエちゃん、これからもどうぞよろしくお願いします。

ウェブでこんなことをちらほらと聞かれることがあります。現代ファンタジーということで、ニワトリたちは人化するのか否か？

人化しません。（きっぱり）

でかくはなりますけどあのもっふもふがいいんじゃないですか！　佐野君に寄り添うでっかいユマがかわいいじゃないですか！

あのでかさで飛び蹴《げ》りとかくらわすタマはとても怖いですが、でかくてもふもふがサイコーです。でかいは単純に強いのです。

また「よその家のニワトリ」も出てきます。三巻でイラストまで！　と感無量です。「よその家のニワトリ」はウェブのフォロー一万記念等で登場したオンドリなのですが、思ったよりも人気が出て書籍にまで出張ってきました。オンドリなのでなかなか凶暴ですが、頭のいい子です。こちらもよろしくお願いします。

そして今回も、かわいいリエちゃんと「よその家のニワトリ」を描いてくださったイラストレーターのしのさん、リエちゃんの登場シーンを相談させてくださり書き下ろしもいっぱいで！　と言ってくださった編集のWさん、校正、装丁、印刷等でこの本に関わってくださった全ての方にお礼を言わせてください。

見本誌が届くと待ってましたとばかりに一冊ずつ持っていくうちの子どもたちにも感謝していいます。

「四巻まだー？」じゃないんですよ。そんなに早くは出ないんですよ。（汗）

「山暮らし～」のコミック第一巻も発売されています。ニワトリが！　美人のリンさんが！　テンさんが！　動いてる！　と連載を見ながら悶《もだ》えておりました。

濱田《はまだ》みふみさん、本当にありがとうございます！

これからもどうぞ、佐野君とでっかくて愉快なニワトリたちをよろしくお願いします。

浅葱

カドカワBOOKS

前略《ぜんりやく》、山暮《やまぐ》らしを始《はじ》めました。 4

2023年11月10日　初版発行

著者／浅葱《あさぎ》

発行者／山下直久

発行／株式会社KADOKAWA

〒102-8177
東京都千代田区富士見2-13-3
電話／0570-002-301（ナビダイヤル）

編集／カドカワBOOKS編集部

印刷所／大日本印刷

製本所／大日本印刷

Printed in Japan
ISBN 978-4-04-075256-3 C0093

新文芸宣言

かつて「知」と「美」は特権階級の所有物でした。

15世紀、グーテンベルクが発明した活版印刷技術は、特権階級から「知」と「美」を解放し、ルネサンスや宗教改革を導きました。市民革命や産業革命も、大衆に「知」と「美」が広まらなければ起こりえませんでした。人間は、本を読むことにより、自由と平等を獲得していったのです。

21世紀、インターネット技術により、第二の「知」と「美」の解放が起こりました。一部の選ばれた才能を持つ者だけが文章や絵、映像を発表できる時代は終わり、誰もがネット上で自己表現を出来る時代がやってきました。

UGC（ユーザージェネレイテッドコンテンツ）の波は、今世界を席巻しています。UGCから生まれた小説は、一般大衆からの批評を取り込みながら内容を充実させて行きます。受け手と送り手の情報の交換によって、UGCは量的な評価を獲得し、爆発的にその数を増やしているのです。

こうしたUGCから生まれた小説群を、私たちは「新文芸」と名付けました。

新文芸は、インターネットによる新しい「知」と「美」の形です。

2015年10月10日
井上伸一郎